OS

WIL

O RETRATO DE DORIAN GRAY

tradução de

JOSÉ GERALDO COUTO

apresentação e notas de

FÁTIMA MESQUITA

ilustração de

ZANSKY

PANDA BOOKS

Diretor editorial **Marcelo Duarte**
Diretora comercial **Patth Pachas**
Diretora de projetos especiais **Tatiana Fulas**
Coordenadora editorial **Vanessa Sayuri Sawada**
Assistente editorial **Olívia Tavares**

Coordenação da coleção **Fernando Nuno e Silvana Salerno**
Projeto gráfico **Gustavo Piqueira e Samia Jacintho | Casa Rex**
Diagramação **Gustavo Piqueira, Samia Jacintho e Carol Vapsys | Casa Rex**
Ilustração **Zansky**
Revisão da tradução **Ibraíma Dafonte Tavares**
Preparação **Estúdio Sabiá**
Revisão **Valéria Braga Sanalios, Nana Rodrigues e Ana Maria Barbosa**
Imagem p. 1 **Oscar Wilde © Napoleon Sarony/Library of Congress**
Impressão **Loyola**

CIP-BRASIL. CATALOGAÇÃO NA PUBLICAÇÃO
SINDICATO NACIONAL DOS EDITORES DE LIVROS, RJ

W662r
Wilde, Oscar, 1854-1900
O retrato de Dorian Gray/Oscar Wilde; ilustração Zansky; tradução
José Geraldo Couto. – 1. ed. – São Paulo: Panda Books, 2021. 296 pp.

Tradução de: *The Picture of Dorian Gray*
ISBN 978-65-5697-101-8

1. Ficção irlandesa. I. Zansky. II. Couto, José Geraldo. III. Título.
Meri Gleice Rodrigues de Souza – CRB-7/6439

21-69068 CDD: 828.99153
CDU: 82-3(415)

2021

Um selo da Editora Original Ltda.
Rua Henrique Schaumann, 286, cj. 41
05413-010 – São Paulo, SP
Tel./Fax: (11) 3088-8444
edoriginal@pandabooks.com.br | www.pandabooks.com.br
Visite nosso Facebook, Instagram e Twitter.

APRESENTAÇÃO

SOPA IMORTAL DE LETRINHAS NÍVEL HIGHLANDER MASTER

Então, aqui está você, decidida(o) — ou ao menos tentada(o) — a ler um clássico, um conjunto de palavras e ideias que um belo dia saiu da cabeça de uma escritora ou um escritor e que vem vindo, ano após ano, enredando leitores de todo tipo, de toda idade, de toda língua, de toda natureza. O que você tem nas mãos — se liga — já é só por isso um tesouro, porque, quando você mergulha na trama e no drama de um clássico, está participando de uma experiência coletiva inacreditável. Sente o poder?

Pois os clássicos são isso mesmo: são puro poder. Eles são o que fica, o que não se apaga, não se deleta, e a gente logo detecta que, vira e mexe, eles se esticam, crescem, muitas vezes virando filme, influenciando novos autores, roteiristas, letristas de música, poetas, autores de novelas, conversas de boteco e muito mais — sim, porque às vezes eles influenciam até a maneira como a gente vê o mundo, como se comporta nele... É um poder cósmico e concentrado aí numa sopa imortal de letrinhas nível *highlander master*! Bora encarar?

Ah, eu entendo. Às vezes a linguagem é tão estranha que a gente tropeça e cai de boca na preguiça. Outras vezes, o desânimo vem de trechos de descrição sem fim, ou uma cuspição de referências que cansam, umas trancas chatas, viu? E é verdade: tem uns períodos do passado escrito da nossa história de seres humanos em que as pessoas pareciam bater palma e passar pano direto pra isso na literatura.

Mas imagino cá com minhas teclas que você tenha uma cabeça aberta, certo? Então, escancara mesmo, se deixe levar por países, cidades, tempos, costumes, leis, tradições, sabores e amores tão distantes da gente, mas tão pertinho da nossa humanidade. Se larga aí num canto gostoso, se esparrama num sofá, ou cava espaço no aperto do trem, no sacolejo do ônibus, na zoeira do metrô e mergulha no classicão que aqui está. Você irá automaticamente adentrar uma rave de milhões de almas, de agora e do passado, que já curtiram o que você está prestes a decodificar neste instante. E deixe com os beques aqui a defesa da sua sanidade, porque a gente incluiu nestas páginas uma montanha de comentários que vão facilitar sua leitura, esclarecendo palavras, revelando contextos e tretas diversos — e várias vezes até abrindo novas portas para outras curiosidades que têm a ver com a história. E tudo isso com um bom humor danado!

Então seja bem-vinda(o) à nossa coleção de clássicos internacionais: mete os peitos, *pow*!

ESCANDALOSO E GOSTOSO

Bela escolha, parça: ler Oscar Wilde e seu romance lacrador que mudou os rumos da prosa! Este livro da Inglaterra dos finalmentes do século XVIII — e que é, inclusive, o único romance escrito por Wilde — se encaixa na prateleira do que a gente chama de "fantasia", em termos de gêneros de literatura. E isso quer dizer que nele as regras da ciência e as regras sociais reais não têm vez: o que vale mesmo é a imaginação solta que arquiteta um mundo irreal, mas que, bem bolado, soa pra gente como um universo que faz sentido dentro dele mesmo.

O retrato de Dorian Gray foi publicado em 1890 numa revista de Filadélfia, nos Estados Unidos, chamada *Lippincott's Monthly Magazine*, e que também imprimiu textinhos importantes de outras feras, como Arthur Conan Doyle (o cara que inventou Sherlock Holmes) e Rudyard Kipling (criador de Mowgli), por exemplo. Depois, já no ano seguinte, a obra saiu no formato de livro, mas com vários capítulos e frases cortados, além de uma introdução cunhada pelo próprio Oscar entupida de explicações e de uma defesa do texto, porque a verdade é uma só: esse retrato feito de letras foi tratado como sandice obscena, abuso dos abusos, coisa de pervertido quando ganhou vida impressa. Já, já, você vai saber por quê.

UNS ISMOS E TANTOS

Muitas vezes a gente nem desconfia muito de como somos crias do nosso tempo e das ideias que se espalham numa determinada época. Mas é só olhar para as nossas fotos mais antigas pra ver como o que nos cerca nos influencia e nos molda, né, não?

Com autores isso fica ainda mais claro, porque o contexto do tempo deles vai se infiltrando no texto e no enredo, mesmo sem querer querendo. Por isso, pode ser prático e revelador entender três palavras que sempre surgem grudadas no nome do tal Oscar Wilde: dandismo, esteticismo e decadentismo.

Oscar é mesmo — e pra sempre será — o ultrassímbolo do dandismo, a encarnação absoluta da figura do dândi. Essa é uma parada engraçada que, nos tempos do cúmulo da Revolução Industrial e da criação de uma nova ordem social (com operários de um lado e novos-ricos sem sangue azul do outro), se alastra em um punhado de jovens que estão achando aquilo tudo feio e sem graça. Sim, minas de carvão, fábricas poeirentas e cheias de máquinas e de gente explorada em um ambiente de capitalismo selvagem para produzir coisas menos artesanais e mais padronizadas dão ao mundo da época um ar estranho e controverso. E os bem-colocados na vida estão mesmo com nojo daquilo, doidos pra mostrar que não fazem parte daquela novidade "feia".

Essa turma elitista entra numas de se vestir de um jeito diferente, exagerado, modelito ostentação de chique, tendo como inspiração supratudo o tempo áureo dos reis e rainhas, dos babados e luxos desmedidos. E passa seu tempo dizendo que o ócio é que é legal, que só importa na vida é fazer nada de útil e curtir as baladas, a boa comida, as frescuras caras e raras, o exótico — enquanto um bando de gente serve os dondocos, né?

Além disso, os dândis são bons de boca: conversam sempre cheios de tiradas, de patadas finas, debochando um do outro, com frases mais afiadas que garras de águia.

Nas artes, esse jeitinho de viver dá as mãos ao esteticismo e faz do nosso Wilde um dândi e um esteta. Mas que carácoles é isso? Ah, o esteticismo é uma onda de sobrevalorização da arte pela arte. O pessoal ligado a essa ideia acha que pinturas, poemas, romances, peças, esculturas e tudo o mais não precisam ficar passando recado político, moral ou educativo. E devem ainda viver longe do que impera na vida do sujeito comum.

Eles achavam que o mundo estava ficando feio com a tal sociedade industrializada, mecanizada. Que a utilidade estava empurrando pra fora da equação a beleza, o detalhe do adorno. Que o mau gosto e a caretice estavam virando praga, tomando conta de tudo, e que eles não se encaixavam em nada, em canto algum. E isso nos liga, afinal, ao terceiro ISMO que persegue a vida do Oscar: o decadentismo.

O que havia era que o século XIX estava acabando e pairava no ar uma *vibe* de fim dos tempos, de desconfiança e medo do que viria a seguir, o que, na literatura, acabou dando em textos meio mórbidos, com pitadas de esnobismo, machismo, busca de coisas diferentes, intensas, exóticas e uma sensação que nos Instagrams da vida seria parecida com aquela fase de YOLO (*You Only Live Once*, ou seja, você só vive uma vez...). Caia de boca, então, oras!

ENREDE-SE NO ENREDO

Agora, sabendo o que cercava o autor e o que ele pensava da vida, dá pra entender melhor a obra. Saca só este resuminho aqui, ó:

O drama da trama se passa em Londres, na Era Vitoriana, que é como é chamada a fase em que a rainha do Reino Unido era a dona Vitória, que mandou por lá de 1819 até o comecinho de 1901.

Ali, um pintor riquinho, Basil Hallward, está fazendo o quadro de um rapaz bonitão, que é o Dorian Gray. Um amigo do artista, Lord Henry Wotton (outro *playboy* dos grandes), vê aquilo e fica doido pra conhecer o retratado. Por coincidência, o modelo chega lá e eles conversam. O lorde envenena a cabeça do Dorian falando que ele vai ficar velho e que aquilo vai acabar com a beleza dele e, por extensão, com a vida boa e alegre do moço. A ideia finca as quatro patas no cabeção do rapaz, que diz em voz alta que daria tudo para nunquinha perder aquele ar belo de juventude. E a praga pega — apesar de ele ainda não saber disso.

Graças a uma herança, Dorian passa a vida na esbórnia, na farra, bebendo, amando homens e mulheres, sem ter que trabalhar, enchendo os cornos de ópio, virando peça central de vários escândalos num etc. sem fim. E não envelhece nunca, porque rolou uma troca assombrada ali: enquanto Dorian permanece eternamente novinho, o quadro que Basil pintou vai ficando todo detonado, deformado, marcado pela vida física e moralmente abusiva que o modelo vive. E aquilo vai mexendo e mexendo mais e mais com os miolos do Dorian, até que a coisa fica violenta mesmo, feia, e acaba em... não vou dar *spoiler*, né?

A OBRA E O OBREIRO

O irlandês Oscar Fingal O'Flahertie Wills Wilde — ou simplesmente Oscar Wilde — nasceu em 1854, em uma família legal das pernas. O cara estudou sempre nas melhores escolas e depois de se formar resolveu ser escritor. A carreira deu certo e ele escreveu de tudo: poemas, este romance aqui, matérias pra jornal, críticas, resenhas e ainda comédias para o teatro que, aliás, faziam grande sucesso (e ainda fazem).

Em 1884, ele se casou com Constance Lloyd e os dois tiveram dois pimpolhos. Mas, uns sete anos depois, a vida do cara complicou geral. Um tal de marquês de Queensberry saiu dizendo em voz alta pelos lugares elegantes da cidade de Londres que Oscar tinha degringolado a vida do filho dele, que o irlandês era homossexual.

Oscar negou tudinho, ficou furioso com aquilo e, à moda de Napoleão, achou que a melhor defesa pro caso seria o ataque. Foi lá ele então processar o marquês por difamação. E aí o negócio derrapou de vez. No decorrer do julgamento, a roupa suja da vida de Wilde foi toda colocada no varal do olhar público, enquanto o advogado do marquês dava no escritor uma sova de exemplos, argumentos e tudo o mais, usando a versão original de *O retrato de Dorian Gray* pra colocar Oscar no xilindró, acusando-o (olha só que caretice!) de homossexualidade. Pois é, um babado forte e real! E o texto, de fato, vive insinuando que vários personagens estavam mais pra namorados ou companheiros eventuais de cama que qualquer outra coisa. Mas tudo é sempre muito no armário e tenso. Sem muito espaço pra felicidade.

Por outro lado, temos que dizer também que o livro não foi condenado pela justiça. O máximo que aconteceu em relação ao escrito foi muito disse me disse, cara feia e uns artigos dizendo que o mundo estava descabelado, com os tais "homens de bem" dando faniquito como se estivessem prestes a ter um infarto coletivo. Mas foi isso: foi a vida real do Oscar Wilde que o levou pra cadeia. Afinal de contas, num tempo em que a lei dizia que ser homossexual era crime na Inglaterra, Oscar, que era casado e tinha filhotes, vivia dando bandeira — descolando sexo de noitão nas ruas com outros caras, frequentando inferninhos, banheirões e parques onde rolava um trepa-trepa, e passando temporadas agarradão com algum "amigo" que devia ser mesmo um namorado e ponto-final.

Com Oscar condenado por indecência a dois anos de prisão com trabalho pesado, começou a chover desgraça em cima da cabeça da esposa dele, de modo que ela mais que depressa passou a mão nos moleques e se picou pra Suíça, onde tratou também de mudar o sobrenome deles todos.

Depois, quando Wilde saiu da prisão, a saúde do dândi estava aos cacos, e a reputação, abaixo de -20. Ele foi-se embora de Londres para a França, onde adotou o nome de Sebastian Melmoth.

Por lá, escreveu ainda mais um livro, mas morreu em Paris no final do ano de 1900. Quer dizer, morreu e não morreu, né? Porque ele é hoje considerado um gênio criativo. É lido e relido, estudado e admirado no mundo todo e continua conquistando leitores como se estivesse ainda bem aqui entre nós.

Fátima Mesquita

Espia só a lista dos principais títulos assinados por Oscar Wilde:

RAVENNA (1878)

O CRIME DE LORD ARTHUR SAVILE (1888)

O FANTASMA DE CANTERVILLE (1888)

O PRÍNCIPE FELIZ (1888)

O RETRATO DE DORIAN GRAY (1890)

A ALMA DO HOMEM SOB O SOCIALISMO (1891)

O LEQUE DE LADY WINDERMERE (1892)

UMA MULHER SEM IMPORTÂNCIA (1893)

UM MARIDO IDEAL (1895)

A IMPORTÂNCIA DE SER PRUDENTE (1895)

DE PROFUNDIS (1895)

A BALADA DO CÁRCERE DE READING (1898)

O PREFÁCIO

O ARTISTA É O CRIADOR DE COISAS BELAS.

Revelar a arte e ocultar o artista é a meta da arte.

O crítico é aquele que pode traduzir em outro estilo ou num novo material sua impressão das coisas belas.

A forma mais elevada de crítica, assim como a mais baixa, é uma espécie de autobiografia.

Aqueles que encontram sentidos feios em coisas belas são corruptos sem ser graciosos. Isso é um defeito.

Aqueles que encontram belos sentidos em coisas belas são os refinados. Para esses há esperança.

Eles são os eleitos para os quais as coisas belas significam apenas Beleza.

Não existe livro moral ou imoral.

Livros são bem escritos ou mal escritos. Isso é tudo.

A aversão do século dezenove pelo Realismo é a raiva de Caliban ao ver seu próprio rosto num espelho.

A aversão do século dezenove pelo Romantismo é a raiva de Caliban ao não ver seu próprio rosto num espelho.

A vida moral de um homem faz parte do tema do artista, mas a moralidade da arte consiste no uso perfeito de um meio imperfeito.

Nenhum artista deseja provar o que quer que seja. Até mesmo coisas verdadeiras podem ser provadas.

Nenhum artista tem inclinações éticas. Uma inclinação ética num artista é um imperdoável maneirismo do estilo.

Nenhum artista jamais é mórbido. O artista pode expressar tudo.

Pensamento e linguagem são, para o artista, instrumentos de uma arte.

Vício e virtude são, para o artista, materiais de uma arte.

Do ponto de vista da forma, o modelo de todas as artes é a arte do músico. Do ponto de vista do sentimento, a perícia do ator é o modelo.

Toda arte é ao mesmo tempo superfície e símbolo.

Aqueles que vão além da superfície o fazem por sua conta e risco.

Aqueles que leem o símbolo o fazem por sua conta e risco.

É o espectador, e não a vida, que a arte realmente espelha.

A diversidade de opiniões sobre uma obra de arte mostra que a obra é nova, complexa e vital.

Quando os críticos discordam entre si, o artista está de acordo consigo mesmo.

Podemos perdoar um homem que faz uma coisa útil desde que ele não a admire. A única desculpa para fazer uma coisa inútil é que ela seja admirada intensamente.

A arte é perfeitamente inútil.

Oscar Wilde

O ATELIÊ ESTAVA IMPREGNADO do aroma esplêndido de rosas, e, quando a leve brisa de verão soprou as folhas das árvores do jardim, entrou pela porta aberta a fragrância intensa do lilás, ou o perfume mais delicado do espinheiro de flores róseas.

Do canto do divã de almofadas persas onde estava recostado, fumando, como de hábito, inumeráveis cigarros, Lord Henry Wotton podia apenas captar o vislumbre das flores com cor e doçura de mel do laburno, cujos ramos trêmulos mal pareciam capazes de suportar o peso de uma beleza flamejante como aquela; e vez por outra as sombras fantásticas de pássaros em revoada cruzavam rapidamente as longas cortinas de tussor estendidas diante da enorme janela, produzindo uma espécie de efeito japonês momentâneo e fazendo-o pensar naqueles pálidos pintores de rosto de jade de Tóquio que, por meio de uma arte que é forçosamente imóvel, buscam transmitir a sensação de vivacidade e movimento. O murmúrio zangado das abelhas, que abriam seu caminho pela extensão da relva alta ou circulavam com monótona insistência em torno das anteras douradas de pólen das madressilvas dispersas, parecia tornar mais opressiva a quietude. O rugido abafado de Londres era como a nota grave de um órgão distante.

Laburno > árvore ornamental com flores amarelas, também conhecida como corrente-de--ouro ou chuva-de-ouro.

Tussor > tecido de seda natural produzido em certas regiões da Índia e da China.

No centro da sala, afixado num cavalete vertical, via-se o retrato em tamanho natural de um jovem de extraordinária beleza pessoal, e diante deste, a uma pequena distância, estava sentado o artista em pessoa, Basil Hallward, cujo súbito desaparecimento alguns anos antes causara, na época, bastante alvoroço público e dera ensejo a muitas conjecturas estranhas.

Enquanto o pintor contemplava as formas graciosas e atraentes que refletira tão habilmente em sua arte, um sorriso de prazer abriu-se em seu rosto, dando a impressão de que permaneceria ali. Mas ele se ergueu de repente e, fechando os olhos, pousou os dedos nas pálpebras, como se buscasse aprisionar dentro do cérebro algum sonho estranho do qual temia acordar.

— É sua melhor obra, Basil, a melhor coisa que você já fez — disse Lord Henry, languidamente. — Você deve mandá-la com certeza à Grosvenor no ano que vem. A Academia é grande demais e vulgar demais. Todas as vezes que fui lá, ou havia tanta gente que eu não conseguia ver os quadros, o que era horrível, ou tantos quadros que não conseguia ver as pessoas, o que era pior. A Grosvenor é verdadeiramente o único lugar.

A **Grosvenor** e a **Academia** são duas galerias de arte. A "*old*" Grosvenor, dos tempos de Wilde, não existe mais. Não vale confundir com a galeria de mesmo nome, que é mais recente e funciona em Londres. Já a Academia continua firme e lampeira: trata-se da Royal Academy of Arts, também conhecida como Burlington House, que fica em Piccadilly, local em que Wilde adorava dar uns rolezinhos.

— Acho que não vou mandá-lo a lugar algum — respondeu o pintor, lançando a cabeça para trás daquele jeito singular que costumava fazer os amigos rirem dele em Oxford. — Não, não vou mandá-lo a lugar nenhum.

A Universidade de **Oxford** é a mais antiga da Inglaterra e, também, uma das melhores do mundo. Fazer um curso nela sempre foi, e é, puro prestígio. Oscar Wilde estudou lá.

Lord Henry ergueu as sobrancelhas e fitou-o com espanto através das finas tranças azuladas de fumaça que subiam em espirais muito caprichosas de seu cigarro fortemente eivado de ópio. — Não quer mandá-lo a lugar algum? Mas por quê, meu caro amigo? Tem alguma razão para isso? Que sujeitos estranhos são vocês, artistas! Fazem tudo para conquistar uma reputação. Tão logo a conquistam, parecem querer jogá-la fora. É uma tolice da sua parte, porque no mundo só há uma coisa pior do que ser falado: é não ser falado. Um retrato como esse iria situá-lo muito acima de todos os jovens da Inglaterra, e causar ciúme em todos os velhos, se é que os velhos são capazes de alguma emoção.

Até a proibição chegar, em 1868, a galera de Londres podia comprar **ópio** nas lojas de tabaco ou de balas e confeitos, nas barbearias e até nas casas de vinho. O produto era também receitado como medicamento contra tosse, dor de dente, soluço, febre, insônia, dor de cabeça, hemorroida e problemas de bexiga ou intestino. Ah, e **eivado**, aqui, significa sujo, manchado.

— Sei que você vai rir de mim — respondeu —, mas de fato não posso exibi-lo. Coloquei nele muito de mim mesmo.

Lord Henry espreguiçou-se no divã e riu.

— Sim, eu sabia que você riria; mas é a pura verdade, de todo modo.

— Muito de você mesmo no quadro! Palavra de honra, Basil, eu não sabia que você era tão presunçoso; e realmente não consigo ver semelhança alguma entre você, com seu rosto sulcado e robusto e seu cabelo preto como carvão, e este jovem Adônis, que parece feito de marfim e pétalas de rosa. Ora, meu querido Basil, ele é um Narciso, e você... bem, é claro que você tem uma expressão intelectual e tudo mais. Mas a beleza, beleza de verdade, termina onde começa uma expressão intelectual. O intelecto é em si mesmo um modo de exagero, e destrói a harmonia de qualquer rosto. No momento em que se senta para pensar, a pessoa se torna toda nariz, ou toda testa, ou algo horrível. Veja os homens bem-sucedidos em qualquer das profissões instruídas. Como eles são perfeitamente horrendos! Exceto, claro, na Igreja. Mas, também, na Igreja eles não pensam. Um bispo continua dizendo aos oitenta anos o que lhe ensinaram a dizer quando era um rapaz de dezoito, e como consequência natural ele sempre tem uma aparência absolutamente encantadora. Seu jovem amigo misterioso, cujo nome você nunca me disse, mas cujo retrato me fascina de verdade, não pensa jamais. Estou bem certo disso. É uma criatura descerebrada, linda, que deveria estar sempre aqui no inverno quando não temos flores para contemplar, e sempre aqui no verão, quando desejamos algo que refresque nossa inteligência. Não se vanglorie, Basil: você não se parece nem um pouco com ele.

Adônis é um deus da mitologia grega considerado "o" padrão da beleza masculina na cultura ocidental. Já o mito de **Narciso** vem também lá dos gregos: é aquele rapaz que morre por ficar apaixonado pela sua própria imagem refletida na água de uma lagoinha. A lenda de Narciso é tipo um símbolo de vaidade excessiva e daquela coisa de quem se acha a última bolacha do pacote quando, na verdade, está mais para farelo de pão dormido...

— Você não me entendeu, Harry — retrucou o artista. — Claro que não me pareço com ele. Sei disso perfeitamente bem. Na verdade, eu deveria lamentar se me parecesse com ele. Você encolhe os ombros? Estou dizendo a verdade. Há uma fatalidade em toda distinção física e intelectual, o tipo de fatalidade que parece espreitar ao longo da história os passos vacilantes dos reis. É melhor não ser diferente dos

Harry é o diminutivo carinhoso de Henry. Só depois é que passou a ser diminutivo também de Harold. E só depois ainda é que Harry virou nome de vez com toda a propriedade.

nossos próximos. Os feios e os estúpidos tiram o melhor proveito deste mundo. Podem se sentar à vontade e arregalar os olhos diante da peça em andamento. Se eles não sabem nada sobre a vitória, pelo menos são poupados do conhecimento da derrota. Vivem como todos nós deveríamos viver, imperturbados, indiferentes, isentos de inquietação. Não impingem a ruína a outros, nem a recebem de mãos alheias. Sua posição e sua riqueza, Harry; meu cérebro, bem ou mal... minha arte, valha ela o que valer; a beleza de Dorian Gray... sofreremos todos pelo que os deuses nos deram, sofreremos terrivelmente.

— Dorian Gray? É esse o nome dele? — perguntou Lord Henry, atravessando o ateliê em direção a Basil Hallward.

— Sim, é esse o nome. Eu não tinha a intenção de lhe dizer.

— Mas por que não?

— Ah, não sei explicar. Quando gosto imensamente de alguém, nunca digo seu nome a quem quer que seja. Seria como renunciar a uma parte da pessoa. Passei a amar a discrição, o segredo. Parece ser a única coisa capaz de tornar a vida moderna misteriosa ou maravilhosa para nós. A mais comum das coisas fica encantadora se a gente a esconder. Quando saio da cidade, agora, nunca conto ao meu pessoal para onde estou indo. Se contasse, perderia todo o meu prazer. É um hábito tolo, admito, mas de algum modo parece introduzir um bocado de romance na vida da gente. Suponho que você me julgue um tremendo de um tonto por causa disso.

— De modo algum — respondeu Lord Henry —, de modo algum, meu caro Basil. Você parece esquecer que sou casado, e o único encanto do casamento é fazer que uma vida de tapeação seja absolutamente necessária para ambas as partes. Nunca sei onde minha esposa está, e minha esposa nunca sabe o que estou fazendo. Quando nos encontramos... pois ocasionalmente nos encontramos, quando jantamos fora juntos, ou quando visitamos o duque... contamos um ao outro as histórias mais absurdas com a fisionomia mais séria. Minha esposa é muito boa nisso... muito melhor do que eu, a bem da verdade. Nunca se confunde quanto a datas, ao contrário de mim. Mas, quando acontece me surpreender no erro, ela não faz escândalo nenhum. Às vezes eu até gostaria que ela fizesse; mas ela simplesmente ri de mim.

— Detesto o modo como você fala de sua vida conjugal, Harry — disse Basil Hallward, caminhando em direção à porta que levava ao jardim. — Creio que você na verdade é um ótimo marido, mas se envergonha muito de suas próprias virtudes. Você é um sujeito singular. Nunca diz uma coisa de ordem moral, e nunca faz uma coisa errada. Seu cinismo é simplesmente uma pose.

— Ser natural é simplesmente uma pose, e a mais irritante que eu conheço — retorquiu Lord Henry, rindo; e os dois jovens saíram juntos para o jardim, acomodando-se em seguida num banco comprido de bambu à sombra de um alto arbusto de loureiro. A luz do sol deslizava sobre as folhas lustrosas. Na relva, margaridas brancas tremulavam.

Depois de uma pausa, Lord Henry tirou do bolso o relógio.

— Infelizmente preciso ir, Basil — murmurou —, e antes de sair insisto em que responda à pergunta que lhe fiz há pouco.

— Que pergunta? — disse o pintor, mantendo os olhos fixos no chão.

— Você sabe muito bem.

— Não sei, não, Harry.

— Bem, então vou lhe contar. Quero que você me explique por que não quer expor o retrato de Dorian Gray. Quero um motivo verdadeiro.

— Eu lhe disse o motivo.

— Não, você não disse. Disse que era porque havia muito de você mesmo no quadro. Ora, isso é muito infantil.

— Harry — disse Basil Hallward, fitando-o cara a cara —, todo retrato que é pintado com sentimento é um retrato do artista, não do modelo. O modelo é meramente o acaso, a ocasião. Não é ele que é revelado pelo pintor; é antes o pintor que, na tela colorida, revela a si mesmo. A razão pela qual não vou expor esse quadro é que receio haver mostrado nele o segredo da minha própria alma.

Lord Henry riu. — E esse, qual seria? — perguntou.

— Vou lhe contar — disse Hallward; mas uma expressão de perplexidade dominou seu rosto.

— Sou todo ouvidos, Basil — prosseguiu seu amigo, encarando-o.

— Oh, na verdade há muito pouco a contar, Harry — respondeu o pintor; — e receio que você não consiga entender. Talvez nem chegue a acreditar.

Lord Henry sorriu e, inclinando-se para a frente, colheu na relva uma margarida de pétalas rosadas, que passou a examinar. — Tenho plena certeza de que entenderei — respondeu, fitando intensamente o pequeno disco dourado de plumas brancas —, e, quanto a acreditar, posso acreditar em qualquer coisa, desde que seja perfeitamente inacreditável.

O vento derrubava os frutos de algumas árvores, e as pesadas flores de lilás, com seus cachos de estrelas, balançavam de um lado para outro no ar lânguido. Um gafanhoto começou a estridular junto ao muro e, como uma risca azul, uma libélula fina e comprida passou voando com suas transparentes asas marrons. Lord Henry quase podia ouvir o coração de Basil Hallward bater, e perguntava-se o que estava por vir.

Estridular > emitir um som agudo e estridente.

— A história é simplesmente esta — disse o pintor depois de um momento. — Dois meses atrás fui a uma concorrida reunião na casa de Lady Brandon. Você sabe que nós, pobres artistas, temos que nos mostrar à sociedade de tempos em tempos, só para lembrar ao público que não somos selvagens. Com uma casaca elegante e uma gravata branca, como você me disse uma vez, qualquer um, até um corretor de valores, pode ganhar a reputação de civilizado. Bom, depois que eu já estava no salão havia uns dez minutos, conversando com viúvas endinheiradas trajadas com exagero e entediantes membros da Royal Academy, de repente me dei conta de que havia alguém me observando. Virei parcialmente o rosto e vi Dorian Gray pela primeira vez. Quando nossos olhos se encontraram, senti que eu empalidecia. Uma curiosa sensação de terror me dominou. Percebi que me encontrava face a face com alguém cuja mera personalidade era tão fascinante que, se eu assim permitisse, absorveria toda a minha natureza, toda a minha alma, minha própria arte. Eu não queria nenhuma influência externa em minha vida. Você mesmo sabe, Harry, como sou independente por natureza. Sempre fui senhor de mim mesmo; pelo menos havia sido até conhecer Dorian Gray. Então... mas não sei como lhe explicar. Alguma coisa parecia me dizer que eu estava no limiar de uma crise terrível em minha vida. Tinha a estranha sensação de que o Destino me reservava alegrias sublimes e sofrimentos igualmente sublimes. Tive medo, e dei meia-volta para deixar o salão. Não era a consciência que me levava a fazer isso: era uma espécie de covardia. Não me concedo nenhum mérito por tentar fugir.

— Consciência e covardia na verdade são a mesma coisa, Basil. Consciência é a razão social da firma. Só isso.

— Não acredito nisso, Harry, e acho que tampouco você acredita. No entanto, fosse qual fosse minha motivação (e pode ter sido orgulho, pois eu era muito orgulhoso), o certo é que me encaminhei com esforço para a porta. Lá, é claro, topei com Lady Brandon. "Vai sair correndo assim tão cedo, senhor Hallward?!", exclamou ela. Você conhece aquela estranha voz estridente?

— Conheço; ela é um pavão em tudo, menos na beleza — disse Lord Henry, fazendo a margarida em pedaços com seus longos dedos nervosos.

— Não consegui me livrar dela. Apresentou-me a membros da realeza e a pessoas que ostentavam títulos de nobreza, bem como a senhoras idosas com tiaras gigantescas e narizes de papagaio. Falava de mim como sendo um amigo querido. Eu só a tinha encontrado uma vez, mas ela resolveu me exibir como uma celebridade. Acho que algum quadro meu havia feito um grande sucesso na época, ou pelo menos gerara falatório nos jornais baratos, o que no século dezenove passa por padrão de imortalidade. De repente me vi face a face com o jovem cuja personalidade me afetara de modo tão estranho. Estávamos bem próximos, quase nos tocando. Nossos olhos se encontraram novamente. Foi imprudente de minha parte, mas pedi a Lady Brandon que me apresentasse a ele. Talvez não tenha sido tão imprudente assim, afinal. Era simplesmente inevitável. Teríamos falado um com o outro sem nenhuma apresentação. Estou certo disso. Dorian me falou a respeito depois. Ele também sentia que estávamos fadados a nos conhecer.

— E como Lady Brandon descreveu esse rapaz maravilhoso? — perguntou o amigo. — Sei que ela aprecia fornecer um rápido sumário de todos os seus convidados. Lembro dela me levando até um velho cavalheiro truculento de rosto vermelho que, coberto com todas as condecorações e fitas, sibilava ao meu ouvido, num sussurro trágico que devia ser perfeitamente audível a todos na sala, os detalhes mais espantosos. Eu simplesmente fugi. Gosto de descobrir as pessoas por conta própria. Mas Lady Brandon trata seus convidados exatamente como um pregoeiro trata suas mercadorias em leilão. Ou ela os explica por inteiro, ou conta tudo sobre eles exceto o que desejamos saber.

— Pobre Lady Brandon! Você é muito duro com ela, Harry! — disse Hallward com displicência.

Salon, do francês, era um encontro reunindo artistas e intelectuais. Geralmente ocorria na grande sala de visitas de alguma madame.

— Meu caro amigo, ela tentou fundar um *salon*, e só o que conseguiu foi abrir um restaurante. Como é que eu poderia admirá-la? Mas me conte: o que ela disse sobre o senhor Dorian Gray?

— Oh, algo como: "Rapaz encantador... sua pobre mãezinha querida e eu éramos absolutamente inseparáveis. Esqueci por completo o que ele faz... acho que... ele não faz nada... ah, sim, ele toca piano... ou será violino, senhor Gray?". Nenhum de nós conseguiu deixar de rir, e ficamos amigos imediatamente.

— A risada não é de modo algum um mau começo para uma amizade, e é de longe o melhor final para uma — disse o jovem lorde, colhendo outra margarida.

Hallward balançou a cabeça. — Você não entende o que é uma amizade, Harry — murmurou —, nem o que é uma inimizade, aliás. Você gosta de todo mundo; vale dizer, é indiferente a todo mundo.

— Isso é horrivelmente injusto da sua parte! — exclamou Lord Henry, tombando o chapéu para trás e erguendo os olhos para as nuvenzinhas que, como meadas amarfanhadas de seda branca brilhante, flutuavam à deriva no vazio azul-turquesa do céu de verão. — Sim, horrivelmente injusto de sua parte. Estabeleço grandes diferenças entre as pessoas. Escolho meus amigos pela boa aparência, meus conhecidos pelo bom caráter e meus inimigos pelo bom intelecto. Todo cuidado é pouco para um homem escolher seus inimigos. Não tenho nenhum que seja um idiota. São todos homens de certa força intelectual, e consequentemente todos me prezam. É muita vaidade da minha parte? Acho que é bastante, sim.

— Eu diria que sim, Harry. Mas, de acordo com sua classificação, eu deveria ser um mero conhecido.

— Meu caro Basil, você é muito mais que um conhecido.

— E muito menos que um amigo. Uma espécie de irmão, suponho.

— Oh, irmãos! Não me interessam os irmãos. Meu irmão mais velho não morre nunca, e os mais novos parecem nunca fazer outra coisa.

— Harry! — exclamou Hallward, fechando a carranca.

— Meu querido amigo, não estou falando muito sério. Mas não consigo deixar de detestar meus parentes. Suponho que isso tenha a ver com o fato de que nenhum de nós suporta outras pessoas que têm os mesmos defeitos que nós. Tenho até simpatia pela fúria dos democratas ingleses contra o que eles chamam de vícios das classes superiores. As massas sentem que a embriaguez, a estupidez e a imoralidade deveriam ser propriedade exclusiva delas, e que se algum de nós se torna um asno está invadindo seu território. Quando o pobre Southwark ingressou no tribunal de divórcios, a indignação das massas foi formidável. No entanto, suponho que nem dez por cento do proletariado viva de modo apropriado.

— Não concordo com uma única palavra do que você acaba de dizer, e mais que isso, Harry, tenho certeza de que nem você concorda.

Lord Henry alisou a barba castanha pontuda e deu uma pancadinha no bico da bota de couro envernizado com sua bengala de ébano trabalhado. — Como você é inglês, Basil! É a segunda vez que me faz essa observação. Se alguém expõe uma ideia a um verdadeiro inglês (algo sempre temerário a se fazer), este nem sequer sonha em avaliar se a ideia está certa ou errada. A única coisa que ele considera importante é se a própria pessoa acredita nela. Ora, o valor de uma ideia não tem coisa alguma a ver com a sinceridade do homem que a expressa.

Na verdade, o mais provável é que quanto mais insincero for o homem mais puramente intelectual será a ideia, pois neste caso ela não estará tingida por suas carências, nem por seus desejos ou preconceitos. No entanto, não me proponho a discutir política, sociologia ou metafísica com você. Gosto mais das pessoas do que dos princípios, e gosto mais das pessoas sem princípios do que de qualquer outra coisa no mundo. Conte-me mais sobre o senhor Dorian Gray. Com que frequência você o vê?

— Todos os dias. Ficaria infeliz se não o visse todos os dias. Ele é absolutamente necessário para mim.

— Que extraordinário! E eu que julgava que nada lhe interessava além de sua arte.

— Ele é toda a minha arte agora para mim — disse o pintor, em tom grave. — Às vezes penso, Harry, que há apenas duas eras de alguma importância na história do mundo. A primeira é o aparecimento de um novo meio para a arte, e a segunda é o aparecimento de uma nova personalidade, também para a arte. O que a invenção da pintura a óleo significou para os venezianos o rosto de Antínoo significou para a escultura grega tardia, e o rosto de Dorian Gray significará um dia para mim. Não se trata meramente de eu pintar a partir dele, desenhar a partir dele, esboçar a partir dele. Claro que tenho feito isso tudo. Mas ele é para mim muito mais que um modelo. Não digo que eu esteja insatisfeito com o que fiz dele, ou que sua beleza seja tamanha que a Arte não consiga expressar. Não há o que a Arte não consiga expressar, e eu sei que a obra que tenho feito, desde que conheci Dorian Gray, é um bom trabalho, o melhor da minha vida. Mas, por algum motivo curioso (e me pergunto se você me entenderá), a personalidade dele me sugere uma postura inteiramente nova em matéria de arte, um estilo inteiramente novo. Vejo as coisas de modo diferente, penso nelas de modo diferente. Agora sou capaz de recriar a vida de uma maneira que antes estava inteiramente escondida para mim. "Um sonho de forma em tempos

No século XII já havia gente misturando óleo e corante no norte da Europa pra fazer suas artes. Três séculos depois, os pintores venezianos adoraram aquela (velha) novidade de **pintura a óleo**, porque dava uma intensidade e uma profundidade às cores que não existiam nas técnicas que eles usavam antes.

Adriano foi um imperador romano casado que, por volta dos cinquenta anos, se apaixonou por um rapaz chamado **Antínoo**. Lá pelas tantas, os dois foram juntos para o Egito, mas deu ruim: Antínoo morreu afogado no rio Nilo. Adriano decretou que seu amante deveria ser tratado como deus e mandou fazer templos e estátuas para ele. Essas estátuas viraram símbolo de beleza masculina.

de raciocínio"... quem foi que disse isso? Esqueci; mas é o que Dorian Gray tem sido para mim. A mera presença visível desse rapaz (pois ele me parece pouco mais que um rapaz, embora já tenha passado dos vinte anos), sua mera presença visível... ah!, eu me pergunto se você é capaz de perceber o que isso significa. Sem saber, ele define para mim as linhas de uma escola nova e viçosa, uma escola que há de ter em si toda a paixão do espírito romântico, toda a perfeição do espírito grego. A harmonia de alma e corpo... isso é tão grande! Nós, em nosso desatino, separamos as duas coisas e inventamos um realismo que é vulgar, um idealismo que é vazio. Harry! Se ao menos você soubesse o que Dorian Gray significa para mim! Você se lembra daquela minha paisagem pela qual Agnew ofereceu uma quantia enorme mas da qual eu não quis me desfazer? É uma das melhores coisas que já fiz. E por quê? Porque, enquanto eu a pintava, Dorian Gray estava sentado a meu lado. Alguma influência sutil passava dele para mim, e pela primeira vez na vida eu vi no singelo arvoredo a maravilha que sempre havia buscado e que sempre me escapava.

— Basil, isso é extraordinário! Preciso conhecer Dorian Gray.

Hallward se levantou e caminhou de um lado para outro do jardim. Depois de um tempo voltou. — Harry — disse —, Dorian Gray para mim é simplesmente uma motivação para a arte. Talvez você não visse nada nele. Eu nele vejo tudo. Ele nunca está mais presente em minha obra do que quando não há nela imagem alguma dele. Ele é a sugestão, como eu disse, de um novo estilo, de uma nova postura. Eu o encontro nas curvas de certas linhas, na graça e na sutileza de certas cores. Isso é tudo.

— Então por que você não vai expor o retrato? — perguntou Lord Henry.

— Porque, sem querer, coloquei no quadro um tanto da expressão de toda essa curiosa idolatria artística, sobre a qual, evidentemente, nunca falei com ele. Ele nada sabe a respeito disso. E jamais há de saber. Mas o mundo talvez o adivinhasse; e eu não vou desnudar minha alma a esses olhares superficiais e bisbilhoteiros. Meu coração não há de ser colocado jamais sob esse microscópio. Há muito de mim naquilo, Harry... até demais!

— Os poetas não são tão escrupulosos como você. Eles sabem quanto a paixão é útil à publicidade. Hoje em dia um coração partido alcança várias edições.

— Detesto-os por isso — exclamou Hallward. — Um artista deve criar coisas belas, mas não deve inserir nelas coisa alguma da sua vida pessoal. Vivemos numa época em que os homens tratam a arte como se esta fosse uma forma de autobiografia. Perdemos o sentido abstrato da beleza. Um dia mostrarei ao mundo o que vem a ser isso; e por essa razão o mundo não há de ver jamais meu retrato de Dorian Gray.

— Acho que você está errado, Basil, mas não vou discutir. Só os intelectualmente perdidos têm o hábito de discutir. Mas me diga: Dorian Gray gosta muito de você?

O pintor refletiu por alguns instantes. — Ele gosta de mim — respondeu, depois de uma pausa. — Sei que gosta de mim. Claro que eu o lisonjeio tremendamente. Encontro um estranho prazer em dizer-lhe coisas que depois me arrependerei de ter dito. Em geral, ele é encantador comigo e, sentados no ateliê, conversamos sobre mil coisas. De quando em quando, porém, ele é horrivelmente insensível, e parece ter verdadeiro prazer em me causar dor. Sinto então, Harry, que entreguei minha alma a alguém que a trata como se fosse uma flor para colocar na lapela, um acessório de decoração para adular sua vaidade, um ornamento para um dia de verão.

Na Inglaterra, o **verão** traz dias bem mais longos. O mais comprido deles tem o sol brilhando por mais de 16 horas — das quatro e tantas da madrugada até quase 11 da noite no norte do país.

— Dias de verão, Basil, tendem a durar — murmurou Lord Henry. — Talvez você se canse mais cedo que ele. É triste pensar nisso, mas não há dúvida de que o Gênio dura mais que a Beleza. É por isso que todos nós fazemos tanto esforço para nos educar ao máximo. Na batalha selvagem pela existência, queremos ter algo que permaneça, e para tanto enchemos a mente de entulhos e fatos, na tola esperança de conservar nosso lugar. O homem completamente bem-informado: eis o ideal moderno. E a mente do homem completamente bem-informado é uma coisa horrível. É como uma loja de quinquilharias, cheia de monstruosidades e poeira, com todas as mercadorias a um preço acima de seu real valor. Acho que você se cansará primeiro, mesmo assim. Um dia vai olhar para o seu amigo e ele lhe parecerá um pouco mal desenhado, ou seu tom de cor lhe desagradará, ou algo assim. No seu íntimo, irá reprová-lo com amargura, e pensará seriamente que ele se portou muito mal com você. Na próxima visita dele, você ficará perfeitamente frio e indiferente. Será uma grande pena, pois causará uma mudança em você. O que acaba de me contar é bem um romance, um romance de arte, talvez se possa dizer, e o que há de pior em ter um romance de qualquer tipo é que ele nos deixa nada românticos.

— Não fale assim, Harry. Enquanto eu viver, a personalidade de Dorian Gray me dominará. Você não pode sentir o que eu sinto. Você muda com demasiada frequência.

— Ah, meu caro Basil, é exatamente por isso que posso sentir. Aqueles que são fiéis conhecem apenas o lado trivial do amor: são os infiéis que conhecem as tragédias do amor. — Lord Henry acendeu uma chama num elegante isqueiro de prata e passou a fumar um cigarro com ar satisfeito e envaidecido, como se tivesse resumido o mundo numa frase. Havia uma algazarra de pardais nas folhas verdes e lustrosas da hera, e as sombras azuladas das nuvens perseguiam umas às outras sobre a relva como uma revoada de andorinhas. Como era agradável estar no jardim! E como eram encantadoras as emoções das outras pessoas!... muito mais do que as ideias delas, a seu ver. Nossa própria alma, e as paixões dos amigos: eram essas as coisas fascinantes da vida. Divertiu-se em silêncio visualizando a si mesmo no entediante almoço formal que havia perdido ao ficar tanto tempo com Basil Hallward. Se tivesse comparecido à casa da tia, com certeza lá encontraria Lord Goodbody, e toda a conversa teria girado em torno de alimentar os pobres e da carência de prédios residenciais adequados. Cada classe teria apregoado a importância de virtudes cujo exercício não era nem um pouco necessário em sua própria vida. Os ricos teriam discorrido sobre o valor da parcimônia, e os ociosos teriam sido eloquentes acerca da dignidade do trabalho. Que delícia ter escapado de tudo isso! Enquanto pensava na tia, uma ideia pareceu lhe ocorrer. Virou-se para Hallward e disse: — Meu querido amigo, acabo de me lembrar.

— Do quê, Harry?

— De onde ouvi o nome Dorian Gray.

— Onde foi? — perguntou Hallward, franzindo levemente o cenho.

Cenho > rosto, fisionomia.

— Não fique tão irritado, Basil. Foi em casa da minha tia, Lady Agatha. Ela me contou que havia descoberto um jovem maravilhoso, que iria acompanhá-la no East End, e o nome dele era Dorian Gray. Posso lhe dizer que ela nunca me contou que ele era bonito. As mulheres não sabem apreciar a boa aparência; não as mulheres boas, pelo menos. Ela disse que ele era muito sério e que tinha uma bela índole. Na mesma hora imaginei um ser de óculos e cabelo escorrido, horrendamente sardento, pisando pesado com seus pés enormes. Se eu soubesse que era seu amigo...

— Ainda bem que não sabia, Harry.

— Por quê?

— Não quero que você o conheça.

— Não quer que eu o conheça?

— Não.

— O senhor Gray está no ateliê, senhor — disse o mordomo, entrando no jardim.

— Agora você precisa me apresentar — bradou Lord Henry, rindo.

O pintor virou-se para o empregado, que permanecia ali em pé, piscando por causa da luz do sol. — Peça ao senhor Gray que espere, Parker: estarei lá em poucos instantes. — O homem fez uma reverência e voltou pela alameda.

Então ele encarou Lord Henry. — Dorian Gray é meu amigo mais querido — disse. — Tem uma índole simples e bela. Sua tia estava certa no que disse sobre ele. Não o estrague. Não tente influenciá-lo. Sua influência seria maléfica. O mundo é grande e contém muita gente maravilhosa. Não tire de mim a única pessoa que dá a minha arte o único encanto que ela porventura possua: minha vida como artista depende dele. Por favor, Harry, confio em você. — Falava bem devagar, e as palavras pareciam sair dele quase contra a sua vontade.

— Que bobagem você está dizendo! — retrucou Lord Henry, sorrindo; e, tomando Hallward pelo braço, quase o puxou para dentro da casa.

AO ENTRAR, AVISTARAM DORIAN GRAY. Estava sentado diante do piano, de costas para eles, virando as páginas de um volume das *Cenas da floresta*, de Schumann. — Você precisa me emprestar isso, Basil — gritou ele. — Quero aprender a tocá-las. São perfeitamente encantadoras.

— Isso só vai depender de como você posar hoje, Dorian.

— Oh, estou cansado de posar, e não quero um retrato meu em tamanho natural — respondeu o rapaz, girando a banqueta do piano de modo ostensivo e petulante. Quando avistou Lord Henry, um forte rubor tingiu suas faces por um momento, e ele se levantou de pronto. — Desculpe, Basil, não sabia que havia alguém com você.

— Este é Lord Henry Wotton, Dorian, um velho amigo meu de Oxford. Eu estava justamente contando a ele que ótimo modelo você é, e agora você vem e estraga tudo.

— O senhor não estragou meu prazer em conhecê-lo, senhor Gray — disse Lord Henry, caminhando até ele e estendendo-lhe a mão. — Minha tia fala muito a seu respeito. O senhor é um dos favoritos dela, e temo que uma de suas vítimas também.

— Estou na lista negra de Lady Agatha no momento — respondeu Dorian com uma expressão curiosa de contrição. — Prometi acompanhá-la a um clube em Whitechapel na última terça-feira e esqueci completamente. Iríamos tocar juntos um dueto... três duetos, se não me engano. Não sei o que ela me dirá. Estou apavorado demais para visitá-la.

Oh, vou fazer suas pazes com minha tia. Ela é muito devotada ao senhor. E acho que não tem muita importância o fato de o senhor não ter comparecido. A plateia provavelmente

No século XIX, a região de **Whitechapel** era barra-pesada. A pobreza era dramática, a prostituição imperava e foi por ali que Jack, o Estripador, cometeu seus crimes. Os ricos tinham vários clubes com atividades filantrópicas na área.

achou que se tratava de um dueto. Quando tia Agatha se senta ao piano, faz barulho por duas pessoas.

— Isso é muito horrível em relação a ela, e não muito simpático em relação a mim — respondeu Dorian, rindo.

Lord Henry fitou-o. Sim, era maravilhosamente belo com seus lábios escarlate sutilmente curvos, seus claros olhos azuis, seu cabelo encaracolado cor de ouro. Havia algo em seu rosto que inspirava uma confiança imediata. Toda a candura da juventude estava ali, bem como toda a pureza apaixonada. Sentia-se que ele se mantivera protegido das máculas do mundo. Não era de espantar que Basil Hallward o venerasse.

— O senhor é encantador demais para fazer filantropia, senhor Gray... encantador demais. — E Lord Henry se atirou no divã, abrindo em seguida a cigarreira.

O pintor estivera ocupado misturando suas tintas e preparando os pincéis. Parecia preocupado, e, ao ouvir o último comentário de Lord Henry, lançou-lhe um olhar, hesitou por um momento e depois disse: — Harry, quero terminar este quadro hoje. Você consideraria demasiado rude de minha parte lhe pedir que fosse embora?

Lord Henry sorriu e olhou para Dorian Gray. — Devo ir, senhor Gray? — perguntou.

— Oh, por favor, não vá, Lord Henry. Vejo que Basil está num dos seus momentos de mau humor; e não o suporto quando ele fica mal-humorado. Além disso, quero que me diga por que não devo fazer filantropia.

— Não sei se devo lhe dizer, senhor Gray. É um assunto tão tedioso que seria preciso falar seriamente a respeito dele. Mas com certeza não vou fugir, agora que o senhor me pediu para ficar. Você não se importa de verdade, não é, Basil? Mais de uma vez você me disse que gostava que seus modelos tivessem alguém com quem conversar.

Hallward mordeu o lábio. — Se Dorian assim o deseja, claro que você deve ficar. Os caprichos de Dorian são leis para todo mundo, exceto para ele próprio.

Lord Henry apanhou o chapéu e as luvas. — Você é muito persuasivo, Basil, mas infelizmente preciso ir. Prometi me encontrar com um homem no Orleans. Até logo, senhor Gray.

Venha me visitar uma tarde destas na Curzon Street. Estou quase sempre em casa às cinco horas. Escreva-me para avisar quando for. Eu lamentaria muito se nos desencontrássemos.

— Basil — exclamou Dorian Gray —, se Lord Henry Wotton se retirar eu saio também. Você nunca abre a boca enquanto pinta, e é horrivelmente monótono ficar plantado num estrado tentando parecer amável. Peça-lhe que fique. Eu insisto.

— Fique, Harry, para obsequiar Dorian, para me obsequiar — disse Hallward, fitando intensamente seu quadro. — É a pura verdade, nunca converso enquanto estou trabalhando, e tampouco escuto, e isso deve ser terrivelmente enfadonho para meus desafortunados modelos. Peço-lhe que fique.

— Mas e o meu homem no Orleans?

O pintor riu. — Acho que não haverá dificuldade alguma quanto a isso. Volte a se sentar, Harry. E agora, Dorian, suba no estrado e não se mexa muito, nem preste muita atenção ao que diz Lord Henry. Ele exerce má influência sobre todos os amigos, com a única exceção de mim mesmo.

Dorian Gray subiu ao estrado, com o ar de um jovem mártir grego, e fez um pequeno muxoxo de descontentamento para Lord Henry, por quem já sentia uma afeição. Ele era tão diferente de Basil... Faziam um delicioso contraste. E tinha uma linda voz. Depois de alguns instantes, perguntou-lhe: — O senhor exerce mesmo má influência, Lord Henry? Tão má quanto Basil diz?

— Não existe influência boa, senhor Gray. Toda influência é imoral... imoral de um ponto de vista científico.

— Por quê?

— Porque influenciar alguém significa dar-lhe a própria alma. O sujeito deixa de pensar seus pensamentos naturais, de arder em suas paixões naturais. Suas virtudes não são verdadeiramente suas. Seus pecados, se é que existe algo que se possa chamar de pecado, são emprestados. Ele se torna um eco da música de outra pessoa, ator de um papel que não foi escrito para si. O objetivo da vida é o autodesenvolvimento. Realizar à perfeição nossa própria natureza: é para isso que cada um de nós está aqui. As pessoas têm medo de si mesmas hoje em dia. Esqueceram o mais elevado de todos os deveres, o dever para consigo próprias. Claro que elas são caridosas. Alimentam o faminto, vestem o mendigo. Mas suas próprias almas passam fome, e estão nuas. A coragem abandonou a nossa raça. Talvez nunca a tenhamos possuído de fato. O terror da sociedade, que é a base da moral, o terror de Deus, que é o segredo da religião: eis as duas coisas que nos governam. E no entanto...

— Vire a cabeça só um pouco mais para a direita, Dorian, como um bom moço — disse o pintor, imerso em seu trabalho, consciente apenas de que o rosto do rapaz tinha sido tomado por uma expressão que ele nunca vira antes.

— No entanto — prosseguiu Lord Henry em sua voz baixa, musical, acompanhada do gracioso gesto de mão que lhe era tão caraterístico desde os tempos de estudante em Eton —, acredito que, se um homem vivesse sua vida de modo pleno e completo, se desse forma a cada sentimento, expressão a cada ideia, realidade a cada sonho... acredito que o mundo ganharia um impulso de alegria tão vigoroso que esqueceríamos todas as enfermidades do medievalismo e retornaríamos ao ideal helênico; quem sabe até a algo mais refinado, mais esplêndido, que o próprio ideal helênico. Mas o homem mais corajoso entre nós tem medo de si mesmo. A mutilação do selvagem tem sua sobrevivência trágica na autonegação que emperra nossas vidas. Somos punidos por nossas recusas. Todo impulso que conseguimos sufocar germina na mente e nos envenena. O corpo peca uma vez e acerta contas com o pecado, pois a ação é um modo de purificação. Nada resta então senão a recordação de um prazer, ou a luxúria de um arrependimento. A única maneira de se livrar de uma tentação é render-se a ela. Resista e sua alma adoecerá de anseio pelas coisas que negou a si mesma, de desejo daquilo que suas leis monstruosas tornaram monstruoso e ilegal. Já se disse que os grandes acontecimentos do mundo ocorrem no cérebro. É no cérebro, e só nele, que os grandes pecados do mundo têm lugar também.

A Inglaterra tem um bom número de escolas que funcionam como internatos. Algumas delas, inclusive, são exclusivas: só para moças ou só para rapazes. A **Eton** é uma delas — e das mais tradicionais. Ali, os carinhas chegam para fazer o ensino médio, pavimentando um caminho que, via de regra, desemboca nas Universidades de Oxford ou de Cambridge e, muitas vezes (em especial quando a trajetória é Eton e Oxford), na vida política.

O senhor, senhor Gray, o senhor mesmo, com sua juventude flamejante e sua meninice rósea, teve paixões que o deixaram com medo, pensamentos que o encheram de pavor, devaneios e sonhos cuja mera lembrança talvez enrubesça de vergonha o seu rosto...

— Pare! — tartamudeou Dorian Gray —, pare! O senhor me desnorteia. Não sei o que dizer. Há alguma resposta a lhe dar, mas não consigo encontrá-la. Não fale. Deixe-me pensar. Ou, antes, deixe-me tentar não pensar.

Tartamudear > gaguejar, se enrolar pra falar.

Por quase dez minutos ele ficou ali plantado, imóvel, com os lábios entreabertos e os olhos estranhamente brilhantes. Tinha uma vaga consciência de que influências inteiramente novas estavam agindo sobre si. No entanto, elas lhe pareciam provir de si próprio. As poucas palavras que o amigo de Basil lhe dissera — palavras ditas ao acaso, sem dúvida, e contendo em si um paradoxo deliberado — haviam tocado uma corda secreta que nunca fora tocada antes, mas que agora ele sentia vibrar e palpitar numa estranha pulsação.

A música o agitara de modo parecido. A música o perturbara inúmeras vezes. Mas a música não era enunciada com nitidez. O que ela criava em nós não era um novo mundo, e sim um outro caos. Palavras! Meras palavras! Como eram terríveis! Como eram claras, vívidas e cruéis! Não havia como escapar delas. No entanto, que mágica sutil continham! Pareciam capazes de dar forma plástica a coisas informes, e guardar uma música só delas, tão doce quanto a da viola ou a do alaúde. Meras palavras! Havia alguma coisa tão real quanto as palavras?

Sim; tinham existido coisas em sua meninice que ele não chegara a compreender. Agora as compreendia. A vida de repente adquiria cores violentas para ele. Tinha a impressão de haver caminhando sobre brasas. Por que não percebera?

Com seu sorriso sutil, Lord Henry o observava. Sabia o momento psicológico exato de nada dizer. Sentia-se vivamente interessado. Estava espantado com a impressão instantânea produzida por suas palavras e, lembrando-se de um livro que lera aos dezesseis anos, um livro que lhe revelara muito do que não sabia até então, ele se perguntou se Dorian Gray estava atravessando uma experiência semelhante. Simplesmente lançara uma flecha no ar. Teria atingido o alvo? Como o rapaz era fascinante!

Hallward seguia pintando com aquele toque maravilhoso e ousado, que tinha o verdadeiro refinamento e a delicadeza perfeita que, em arte, nasce unicamente da força. Nem se deu conta do silêncio.

— Basil, estou cansado de ficar em pé — gritou Dorian Gray, de repente. — Preciso sair e me sentar um pouco no jardim. O ar aqui está sufocante.

— Meu caro amigo, sinto muito. Quando estou pintando, não consigo pensar em outra coisa. Mas você nunca posou tão bem. Ficou perfeitamente imóvel. E captei o efeito que eu queria... os lábios entreabertos e o brilho radiante nos olhos. Não sei o que Harry andou lhe dizendo, mas ele com certeza o levou a assumir a expressão mais maravilhosa. Suponho que o tenha lisonjeado. Não acredite em uma só palavra do que ele diz.

— Não, ele certamente não estava me lisonjeando. Talvez seja por isso que não acredito em coisa alguma do que me contou.

— O senhor sabe que acredita em tudo — disse Lord Henry, mirando-o com seus olhos sonhadores e lânguidos. — Vou sair para o jardim com o senhor. Está terrivelmente quente aqui no ateliê. Basil, providencie-nos alguma coisa gelada para beber, alguma coisa com morangos dentro.

— Claro, Harry. Toque a sineta, e quando Parker aparecer diga-lhe o que você quer. Tenho de continuar trabalhando neste fundo, vou me juntar a vocês mais tarde. Não segure Dorian por muito tempo. Nunca estive tão em forma para pintar como hoje. Esta vai ser minha obra-prima. Já é minha obra-prima tal como está.

Lord Henry saiu para o jardim e encontrou Dorian Gray com o rosto afundado nas grandes flores frescas do lilás, sorvendo febrilmente seu perfume como se fosse vinho. Aproximou-se e pousou a mão sobre seu ombro. — Você tem toda a razão em fazer isso — murmurou. — Não há nada melhor que os sentidos para curar a alma, assim como não há nada melhor que a alma para curar os sentidos.

O rapaz teve um sobressalto e se aprumou. Estava sem chapéu, e as folhas da planta tinham despenteado seus cachos e emaranhado os fios dourados. Havia uma expressão de medo em seus olhos, como a das pessoas que são acordadas subitamente. Suas narinas finamente cinzeladas vibraram, e algum nervo oculto agitou o vermelho de seus lábios, deixando-os trêmulos.

— Sim — prosseguiu Lord Henry —, esse é um dos grandes segredos da vida; curar a alma por meio dos sentidos, e os sentidos por meio da alma. O senhor é uma criação maravilhosa. Sabe mais do que pensa que sabe, assim como sabe menos do que deseja saber.

Dorian Gray franziu o cenho e virou a cabeça para o outro lado. Não conseguia deixar de gostar do jovem alto e elegante em pé à sua frente. Seu rosto romântico, cor de oliva, e sua expressão fatigada lhe interessavam. Havia algo de absolutamente fascinante naquela voz baixa, lânguida. Suas mãos frias, brancas, que até pareciam flores, tinham um curioso encanto. Moviam-se como música quando ele falava e pareciam ter linguagem própria. Mas sentia medo dele, e vergonha de sentir medo. Por que havia cabido a um estranho revelá-lo a si próprio? Conhecia Basil Hallward havia meses, mas a amizade entre eles nunca o alterara. De repente surgia alguém em sua vida que parecia desvelar para ele o mistério da existência. E, no entanto, o que havia a temer ali? Não era um ginasiano nem uma garotinha. Era absurdo ficar amedrontado.

— Vamos nos sentar ali na sombra — disse Lord Henry. — Parker trouxe as bebidas, e se continuar por mais tempo exposto a este sol o senhor vai se estragar por completo, Basil nunca mais o pintará de novo. Não deve de modo algum permitir que o sol queime sua pele. Não seria conveniente

— Que importância pode ter isso? — exclamou Dorian Gray, rindo, ao sentar-se no banco no final do jardim.

— Deveria ter toda a importância para o senhor, senhor Gray.

— Por quê?

— Porque o senhor tem a juventude mais maravilhosa, e a juventude é a única coisa que vale a pena possuir.

— Não sinto assim, Lord Henry.

— Não, o senhor não sente assim agora. Um dia, quando estiver velho, enrugado e feio, quando o Pensamento lhe tiver riscado a fronte com seus sulcos e a paixão lhe tiver marcado os lábios com seus fogos medonhos, o senhor sentirá, e sentirá terrivelmente. Agora, aonde quer que vá, o senhor encanta o mundo. Será assim para sempre?... O senhor tem um rosto maravilhosamente belo, senhor Gray. Não faça careta. Tem sim. E a Beleza é uma forma de Gênio... é até mais elevada que o Gênio, e não precisa de explicação. É um dos grandes fatos do mundo, como a luz do sol, a primavera, o reflexo em águas escuras daquela concha de prata que chamamos de lua. Não se pode questioná-la. Ela tem seu direito divino à soberania. Torna príncipes aqueles que a possuem. O senhor sorri? Ah, quando a tiver perdido não sorrirá mais... Há quem diga que a Beleza é meramente superficial. Pode até ser. Mas pelo menos não é tão superficial quanto o Pensamento. Para mim, a Beleza é a maravilha das maravilhas. Só as pessoas rasas não julgam pelas aparências. O verdadeiro mistério do mundo é o visível, não o invisível... Sim, senhor Gray, os deuses foram bons com o senhor. Mas, o que os deuses dão, com a mesma rapidez eles tiram de volta. O senhor dispõe de poucos anos para viver de verdade, de modo pleno e perfeito. Quando sua juventude for embora, sua beleza irá com ela, e então o senhor descobrirá subitamente que não lhe restam mais triunfos, ou terá de se contentar com aqueles triunfos modestos que a lembrança do seu passado tornará mais amargos que derrotas. Cada mês que se passa o aproxima mais de algo pavoroso. O tempo tem inveja do senhor e guerreia contra seus lírios e suas rosas. O senhor ficará pálido, de rosto chupado e olhos baços. Sofrerá horrivelmente... Ah! Realize plenamente sua juventude enquanto a tem. Não desperdice o ouro de seus dias ouvindo os enfadonhos, tentando curar os fracassados irremediáveis ou concedendo sua vida aos ignorantes, aos comuns, aos vulgares. Esses são os objetivos doentios, os falsos ideais de nossa época. Viva! Viva a vida maravilhosa que tem dentro de si! Não deixe que coisa alguma se perca. Esteja sempre em busca de novas sensações. Nada tema...

Um novo Hedonismo... é isso que nosso século deseja. O senhor bem poderia ser seu símbolo visível. Com sua personalidade, não há nada que não possa fazer. O mundo lhe pertence por uma estação... No momento em que o conheci vi que o senhor não tinha consciência alguma do que verdadeiramente é, do que poderia vir a ser. Há tanta coisa que me encanta no senhor que sinto dever lhe contar algo a seu respeito. Pensei que seria trágico ao extremo vê-lo desperdiçado. Pois é tão breve o tempo que sua juventude vai durar... breve demais. As flores baldias da montanha murcham, mas voltam a florescer. O laburno estará tão amarelo em junho como está agora. Em um mês haverá estrelas púrpura na clematite, e ano após ano a noite verde de suas folhas sustentará suas estrelas púrpura. Mas nós nunca regressamos a nossa juventude. A pulsação de alegria que nos anima aos vinte anos torna-se lenta. Nossos membros fraquejam, nossos sentidos se deterioram. Degeneramos em horrendos fantoches, assombrados pela lembrança de paixões das quais tivemos medo demais e das requintadas tentações às quais não tivemos coragem de ceder. Juventude! Juventude! Não há absolutamente nada no mundo senão a juventude!

Dorian Gray escutava de olhos bem abertos, pensativo. O ramo de lilases caiu de sua mão no cascalho. Uma abelha peluda zumbiu em volta por um momento. Em seguida passou a escalar o globo estrelado de flores minúsculas. Ele a observava com aquele estranho interesse em coisas triviais que tentamos desenvolver quando coisas da mais alta importância nos causam medo, ou quando somos agitados por alguma emoção nova para a qual não encontramos expressão, ou ainda quando algum pensamento que nos aterroriza assedia de repente nosso cérebro e apela para que nos rendamos. Depois de um tempo a abelha saiu voando. Ele a viu se intrometer na trompa de um convólvulo roxo. A flor pareceu estremecer e logo passou a balançar de um lado para outro.

De repente o pintor surgiu à porta do ateliê e fez-lhes sinais de que voltassem para dentro. Eles se viraram um para o outro e sorriram.

Hedonismo, do grego *hedoné*, significa prazer, e dá nome a uma doutrina filosófica que diz que o prazer é o que vale na vida. Já o Epicurismo prega que o prazer é necessário, mas com moderação.

Baldio > inútil, sem serventia.

Clematite > trepadeira que dá muitas flores, de cores e formatos variados. Na Inglaterra é conhecida como a "rainha dentre todas as trepadeiras".

Convólvulo > trepadeira com flores que lembram o lírio, em formato de sino.

— Estou esperando — gritou ele. — Venham. A luz está perfeita, e vocês podem trazer suas bebidas.

Levantaram-se e caminharam juntos pela alameda. Duas borboletas brancas e verdes passaram flutuando por eles, e na pereira do canto do jardim um tordo começou a cantar.

— Está contente por ter me conhecido, senhor Gray? — disse Lord Henry, encarando-o.

— Sim, agora estou contente. Eu me pergunto: será que estarei assim para sempre?

— Para sempre! Que expressão terrível! Sempre estremeço quando a ouço. As mulheres gostam muito de usá-la. Elas estragam todos os romances ao tentar fazê-los durar para sempre. É uma expressão sem sentido também. A única diferença entre um capricho e uma paixão perpétua é que o capricho dura um pouco mais.

Ao entrarem no ateliê, Dorian Gray pousou a mão no braço de Lord Henry. — Nesse caso, que a nossa amizade seja um capricho — murmurou, enrubescendo com sua própria audácia, e em seguida subiu ao estrado e reassumiu sua pose.

Lord Henry deixou-se cair numa grande poltrona de vime e ficou a observá-lo. Roçando e golpeando a tela, o pincel constituía o único som a romper o silêncio, exceto quando, vez por outra, Hallward recuava alguns passos para contemplar sua obra a certa distância. Nos raios de luz oblíquos que entravam pela porta aberta dançava uma poeira dourada. O aroma intenso das rosas parecia pairar sobre todas as coisas.

Depois de um quarto de hora Hallward parou de pintar e ficou olhando Dorian Gray por um longo tempo, e em seguida a pintura, também por um longo tempo, mordendo o cabo de um de seus enormes pincéis e franzindo as sobrancelhas. — Está terminado — exclamou por fim, e curvando-se para a frente assinou seu nome em longas letras rubras no canto esquerdo do quadro.

Lord Henry se aproximou e examinou o retrato. Era com certeza uma maravilhosa obra de arte, com uma semelhança ao modelo igualmente maravilhosa.

— Meu caro amigo, minhas calorosas felicitações — disse ele. — É o retrato mais refinado dos tempos modernos. Senhor Gray, venha ver com seus próprios olhos.

O rapaz teve um sobressalto, como se despertasse de algum sonho.

— Está mesmo terminado? — murmurou, descendo do estrado.

— Completamente — respondeu o pintor. — E você hoje esteve esplêndido. Sou-lhe muito grato.

— Isso se deve apenas a mim — aparteou Lord Henry. — Não é mesmo, senhor Gray?

Dorian não respondeu, mas passou de modo desatento diante do retrato, virando-se depois para observá-lo. Ao vê-lo, deu um passo para trás, e suas faces coraram de prazer por um momento. Uma expressão de alegria veio-lhe aos olhos, como se ele se reconhecesse pela primeira vez. Ficou ali plantado, imóvel e maravilhado, vagamente consciente de que Hallward falava com ele, mas sem captar o sentido de suas palavras. A percepção da própria beleza dominou-o como uma revelação. Nunca sentira aquilo antes. Os elogios de Basil Hallward tinham lhe soado como meros exageros gentis de amizade. Ele os ouvira, rira deles, esquecera-os. Não haviam influenciado em nada sua natureza. Então apareceu Lord Henry Wotton com seu estranho panegírico à juventude, seu terrível alerta sobre a brevidade desta. Isso o perturbara na hora, e agora, em pé ali, contemplando a sombra de seu próprio encanto, a plena realidade da descrição surgia-lhe num lampejo. Sim, chegaria o dia em que seu rosto estaria enrugado e murcho, seus olhos baços e sem cor, a graça de seu porte alquebrada e deformada. O escarlate de seus lábios desbotaria, o ouro seria roubado de seus cabelos. A vida que constituiria sua alma iria arruinar seu corpo. Ele se tornaria medonho, desagradável e grosseiro.

Panegírico > discurso cheio de elogios.

Ao pensar nisso, uma pontada de dor o feriu como um punhal, fazendo estremecer cada fibra delicada de sua natureza. Seus olhos escureceram, chegando ao tom da ametista, e uma névoa de lágrimas os encobriu. Sentia como se uma mão de gelo tivesse pousado em seu coração.

— Não gostou? — bradou Hallward por fim, um tanto aflito pelo silêncio do rapaz, sem entender o que significava.

— Claro que ele gostou — disse Lord Henry. — Quem não gostaria? É uma das coisas mais formidáveis da arte moderna. Eu lhe dou o que você pedir por ele. Preciso ter esse quadro.

— Ele não é propriedade minha, Harry.

— De quem é então?

— De Dorian, claro — respondeu o pintor.

— Ele é um sujeito de muita sorte.

— Que triste! — murmurou Dorian Gray, com os olhos ainda fixos em seu retrato. — Que triste! Ficarei velho, horrível, repulsivo. Mas esse retrato permanecerá sempre jovem. Nunca ficará mais velho do que neste dia particular de junho... Se pelo menos fosse o contrário! Se fosse eu que permanecesse sempre jovem e o quadro envelhecesse! Para isso... para isso... eu daria tudo! Sim, não há no mundo nada que eu não trocasse por isso! Eu daria minha alma em troca disso!

— Você certamente não iria gostar de um arranjo assim, Basil — exclamou Lord Henry, rindo. — Seria péssima notícia para a sua obra.

— Eu me oporia com toda a força, Harry — disse Hallward.

Dorian Gray se virou e olhou para ele. — Acho que sim, Basil. Você gosta mais da sua arte do que dos seus amigos. Eu, para você, não sou mais que uma figura verde de bronze. Ou nem isso, ouso dizer.

Verde de bronze é a expressão usada para se referir à cor da oxidação comum que o bronze (e o cobre) sofre. É um tom *mezzo* verde *mezzo* azul, chamado de *verdigris* em inglês e de azinhavre em português.

O pintor o encarou com espanto. Não era da índole de Dorian falar daquele jeito. O que tinha acontecido? Ele parecia bem furioso. Seu rosto estava corado, suas faces ardiam.

— Sim — prosseguiu —, para você eu sou menos que seu Hermes de marfim ou seu Fauno de prata. Você vai gostar deles para sempre. Por quanto tempo vai gostar de mim? Até eu ter minha primeira ruga, suponho. Agora sei que quando a pessoa perde a boa aparência, qualquer que seja esta, perde tudo. Seu quadro me ensinou isso. Lord Henry Wotton está absolutamente certo. A juventude é a única coisa que

Hermes é um deus da mitologia grega. Além de exercer outras funções, o cara carrega tipo um lampião na mão que ia iluminando a rota enquanto levava os mortos para o mundo da banda de lá. Já os **faunos** são criaturas metade homem e metade bode (ou cavalo, quando então eram chamados de centauros) da mitologia romana e representavam prazer sexual. O Hermes e o Fauno aqui são duas estátuas na casa de Basil.

vale a pena possuir. Quando perceber que estou ficando velho, eu me matarei.

Hallward empalideceu e tomou-lhe a mão. — Dorian! Dorian! — gritou —, não fale assim. Nunca tive um amigo como você, e nunca terei. Você não está com ciúme de coisas materiais, está?... justo você, que é mais admirável que qualquer uma delas!

— Tenho ciúme de tudo aquilo cuja beleza não morre. Tenho ciúme do retrato meu que você pintou. Por que ele deveria manter aquilo que sou obrigado a perder? Cada momento que passa tira algo de mim e dá algo a ele. Oh, se pudesse ser o contrário! Se o quadro pudesse mudar e eu pudesse ser sempre o que sou agora! Por que você o pintou? Ele vai zombar de mim um dia... zombar de mim horrivelmente! — Lágrimas quentes empoçaram seus olhos; soltou a mão com um arranco e atirou-se no divã, afundando o rosto nas almofadas, como se rezasse.

— Isso é culpa sua, Harry — disse o pintor com amargura.

Lord Henry deu de ombros. — Esse é o verdadeiro Dorian Gray... isso é tudo.

— Não é, não.

— Se não é, o que eu tenho com isso?

— Você devia ter ido embora quando lhe pedi — murmurou.

— Fiquei quando você me pediu — foi a resposta de Lord Henry.

— Harry, não posso brigar com meus dois melhores amigos ao mesmo tempo, mas vocês dois acabaram me fazendo detestar a melhor obra que criei na vida, e vou destruí-la. O que é ela senão tela e tinta? Não vou deixar que se intrometa em nossas três vidas e as arruíne.

Dorian Gray ergueu das almofadas a cabeça dourada e, com o rosto pálido e os olhos marcados de choro, observou o pintor caminhar até a bancada de trabalho instalada sob a janela alta cortinada. O que ele estava fazendo ali? Seus dedos reviravam a confusão de tubos de tinta e pincéis secos, à procura de alguma coisa. Sim, procurava a longa espátula, com sua lâmina fina de aço flexível. Achou-a, afinal. Iria retalhar a tela.

Com um soluço abafado o rapaz saltou do divã e, correndo até Hallward, arrancou-lhe a espátula da mão e atirou-a no fundo do ateliê. — Não, Basil, não! — gritou. — Seria um assassinato!

— Fico feliz de que você, no final das contas, aprecie minha obra, Dorian — disse o pintor friamente quando se recobrou da surpresa. — Nunca pensei que o faria.

— Apreciá-la? Estou apaixonado por ela, Basil. Ela é parte de mim mesmo. Sinto isso.

— Bem, assim que estiver seco, você será envernizado, emoldurado e enviado para casa. Então poderá fazer o que quiser consigo mesmo. — Dito isso, atravessou o recinto e tocou a sineta, pedindo chá. — Você aceita um chá, por certo, não é, Dorian? E você também, Harry? Ou faz objeção a prazeres tão simples?

— Adoro prazeres simples — disse Lord Henry. — São o último refúgio dos complexos. Mas não gosto de cenas, a não ser no palco. Que sujeitos absurdos, vocês dois! Eu me pergunto quem foi que definiu o homem como animal racional. É a definição mais prematura já formulada. O homem é muitas coisas, mas não é racional. Fico contente de que não seja, afinal de contas, embora eu preferisse que vocês, meus amigos, não brigassem por causa do quadro. Faria melhor se me deixasse tê-lo, Basil. Este menino tolo não o quer de verdade, e eu sim.

— Se você entregar o quadro a outra pessoa que não eu, jamais o perdoarei, Basil! — exclamou Dorian Gray; — e não permito que me chamem de menino tolo.

— Você sabe que o quadro é seu, Dorian. Dei-o a você antes mesmo que ele existisse.

— E o senhor sabe que foi um pouco tolo, senhor Gray, e que não faz objeção a ser lembrado de que é extremamente jovem.

— Eu deveria ter objetado com veemência esta manhã, Lord Henry.

— Ah!, esta manhã! O senhor já viveu muito desde então.

Ouviu-se uma batida na porta, e o mordomo entrou com uma bem servida bandeja de chá, pousando-a sobre uma mesinha japonesa. Houve um estrépito de xícaras e

Estrépito > barulho, estrondo.

pires e o assobio de uma chaleira georgiana canelada. Dois pratos de porcelana chinesa em forma de globo foram trazidos por um pajem. Dorian Gray se aproximou e serviu o chá. Os dois homens caminharam languidamente até a mesa e examinaram o que havia sob as tampas.

— Por que não vamos ao teatro hoje à noite? — perguntou Lord Henry. — Com certeza há alguma coisa em cartaz, em algum lugar. Prometi jantar no White's, mas é só com um velho amigo, então posso lhe mandar um telegrama para dizer que estou doente, ou que estou impedido de ir em razão de outro compromisso assumido posteriormente. Acho que seria uma bela desculpa: teria toda a surpresa da sinceridade.

— É muito enfadonho vestir traje social — resmungou Hallward. — E, quando estamos dentro deles, são tão horrendos!

— Sim — respondeu Lord Henry, com ar sonhador —, o figurino do século dezenove é detestável. Tão sombrio, tão deprimente... O pecado é o único elemento verdadeiramente colorido que resta na vida moderna.

— Você não devia dizer essas coisas diante de Dorian, Harry.

— Diante de qual Dorian? Aquele que está servindo chá para nós ou aquele do quadro?

— De qualquer um dos dois.

— Eu gostaria de ir ao teatro com o senhor, Lord Henry — disse o rapaz.

— Então venha; e você vem também, não vem, Basil?

— Não posso, de verdade. É mais certo que eu não vá. Tenho um bocado de trabalho a fazer.

— Bem, então vamos só nós, senhor Gray.

— Vou gostar imensamente.

O pintor mordeu o lábio e caminhou com a xícara na mão até o quadro. — Ficarei aqui com o verdadeiro Dorian — disse com tristeza.

A **Era Georgiana** vai de 1714 até 1830, passando por quatro reis de nome George (como geralmente se traduzem os nomes dos reis e dos papas, por aqui nós os chamamos de Jorge). É quando o chá (levado à Inglaterra por uma princesa portuguesa que se casou com um rei inglês) se torna uma verdadeira mania nacional por lá.

O **pajem** fazia de tudo para que a vida do patrão fosse fácil, limpa, organizada, perfeita: arranjava a roupa, o banho e o fazer da barba, cuidava da temperatura do cômodo, entregava a luva e o chapéu quando o cara ia sair... Era uma megababá de marmanjo 24 horas por dia.

Antigamente era possível ir ao correio, passar uma mensagem escrita pelos fios do **telégrafo**, via código Morse, para uma agência próxima do destinatário. De lá, um carteiro saía para fazer a entrega. A operação toda era considerada rápida como um foguete — mas hoje seria uma piada, né? O mais interessante é que o destinatário pagava por palavra. Então, era uma economia danada de palavras. O texto saía assim: "economia palavras" e ponto, digo: pt. Os internautas também costumam abreviar palavras, como vc (você), abs (abraços) etc., porém não por economia financeira.

— O verdadeiro Dorian? — gritou o modelo original do retrato, atravessando o ateliê em direção ao pintor. — É assim mesmo que eu sou?

— Sim. Você é exatamente assim.

— Que maravilha, Basil!

— Ao menos é assim na aparência. Mas ele nunca irá se modificar — suspirou Hallward. — Não é pouca coisa.

— Que alvoroço as pessoas fazem acerca da fidelidade! — exclamou Lord Henry. — Ora, mesmo no amor é meramente uma questão de fisiologia. Não tem nada a ver com nossa vontade própria. Homens jovens querem ser fiéis, e não o são; homens velhos querem ser infiéis, e não conseguem: é só isso que se pode dizer.

— Não vá ao teatro esta noite, Dorian — disse Hallward. — Fique aqui e jante comigo.

— Não posso, Basil.

— Por quê?

— Porque prometi a Lord Henry Wotton que iria com ele.

— Cumprir suas promessas não vai fazê-lo gostar mais de você. Ele mesmo sempre descumpre as suas. Eu lhe peço, por favor não vá.

Dorian Gray riu e balançou a cabeça.

— Estou implorando.

O rapaz hesitou, depois olhou para Lord Henry, que os observava da mesa de chá com um sorriso divertido.

— Preciso ir, Basil — respondeu.

— Muito bem — disse Hallward; avançou e depositou sua xícara na bandeja. — Está ficando tarde e, já que você tem de se vestir, é melhor não perder mais tempo. Adeus, Harry. Adeus, Dorian. Venha logo me visitar. Venha amanhã.

— Com certeza.

— Não vai esquecer?

— Claro que não! — exclamou Dorian.

— E... Harry!

— O quê, Basil?

— Lembre-se do que lhe pedi quando estávamos no jardim esta manhã.

— Já esqueci.

— Confio em você.

— Bem que eu gostaria de confiar em mim mesmo — disse Lord Henry, rindo. — Venha, senhor Gray, meu fiacre está lá fora, e posso deixá-lo em sua casa. Adeus, Basil. Foi uma tarde muito interessante.

Fiacre > carruagem geralmente de aluguel, puxada por um só cavalo.

Quando a porta se fechou depois que eles saíram, o pintor se lançou num sofá, e uma expressão de dor dominou seu rosto.

AO MEIO-DIA E MEIA DO DIA SEGUINTE, Lord Henry Wotton caminhou da Curzon Street até o Albany para visitar seu tio, Lord Fermor, um velho solteirão bem amável, ainda que de modos meio grosseiros, a quem o mundo exterior chamava de egoísta por não extrair dele nenhum proveito particular, mas que era considerado generoso pela elite financeira e cultural, pois alimentava as pessoas que o divertiam. Seu pai tinha sido nosso embaixador em Madri quando Isabel era jovem e ainda nem se pensava em Prim, mas se aposentara do serviço diplomático num rompante de capricho por não ter sido agraciado com a embaixada em Paris, um posto para o qual se sentia plenamente credenciado em razão de seu berço, de sua indolência, do bom inglês de seus memorandos e de sua paixão imoderada pelo prazer. O filho, que havia sido secretário do pai, demitira-se juntamente com o chefe, de modo bastante tolo conforme se julgou na época, e, ao assumir seu título alguns meses depois, passou a dedicar-se seriamente ao estudo da grande arte aristocrática de não fazer absolutamente nada. Tinha dois grandes palacetes, mas preferia viver em apartamento de solteiro, pois dava menos trabalho, e fazia a maioria das refeições em seu clube. Dava alguma atenção à gestão de suas minas de carvão nos condados das Midlands, desculpando a si mesmo por essa mácula de indústria com o argumento de que a única vantagem de possuir carvão

O **Albany** era um prédio de três andares, erguido no final dos 1700, que no comecinho do século seguinte foi dividido em bons apês, ocupados por homens solteiros e bem de vida.

Lá pelos três anos de idade, **Isabel** virou Isabel II, rainha da Espanha, e ficou no posto de 1833 a 1868, quando foi deposta.

Juan **Prim** Y Prats foi um militar e político espanhol que defendeu Isabel II quando o tio dela, Don Carlos, disse que no lugar da menina era ele que devia assumir o trono. O problema é que, anos depois, Prim virou um opositor da mesma Isabel, sendo o líder da revolução (chamada Guerras Carlistas) que, no final das contas, tirou o trono dela.

As **Midlands** são uma região no centro da Inglaterra. A palavra "*midlands*" significa exatamente "terra do meio".

Antes, os políticos da Inglaterra eram divididos em dois times (não chegavam a ser partidos): os ***tories*** (conservadores) e os *whigs* (liberais). Mas no século XIX surgiu um novo grupo, os **radicais**, que queriam, entre outras coisas, que mais pessoas tivessem o direito a voto. Naquela altura, só 3% da população podia votar.

Os **dândis** eram meio que rebeldes sem causa — tinham educação de qualidade e gosto pelas coisas boas, eram loucos pela arte e pelo belo, possuíam língua afiada e se vestiam de maneira elegantemente escandalosa, enquanto gastavam o tempo com bate-papos, lazer ou mesmo um grande nada. O próprio Oscar Wilde é considerado um superdândi.

Em inglês, este **almanaque** é chamado de *Blue Book*. Era tipo um relatório com o nome de quem era quem na estrutura social do país, listando toda a galera que era importante. Criado em 1822, o *Blue Book* foi publicado na Inglaterra até 1949.

era que isso propiciava a um cavalheiro dar-se ao luxo de queimar lenha decentemente em sua própria lareira. Em política, era um *tory*, exceto quando os *tories* estavam no governo, período em que ele os acusava asperamente de ser um bando de radicais. Era um herói para seu pajem, que o intimidava, e um terror para a maioria de seus parentes e conhecidos, aos quais ele por sua vez intimidava. Só a Inglaterra poderia tê-lo produzido, e ele sempre dizia que o país estava indo para o brejo. Seus princípios pessoais eram antiquados, mas havia muito a dizer sobre seus preconceitos.

Quando Lord Henry entrou no aposento, encontrou o tio sentado, de casaco rústico de caça, fumando um charuto de pontas cortadas e resmungando a respeito do *Times*. — Bem, Harry — disse o velho cavalheiro —, o que o fez sair de casa tão cedo? Pensei que vocês, dândis, não se levantassem antes das duas e só fossem visíveis depois das cinco.

— Puro sentimento familiar, eu lhe garanto, tio George. Quero tirar algo do senhor.

— Dinheiro, suponho — disse Lord Fermor, fazendo uma careta. — Bem, sente-se e me conte tudo. Os jovens, hoje em dia, imaginam que o dinheiro é tudo.

— Sim — murmurou Lord Henry, ajeitando os botões do casaco; — e quando ficam mais velhos constatam que é mesmo. Mas não quero dinheiro. Só as pessoas que precisam pagar as contas querem isso, tio George, e eu nunca pago as minhas. O crédito é o capital de um filho caçula, e com ele se pode viver de modo encantador. Além disso, eu sempre me entendo com os comerciantes de Dartmoor, e consequentemente eles nunca me incomodam. O que eu quero é informação: não informação útil, é claro; quero informação inútil.

— Bem, eu posso lhe contar qualquer coisa que esteja num almanaque da sociedade britânica, Harry, embora esses camaradas hoje em dia escrevam um bocado de disparates. Quando eu estava na diplomacia, as coisas eram muito melhores. Mas fiquei sabendo que agora se ingressa no serviço mediante um exame. O que se pode esperar? Os exames, meu caro, são pura tapeação do início ao fim. Se um homem é um cavalheiro, ele sabe o suficiente, e se não é um cavalheiro, o que quer que saiba não é bom para ele.

— O senhor Dorian Gray não faz parte dos almanaques da sociedade britânica, tio George — disse Lord Henry, languidamente.

— Senhor Dorian Gray? Quem é esse? — perguntou Lord Fermor, juntando as bastas sobrancelhas brancas.

— É o que vim aqui saber, tio George. Ou melhor, eu sei quem ele é. É o último neto de Lord Kelso. Sua mãe era uma Devereux, Lady Margaret Devereux. Quero que me fale sobre a mãe dele. Como era? Com quem se casou? O senhor conhecia praticamente todo mundo no seu tempo, de modo que talvez a tenha conhecido. Estou muito interessado no senhor Gray no momento. Acabei de conhecê-lo.

— Neto de Kelso! — ecoou o velho cavalheiro —, neto de Kelso!... Claro... Conheci a mãe dele intimamente. Acho até que estive no batismo dela. Era uma moça extraordinariamente bela, Margaret Devereux, e deixou todos os homens enfurecidos ao fugir com um rapaz sem um tostão, um mero joão-ninguém, meu caro, um subalterno num regimento de infantaria ou algo do tipo. Com certeza. Eu me lembro da coisa toda como se tivesse acontecido ontem. O pobre sujeito foi morto num duelo na cidade de Spa alguns meses depois do casamento. Havia uma história horrível envolvida. Disseram que Kelso arranjou um aventureiro patife, um selvagem belga, para insultar o genro em público, deu-lhe dinheiro, meu caro, e o tal sujeito belga cuspiu no homem como se este fosse um pombo. O caso foi abafado, mas, meu Deus, Kelso comeu seu bife sozinho no clube por algum tempo depois disso. Levou a filha de volta com ele, me contaram, e ela nunca mais lhe dirigiu a palavra. Ah, sim; foi um assunto pavoroso. A moça morreu também, em menos de um ano. Então ela deixou um filho?

Eu tinha me esquecido disso. Que tipo de rapaz ele é? Se for como a mãe, deve ser um sujeito bonito.

— É muito bonito — confirmou Lord Henry.

— Espero que caia em boas mãos — continuou o velho. — Ele deve ter um dinheirão à espera se Kelso tiver feito a coisa certa. A mãe dele tinha dinheiro também. Toda a propriedade de Selby ficou para ela, por meio de seu avô. O avô odiava Kelso, considerava-o um cão raivoso. Ele também era. Foi a Madri uma vez quando eu estava lá. Meu Deus, tive vergonha por ele. A rainha costumava me perguntar sobre o nobre inglês que estava sempre brigando com os cocheiros sobre o preço das corridas. Fizeram um tremendo alvoroço por causa disso. Não ousei aparecer na corte por um mês. Espero que ele tenha tratado o neto melhor do que tratava os cocheiros.

— Não sei — respondeu Lord Henry. — Imagino que o moço vá se dar bem. Ele ainda é menor de idade. É dono de Selby, isso eu sei. Ele me contou. E... a mãe era muito bonita?

— Margaret Devereux era uma das criaturas mais adoráveis que conheci na vida, Harry. O que a levou a se comportar como se comportou é algo que nunca consegui entender. Ela poderia ter-se casado com qualquer um que escolhesse. Carlington era louco por ela. Mas era romântica, como todas as mulheres daquela família. Os homens eram uns medíocres, mas as mulheres, meu Deus, eram maravilhosas. Carlington se pôs de joelhos diante dela. Ele mesmo me contou. Ela riu dele, e não havia em Londres naquela época uma moça que não estivesse atrás dele. Aliás, Harry, por falar em casamentos estúpidos, o que é essa besteira que seu pai me contou sobre Dartmoor querer se casar com uma americana? Não existem moças inglesas boas o bastante para ele?

— Agora está na moda casar-se com americanas, tio George.

— Vou apoiar as mulheres inglesas contra o mundo, Harry — disse Lord Fermor, golpeando a mesa com o punho.

— As americanas lideram as apostas.

— Elas não vão durar, pelo que me dizem — murmurou o tio.

— Um compromisso longo as deixa extenuadas, mas

elas são cruciais numa corrida de obstáculos. Pegam as coisas no ar. Acho que Dartmoor não tem a menor chance.

— Quem é a família dela? — resmungou o velho cavalheiro. — Tem alguém que valha?

Lord Henry balançou a cabeça negativamente. — As garotas americanas são tão hábeis em esconder seus pais quanto as inglesas em esconder seu passado — disse ele, levantando-se para sair.

— Negociam com carne de porco, suponho.

— Espero que sim, tio George, pelo bem de Dartmoor. Soube que a carne de porco é um dos ramos mais lucrativos na América, depois da política.

Esta **América** aqui é os Estados Unidos da América, que haviam se tornado independentes da nave-mãe, o Reino Unido, em 1776.

— Ela é bonita?

— Age como se fosse linda. A maioria das americanas faz isso. É o segredo do seu charme.

— Por que essas americanas não ficam no país delas? Estão sempre nos dizendo que lá é o paraíso para as mulheres.

— E é mesmo. É por isso que, a exemplo de Eva, são tão ansiosas para cair fora — disse Lord Henry. — Até logo, tio George. Vou me atrasar para o almoço se me demorar mais um pouco. Obrigado por me dar as informações que eu buscava. Sempre quero saber tudo sobre meus novos amigos, e nada sobre os antigos.

— Onde vai almoçar, Harry?

— Na casa da tia Agatha. Convidei a mim mesmo e ao senhor Gray. Ele é o mais novo *protégé* dela.

— Humpf! Diga a sua tia Agatha, Harry, que não me importune mais com seus apelos para ajudar ações de caridade. Estou farto deles. Ora, a boa dama pensa que não tenho mais o que fazer do que assinar cheques para suas coqueluches do momento.

— Certo, tio George, vou dizer a ela, mas não terá efeito algum. Essa gente filantrópica não tem nenhum senso de humanidade. É sua característica distintiva.

O velho cavalheiro rosnou em aprovação e tocou a sineta para chamar seu criado. Lord Henry passou pela arcada baixa e saiu na Burlington Street, dirigindo seus passos para a Berkeley Square.

Então era essa a história dos pais de Dorian Gray. A despeito da crueza com que lhe foi narrada, ainda assim ela o atiçava por evocar um romance estranho, quase moderno. Uma mulher linda arrisca tudo por uma paixão louca. Umas poucas semanas de felicidade selvagem interrompidas bruscamente por um crime horrendo, traiçoeiro. Meses de agonia muda e depois uma criança nascida da dor. A mãe arrebatada pela morte, o menino abandonado à solidão e à tirania de um homem velho e sem amor. Sim; era um histórico interessante. Configurava o rapaz, tornava-o mais perfeito, por assim dizer. Por trás de cada coisa extraordinária que existia, havia algo de trágico. Mundos inteiros tinham que entrar em trabalho de parto para que a mais humilde flor nascesse... E como ele estivera encantador no jantar da noite anterior, sentado à sua frente no clube, de olhos arregalados e lábios entreabertos de assustado prazer, com as sombras avermelhadas da luz das velas tingindo com um rosado mais brilhante o assombro que animava seu rosto! Falar com ele era como tocar um violino esplendoroso. Ele respondia a cada toque, a cada vibração do arco... Havia algo terrivelmente escravizador no exercício da influência. Nenhuma outra atividade era comparável. Projetar a própria alma em alguma figura aprazível, deixar que permanecesse ali por um momento; ouvir as próprias opiniões intelectuais ecoadas de volta com toda a música adicional da paixão e da juventude; transmitir o próprio temperamento a outra pessoa como se fosse um fluido sutil ou um perfume estranho: havia nisso uma alegria verdadeira — talvez a alegria mais gratificante que nos restava numa época tão limitada e vulgar como a nossa, uma época grosseiramente carnal em seus prazeres e grosseiramente vulgar em seus objetivos... Era um tipo maravilhoso também, aquele rapaz, a quem ele conhecera por um acaso tão curioso no ateliê de Basil... ou podia ser modelado como um tipo maravilhoso, em todo caso. Que graça a sua, e a alva pureza da juventude, e uma beleza como a que os velhos mármores gregos conservaram para nós. Não havia coisa alguma que não se pudesse fazer com ele. Podia-se fazer dele um Titã ou um brinquedo. Que pena tamanha beleza estar destinada a fenecer!... E Basil? De um ponto de vista psicológico, como era interessante! O novo estilo na arte, a maneira renovada de encarar a vida, suscitada de modo tão estranho pela presença meramente visível de alguém que estava inconsciente daquilo tudo; a entidade silenciosa que vivia numa floresta sombria e caminhava sem ser vista em campo aberto exibia-se subitamente, como uma dríade, sem medo, porque na alma dele, que buscava por ela, havia despertado aquela visão maravilhosa à qual são reveladas com exclusividade as coisas mais lindas; as meras formas e configurações das coisas tornavam-se, por assim dizer, depuradas, e ganhavam uma espécie de valor simbólico, como se elas próprias fossem moldes de uma outra forma mais perfeita cuja sombra tornavam real: que estranho! Lembrou-se de alguma coisa parecida na história. Não havia sido Platão, aquele artista do pensamento, que analisara o assunto pela primeira vez? Não havia sido Buonarroti que o cinzelara nos mármores coloridos de uma sequência de sonetos? Mas em nosso próprio século era algo estranho... Sim, ele tentaria ser para Dorian Gray o que o rapaz, sem saber, era para o pintor que realizara o prodigioso retrato. Procuraria dominá-lo — na verdade, já o conseguira pela metade. Tomaria posse daquele espírito maravilhoso. Havia algo fascinante naquele filho do Amor e da Morte.

Na mitologia grega, existem 12 **titãs**. O mais famoso deles, Cronos, engolia seus próprios filhos, mas um deles conseguiu escapar. O fugitivo era Zeus, que depois virou o grande deus chefe do monte Olimpo.

Dríade > protetora da floresta na mitologia grega.

Michelangelo di Lodovico **Buonarroti** Simoni (1475-1564), mais conhecido como Michelangelo, foi um pintor, escultor, poeta e arquiteto da Renascença. É dele a famosa pintura do teto da Capela Sistina, que fica no minipaís chamado oficialmente Cidade do Estado do Vaticano, em Roma.

Estacou de repente e ergueu os olhos para as casas. Deu-se conta de que já havia passado bastante da casa da tia e, rindo sozinho, deu meia-volta. Quando entrou no saguão um tanto sombrio, o mordomo lhe disse que os outros haviam entrado para almoçar. Entregou o chapéu e a bengala a um criado e passou para o salão de refeições.

— Atrasado como de costume, Harry — queixou-se a tia, abanando a cabeça para ele.

Ele inventou uma desculpa simples e, tendo tomado o assento livre ao lado dela, olhou em volta para ver quem estava presente. Dorian fez-lhe uma reverência tímida na outra ponta da mesa, e um rubor de prazer subiu às suas faces. À sua frente estava a duquesa de Harley, uma dama de boa índole e temperamento admirável, muito querida por todos os que a conheciam e dona daquelas amplas proporções arquitetônicas que, em mulheres que não são duquesas, são descritas por historiadores contemporâneos como obesidade. Ao lado direito dela estava sentado Sir Thomas Burdon, um membro radical do Parlamento, que na vida pública seguia seu líder e na particular seguia os melhores cozinheiros, jantando com os *tories* e pensando com os liberais, de acordo com uma regra sábia e bem conhecida. O lugar à esquerda dela estava ocupado pelo senhor Erskine de Treadley, um velho cavalheiro de considerável charme e cultura que, no entanto, havia caído no mau hábito do silêncio, porque, segundo explicou uma vez a Lady Agatha, já dissera tudo o que tinha a dizer antes dos trinta anos. A vizinha dele à mesa era a senhora Vendeleur, uma das amigas mais antigas de sua tia, uma perfeita santa entre as mulheres, mas tão medonhamente deselegante que fazia pensar num hinário mal encadernado. Para sorte dele, do outro lado dela estava Lord Faudel, um homem de meia-idade medíocre mas muito inteligente, de couro cabeludo mais estéril que uma declaração ministerial na Câmara dos Comuns, com quem ela conversava daquele modo intenso e sério que, conforme ele próprio observou uma vez, é o único erro imperdoável em que todas as boas pessoas caem, e do qual nenhuma delas consegue escapar por completo.

Hinário > livrinho que traz as músicas cantadas nas igrejas, também chamadas de hinos.

A **Câmara dos Comuns** (ou Câmara Baixa) inglesa equivale um pouco à nossa Câmara dos Deputados, enquanto a Câmara dos Lordes (ou Câmara Alta) é tipo o nosso Senado. E, assim como a nossa Câmara mais o Senado formam o Congresso, a Câmara dos Comuns e a Câmara dos Lordes juntas formam o Parlamento.

— Estamos falando sobre o pobre Dartmoor, Lord Henry! — gritou a duquesa, acenando-lhe amavelmente com a cabeça do outro lado da mesa. — O senhor acha que ele vai mesmo se casar com aquela moça fascinante?

— Creio que ela tomou a decisão de pedir a mão dele, duquesa.

— Que coisa horrível! — exclamou Lady Agatha. — Francamente, alguém deveria intervir.

— Eu soube, de fonte segura, que o pai dela tem um armazém americano de mercadorias baratas — disse Sir Thomas Burdon, com ar de desdém.

— Já meu tio sugeriu que é comércio de carne de porco, Sir Thomas.

— Mercadorias baratas! Que diabo são mercadorias baratas na América? — perguntou a duquesa, erguendo as grandes mãos num gesto de espanto e acentuando o verbo.

— Romances americanos — respondeu Lord Henry, servindo-se de um pedaço de codorna.

A duquesa pareceu desconcertada.

— Não ligue para ele, minha querida — sussurrou Lady Agatha. — Ele nunca acredita de verdade no que diz.

— Quando a América foi descoberta... — disse o membro radical da Câmara dos Comuns, e passou a fornecer alguns fatos enfadonhos. Como todas as pessoas que tentam esgotar um assunto, ele esgotou seus ouvintes. A duquesa suspirou, e exerceu sua prerrogativa de interrupção. — Quem dera não tivesse sido descoberta nunca! — exclamou. — Francamente, nossas moças não têm chance nenhuma hoje em dia. É muito injusto.

— Talvez, no fim das contas, a América nunca tenha sido descoberta — disse o senhor Erskine; — eu, pessoalmente, diria que ela foi meramente detectada.

— Oh!, mas eu vi alguns espécimes de seus habitantes — retrucou a duquesa, vagamente. — Devo confessar que a maioria deles é extremamente bonita. E se vestem bem também. Compram todas as suas roupas em Paris. Quem dera poder fazer o mesmo!

— Dizem que, quando os bons americanos morrem, vão para Paris — riu baixinho Sir Thomas, que tinha um grande guarda-roupa cheio de piadas de segunda mão.

— É mesmo! E para onde vão os maus americanos quando morrem? — indagou a duquesa.

Vão para a América — murmurou Lord Henry.

Sir Thomas franziu as sobrancelhas. — Temo que seu sobrinho tenha preconceito contra aquele grande país — disse ele a Lady Agatha. — Viajei por todo o seu território, em carruagens providenciadas pelos guias, que nessas questões são extremamente civilizados. Eu lhe garanto que é muito educativo visitá-lo.

— Mas será que precisamos mesmo conhecer Chicago para nos instruir? — perguntou o senhor Erskine, em tom queixoso. — Não me sinto em condições de fazer essa viagem.

Sir Thomas fez um sinal com a mão. — O senhor Erskine de Treadley tem o mundo nas suas estantes. Nós, homens práticos, gostamos de ver as coisas, não de ler a seu respeito. Os americanos são um povo muito interessante. São absolutamente sensatos. Penso que seja essa a sua característica mais nítida. Sim, senhor Erskine, um povo absolutamente sensato. Eu lhe garanto que não há nada de despropositado nos americanos.

— Que coisa horrível! — exclamou Lord Henry. — Posso aturar a força bruta, mas a razão bruta é perfeitamente intolerável. Seu uso tem algo de ilegítimo. É um golpe baixo contra o intelecto.

— Não entendo você — disse Sir Thomas, enrubescendo visivelmente.

— Pois eu entendo, Lord Henry — murmurou o senhor Erskine com um sorriso.

— Os paradoxos são muito apropriados, à sua maneira... — retrucou o baronete.

— Isso foi um paradoxo?— perguntou o senhor Erskine. — Não vi assim, mas talvez fosse. De todo modo, a prática dos paradoxos é o caminho para a verdade. Para testar a Realidade devemos vê-la na corda bamba. Quando as Verdades se tornam acrobatas é que podemos julgá-las.

— Deus do céu! — disse Lady Agatha —, como vocês, homens, gostam de discutir! Com certeza nunca vou entender o assunto de suas conversas. Por que tentam convencer nosso querido senhor Dorian Gray a desistir do East End? Garanto que ele seria de enorme valor. Sua interpretação seria um sucesso.

— Quero que ele interprete a mim — bradou Lord Henry, sorrindo, e ao baixar os olhos para a mesa captou o brilho de um olhar cúmplice.

— Mas em Whitechapel as pessoas são muito infelizes — prosseguiu Lady Agatha.

— Posso ter empatia com qualquer coisa, exceto com o sofrimento — disse Lord Henry, encolhendo os ombros. — Não consigo aceitá-lo. É demasiado feio, horrível, aflitivo. Há algo terrivelmente mórbido na identificação moderna com a dor. As pessoas deveriam ter simpatia pela cor, pela beleza, pela alegria da vida. Quanto menos se falar sobre as agruras da vida, melhor.

— Ainda assim, o East End é um problema muito sério — observou Sir Thomas, abanando a cabeça com gravidade.

— Com certeza — respondeu o jovem lorde. — É o problema da escravidão, e tentamos resolvê-lo divertindo os escravos.

O político o encarou profundamente. — Que mudança você propõe, então? — perguntou.

Lord Henry riu. — Não desejo mudar coisa alguma na Inglaterra, com exceção do clima — respondeu. — Eu me contento com a contemplação filosófica. Mas, na medida em que o século dezenove foi à falência por causa de um gasto excessivo de empatia, eu sugeriria que apelássemos à Ciência para nos consertar. A vantagem das emoções é que elas nos desencaminham, e a vantagem da Ciência é que ela não é emotiva.

Naquele tempo, a parte mais ao leste da zona leste de Londres era uma quebrada das brabas. **East End** significa fim da zona leste. Ali, as pessoas, muito pobres, se viravam como podiam. Rolava roubo e prostituição para não morrer de fome ou de frio. As condições sanitárias também eram uma catástrofe. Grande parte de Whitechapel fica no East End.

— Mas nós temos responsabilidades muito sérias — arriscou a senhora Vandeleur, timidamente.

— Terrivelmente sérias — ecoou Lady Agatha.

Lord Henry ergueu os olhos para o senhor Erskine. — A humanidade se leva a sério demais. É o pecado original do mundo. Se o homem das cavernas tivesse sido capaz de rir, a História teria sido diferente.

— Você é de fato muito reconfortante — gorjeou a duquesa. — Sempre me senti muito culpada quando vinha visitar sua querida tia, pois não tenho interesse algum pelo East End. Daqui em diante serei capaz de encará-la sem enrubescer.

— Um enrubescimento é algo muito charmoso, duquesa — observou Lord Henry.

— Só quando se é jovem — respondeu ela. — Quando uma velha como eu fica vermelha é um péssimo sinal. Ah! Lord Henry, gostaria que me dissesse como voltar a ser jovem.

Ele pensou por um momento. — É capaz de lembrar algum grande erro que tenha cometido em sua mocidade, duquesa? — perguntou, fitando-a do outro lado da mesa.

— Muitíssimos, infelizmente — ela se lamentou.

— Então volte a cometê-los — disse ele, com gravidade. — Para voltar à juventude, basta a pessoa repetir suas loucuras.

— Que teoria encantadora! — exclamou a duquesa. — Preciso colocá-la em prática.

— Uma teoria perigosa! — saiu dos lábios comprimidos de Sir Thomas. Lady Agatha balançou a cabeça negativamente, mas não pôde deixar de se divertir. O senhor Erskine era todo ouvidos.

— Sim — prosseguiu ele —, esse é um dos grandes segredos da vida. Hoje em dia a maioria das pessoas morre de uma espécie de bom senso rastejante, e descobre tarde demais que as únicas coisas de que alguém nunca se arrepende são os próprios erros.

Uma risada geral envolveu a mesa.

Ele brincou com a ideia, e se entusiasmou; jogou-a no ar e a transformou; deixou-a escapar e a recapturou; mediante a fantasia, tornou-a iridescente e a fez voar de um paradoxo a outro. O elogio da loucura, à medida que ele prosseguia, evoluiu para uma filosofia, e a própria Filosofia se fez jovem e, contagiada pela música do prazer, vestida com sua túnica manchada de vinho e sua grinalda de hera, passou a dançar como uma bacante sobre as colinas da vida, zombando do indolente Sileno por estar sóbrio. Os fatos passavam velozes diante dela como criaturas amedrontadas da floresta. Seus pés brancos pisaram a enorme prensa onde se sentava o sábio Omar, até o borbulhante sumo de uva subir por suas pernas nuas em ondas de bolhas púrpura, ou se arrastar numa espuma vermelha contra as paredes

Iridescente > brilhante.

As **bacantes** eram sacerdotisas dos cultos a Baco, deus romano do vinho, da bebedeira, das orgias, das festanças desregradas. Já **Sileno** era, ao mesmo tempo, mestre e seguidor de Baco. Vivia bêbado e aí, dizem, ficava mais reflexivo e fazia profecias.

Omar Khayyam (1048-1131) foi matemático, astrônomo e poeta persa (a Pérsia ficava onde hoje é o Irã). Ele conseguiu calcular a circunferência da Terra ainda no século XI e também escreveu *Rubáiyát*, um famoso livro de poemas.

pretas, transbordantes, do barril. Era um improviso extraordinário. Lord Henry sentiu que os olhos de Dorian Gray estavam fixos nele, e a consciência de que em meio a sua plateia havia alguém cujo temperamento ele desejava fascinar pareceu fornecer sutileza a sua inteligência, e emprestar cores a sua imaginação. Ele foi brilhante, fantástico, irresponsável. Encantou seus ouvintes a ponto de fazê-los seguir sua flauta, rindo. Dorian Gray não tirou os olhos dele, mas ficou sentado como que sob um feitiço, sorrisos perseguindo-se uns aos outros em seus lábios, e o espanto se aprofundando em seus olhos cada vez mais sombrios.

O texto refere-se ao conto folclórico "O flautista de Hamelin", registrado pelos Irmãos Grimm. Na trama, a cidade de Hamelin, na Alemanha, vive uma invasão de ratos no final do século XIII. Mas chega lá um sujeito que diz que acaba com a infestação se lhe pagarem uma grana. Os caras da cidade topam. O forasteiro saca uma **flautinha** e sai tocando, enquanto os ratos o seguem até morrerem afogados num rio. Sucesso, né? Só que a turma agora não quer pagar o combinado. Daí o flautista volta e faz a mesma coisa com todas as crianças de lá. A cidade fica com a grana e sem ratos, mas também sem o seu futuro, sem as suas crianças.

Por fim, trajada no figurino da época, a Realidade adentrou o salão na forma de um serviçal para dizer à duquesa que sua carruagem estava pronta. Ela retorceu as mãos, simulando desespero. — Que coisa chata! — lamentou. — Preciso ir. Tenho de buscar meu marido no clube para levá-lo a uma reunião absurda que ele presidirá nas Willie's Rooms. Se eu me atrasar, ele decerto ficará furioso, e eu não suportaria uma cena com este gorro na cabeça. Ele é frágil demais. Uma palavra mais rude poderia arruiná-lo. Não, eu preciso mesmo ir, querida Agatha. Adeus, Lord Henry, o senhor é muito cativante, e terrivelmente corruptor. Por certo não sei o que dizer sobre suas opiniões. Venha jantar conosco uma noite destas. Terça-feira? Está livre na terça-feira?

— Pela senhora eu abandonaria qualquer pessoa, duquesa — disse Lord Henry, com uma reverência.

— Ah! Isso é muito simpático da sua parte, e muito errado — exclamou ela; — então faça o favor de vir. — E saiu depressa do salão, seguida por Lady Agatha e as outras damas.

Quando Lord Henry já estava sentado de novo, o senhor Erskine se virou e, tomando uma cadeira próxima, pousou a mão em seu braço.

— O que o senhor fala vale por livros inteiros — disse ele; — por que não escreve um?

— Gosto demais de ler livros para me dar ao trabalho de escrevê-los, senhor Erskine. Gostaria certamente de escrever um romance, um romance que fosse adorável como um tapete persa, e igualmente irreal. Mas não há público literário na Inglaterra para outra coisa que não os jornais, as cartilhas e as enciclopédias. De todos os povos do mundo, o inglês é o menos dotado do sentido da beleza da literatura.

— Receio que tenha razão — respondeu o senhor Erskine. — Eu mesmo possuía ambições literárias, mas desisti delas há muito tempo. E agora, meu jovem amigo, se me permite chamá-lo assim, posso lhe perguntar se acredita de fato no que nos disse durante o almoço?

— Esqueci por completo o que eu disse — sorriu Lord Henry. — Foi assim tão ruim?

— Muito ruim, sem dúvida. A bem da verdade, considero-o extremamente perigoso, e se acontecer alguma coisa à nossa boa duquesa todos nós o encararemos como o principal responsável. Mas eu gostaria de conversar com o senhor a respeito da vida. A geração em que nasci era entediante. Um dia, quando estiver cansado de Londres, venha a Treadley para me expor sua filosofia do prazer enquanto saboreamos um admirável borgonha que tenho a sorte de possuir.

— Ficarei encantado. Uma visita a Treadley seria um grande privilégio. Há ali um anfitrião perfeito, e uma biblioteca igualmente perfeita.

— O senhor a completará — respondeu o velho cavalheiro, com uma reverência cortês. — E agora devo me despedir de sua esplêndida tia. Esperam-me no Athenaeum. Cochilamos a esta hora por lá.

— Todos vocês, senhor Erskine?

— Quarenta de nós, em quarenta poltronas. Estamos nos preparando para uma Academia Inglesa de Letras.

Lord Henry riu e se levantou. — Vou ao Parque! — exclamou.

Quando passava pela porta, Dorian Gray tocou-lhe o braço. — Permita que eu o acompanhe — murmurou.

No final do século XVIII, Londres estava apinhada de clubes, que eram associações quase sempre só para homens. O **Athenaeum** era um deles — um clube privativo fundado em 1824 (e que existe até hoje) para congregar gente interessada em ciências, engenharia, arte, literatura e outros parangolés do intelecto.

— Mas entendi que o senhor prometeu a Basil Hallward que iria vê-lo — respondeu Lord Henry.

— Prefiro sair com o senhor; sim, sinto que devo acompanhá-lo. Por favor, deixe-me ir junto. E prometa-me que vai falar comigo o tempo todo. Ninguém conversa tão maravilhosamente como o senhor.

— Ah! Já falei mais do que o suficiente por hoje — disse Lord Henry, sorrindo. — Tudo o que eu quero agora é observar a vida. O senhor pode vir observá-la comigo, se quiser.

IV

UMA TARDE, UM MÊS DEPOIS, Dorian Gray estava recostado numa suntuosa poltrona, na pequena biblioteca da casa de Lord Henry em Mayfair. Era, a seu modo, uma sala muito encantadora, com paredes altas revestidas de lambris de carvalho com manchas verde-oliva, frisos cor de creme e teto de gesso em relevo, e carpete de feltro cor de tijolo coberto aqui e ali por tapetes persas de longas franjas de seda. Sobre uma mesinha de mogno havia uma estatueta de Clodion e a seu lado um exemplar de *Les cent nouvelles*, encadernado para Margarida de Valois por Clovis Ève e polvilhado com as margaridas douradas que a rainha escolhera para sua edição pessoal. Alguns grandes jarros azuis de porcelana chinesa e tulipas-papagaio estavam enfileirados sobre a cornija da lareira, e pelos pequenos vidros da janela de caixilho de chumbo derramava-se a luz cor de damasco de um dia de verão em Londres.

Lord Henry ainda não havia chegado. Estava sempre atrasado por uma questão de princípio, o princípio de que a pontualidade é a ladra do tempo. De modo que o rapaz parecia estar um tanto amuado ao folhear com dedos inquietos as páginas de uma edição primorosamente ilustrada de *Manon Lescaut* que encontrara numa das estantes. O monótono tique-taque do relógio Luís XIV o irritava. Uma ou duas vezes pensou em ir embora.

Claude Michel **Clodion** (1738-1814) é famoso por suas estatuetas sensuais de figuras mitológicas.

Les cent nouvelles é uma coletânea de contos franceses do século XV repleta de aventuras e confusões de gente comum.

Inspiração para a obra *A rainha Margot*, de Alexandre Dumas (1802-1870), **Margarida de Valois** era filha do rei francês Henrique II com Catarina de Médici e se casou em 1572 com o rei Henrique III de Navarra — que depois se tornou Henrique IV da França. Era bem-educada, esperta, bonitona, mas a sociedade da época não perdoava seu estilo independente. A vida do casal teve muita treta política e religiosa, até o papa anular o casamento em 1599.

Cornija > moldura de madeira ou pedra.

O romance ***Manon Lescaut*** foi escrito por um abade francês, o Antoine François Prévost (1697-1763), publicado em 1731 e banido em seguida, por ser considerado um escândalo tipo extra G.

Por fim ouviu passos do lado de fora, e a porta se abriu. — Como você está atrasado, Harry! — murmurou.

— Sinto muito, mas não é Harry, senhor Gray — respondeu uma voz aguda.

Ele se virou depressa para olhar e se pôs logo de pé. — Perdão, pensei...

— O senhor pensou que fosse meu marido. É só a esposa dele. Permita que eu me apresente. Conheço-o bastante bem por suas fotografias. Acho que meu marido tem dezessete delas.

— Dezessete, Lady Henry?

— Bem, dezoito, então. E vi o senhor outra noite na Ópera. — Ela ria nervosamente ao falar, e o observava com seus vagos olhos de não-me-esqueças. Era uma mulher singular, cujos trajes pareciam sempre ter sido desenhados num rompante de fúria e vestidos numa tempestade. Estava habitualmente apaixonada por alguém e, como sua paixão nunca era correspondida, mantinha vivas todas as suas ilusões. Tentava parecer original, mas só o que conseguia era ser desmazelada. Seu nome era Victoria, e tinha a mania contumaz de ir à igreja.

Não-me-esqueças > florzinha azul, também conhecida por miosótis.

— Era *Lohengrin*, Lady Henry, se não me engano?

— Sim; foi na querida *Lohengrin*. Gosto mais da música de Wagner do que da de qualquer outro compositor. É tão estrondosa que podemos conversar o tempo todo sem que os outros ouçam o que a gente diz. É uma grande vantagem, não concorda, senhor Gray?

Lohengrin é o título de uma ópera romântica do compositor alemão Richard Wagner. Estreou em 1850 e dura nada menos que quatro horas e trinta minutos. No meio dela aparece uma das músicas mais famosas de entrada da noiva no casamento, a "Treulich geführt" ("Com quem será, com quem será...").

O mesmo riso nervoso em *staccato* brotou de seus lábios finos, e seus dedos passaram a brincar com uma longa espátula de casco de tartaruga.

Stacatto, do italiano, quer dizer, destacado. Em música, é quando uma nota fica bem destacada da outra, como se o cantor ou o instrumento estivesse tropeçando ou gaguejando.

Dorian sorriu e balançou a cabeça negativamente: — Receio que eu não pense assim, Lady Henry. Nunca converso durante a música... pelo menos, durante boa música. Quando ouvimos música ruim, é nosso dever soterrá-la com a conversa.

— Ah, essa é uma das opiniões de Harry, não é mesmo, senhor Gray? Sempre ouço as opiniões de Harry na boca de seus amigos. É só assim que chego a conhecê-las. Mas não pense que não gosto de boa música. Eu adoro, mas tenho medo. Ela me deixa romântica demais. Costumo simplesmente venerar pianistas... dois ao mesmo tempo, às vezes, segundo Harry me diz. Não sei o que eles têm. Talvez seja o fato de serem estrangeiros. Todos o são, não é mesmo? Até aqueles que nasceram na Inglaterra se tornam estrangeiros depois de um tempo, não é verdade? É tão inteligente da parte deles, é uma homenagem tão grande à arte. Isso a torna cosmopolita, não? O senhor nunca esteve em uma de minhas festas, não é mesmo, senhor Gray? Precisa vir. Não tenho condições de ter orquídeas, mas não economizo com os artigos importados. Eles tornam muito pitoresco um salão. Mas eis que chega o Harry!... Harry, vim à sua procura para lhe perguntar alguma coisa... esqueci o que era... e encontrei aqui o senhor Gray. Tivemos uma conversa muito agradável sobre música. Temos praticamente as mesmas ideias. Não; acho que nossas ideias são bem diferentes. Mas ele foi muito agradável. Estou feliz de tê-lo visto.

— Estou encantado, meu amor, encantado ao extremo — disse Lord Henry, erguendo as escuras sobrancelhas em forma de crescente e encarando os dois com um sorriso divertido. — Sinto muito pelo atraso, Dorian. Saí para procurar uma peça de brocado antigo na Wardour Street e tive de pechinchar durante horas por ela. Hoje em dia as pessoas conhecem o preço de tudo e o valor de coisa nenhuma.

— Lamento, mas tenho de deixá-los — exclamou Lady Henry, rompendo um silêncio incômodo com sua súbita e tola risada. — Prometi andar de carruagem com a duquesa. Até logo, senhor Gray. Até logo, Harry. Você vai jantar fora, suponho. Eu também. Quem sabe o encontro em casa de Lady Thornbury.

— É bem possível, minha querida — disse Lord Henry, fechando a porta depois que ela, parecendo uma ave-do-paraíso que passou a noite na chuva, adejou para fora da sala, deixando no ar um leve perfume de jasmim-manga. Então ele acendeu um cigarro e atirou-se no sofá.

— Nunca se case com uma mulher de cabelo cor de palha, Dorian — ele disse depois de algumas baforadas.

— Por quê, Harry?

— Porque são muito sentimentais.

— Mas eu gosto de pessoas sentimentais.

— Nunca se case com quem quer que seja, Dorian. Os homens se casam por cansaço; as mulheres, porque são curiosas; ambos se decepcionam.

— Acho improvável que eu me case, Harry. Estou apaixonado demais. Esse é um dos seus aforismos. Eu o estou pondo em prática, como faço com tudo o que você diz.

Aforismo é uma frase curtinha que traz uma mensagem tipo regra, uma sabedoria, mas sempre escrita de um jeito mais rebuscado, diferente dos ditos populares. Um exemplo? "A ambição desmedida leva o homem à ruína do corpo e da alma" é aforismo; "Quem tudo quer tudo perde" é dito popular. O prefácio deste livro é feito só de aforismos.

— Por quem você está apaixonado? — perguntou Lord Henry depois de uma pausa.

— Por uma atriz — disse Dorian Gray, corando.

Lord Henry encolheu os ombros. — É um *début* bem senso comum.

Début > do francês, estreia ou início.

— Você não diria isso se a visse, Harry.

— Quem é ela?

— Seu nome é Sibyl Vane.

— Nunca ouvi falar.

— Ninguém ouviu. Um dia ouvirão, porém. Ela é um prodígio.

— Meu caro garoto, nenhuma mulher é um prodígio. As mulheres são um sexo decorativo. Nunca têm coisa alguma a dizer, mas o dizem de modo encantador. As mulheres representam o triunfo da matéria sobre o intelecto, assim como os homens representam o triunfo do intelecto sobre a moral.

— Harry, como é que você pode...?

— Meu caro Dorian, é a pura verdade. Estou analisando as mulheres atualmente, portanto devo saber o que estou dizendo. O assunto não é tão obscuro quanto julguei que fosse. Descobri que, em última instância, existem apenas dois tipos de mulheres, as simples e as coloridas. As mulheres simples são muito úteis. Se você quiser conquistar uma reputação de respeitabilidade, só precisa levá-las para jantar. As outras mulheres são muito encantadoras. Elas cometem um erro, porém. Pintam-se para tentar parecer jovens. Nossas avós se pintavam para tentar conversar com brilho. *Rouge* e *esprit* costumavam vir juntos. Hoje isso tudo acabou. Desde que consiga parecer dez anos mais nova que sua própria filha, uma mulher está perfeitamente satisfeita. Quanto à conversação, há apenas cinco mulheres em Londres com quem vale a pena dialogar, e duas delas não podem ser admitidas na sociedade decente. Porém, fale-me sobre o seu prodígio. Há quanto tempo você a conhece?

Maquiagem para a beleza de "corpo e alma", ***rouge***, do francês, se refere ao *blush* (beleza do rosto), enquanto, também do francês, ***esprit*** — no sentido de sagacidade, inteligência, humor — tem a ver com a beleza da alma.

— Ah! Harry, suas concepções me aterrorizam.

— Não se incomode com elas. Há quanto tempo você a conhece?

— Há umas três semanas.

— E onde você topou com ela?

— Eu vou contar, Henry; mas não seja insensível. Afinal, isso nunca teria acontecido se eu não tivesse conhecido você. Você me infundiu um desejo desenfreado de conhecer tudo sobre a vida. Por vários dias depois de conhecê-lo, alguma coisa parecia latejar em minhas veias. Quando eu vadiava no Parque, ou perambulava por Piccadilly, costumava olhar para cada pessoa que passava por mim e me perguntar, com uma curiosidade louca, que tipo de vida elas levavam. Algumas me fascinavam. Outras me enchiam de terror. Havia um veneno sutil no ar. Eu me sentia ávido por sensações... Bem, uma noite, por volta das sete, decidi sair em busca de alguma aventura. Sentia que esta nossa Londres cinzenta, monstruosa, com suas miríades de pessoas, seus sórdidos pecadores e seus esplêndidos pecados, como você definiu uma vez, devia ter alguma coisa à minha espera. Eu fantasiava mil coisas. O mero perigo me dava uma sensação de deleite. Lembrava o que você me disse naquela linda noite em que jantamos juntos pela primeira vez, sobre a busca da beleza ser o verdadeiro segredo da vida. Não sei o que eu esperava, mas saí vagando em direção ao leste, logo me perdendo num labirinto de ruas encardidas e praças escuras, sem vegetação. Por volta das oito e meia me vi diante de um teatrinho absurdo, com grandes luminárias a gás e cartazes espalhafatosos. Um judeu repulsivo, com o mais

A **Piccadilly Circus** é uma das praças mais importantes e movimentadas de Londres, mas naquela altura era um lugar de má fama, onde rolavam prostituição e encontros furtivos entre homens.

Oscar Wilde ecoa aqui a visão negativa dos **judeus**, comum em muitas obras e autores do período. Muitos atores, diretores e donos de teatro eram judeus.

espantoso colete que já vi na vida, estava em pé à entrada, fumando um charuto ordinário. Tinha madeixas ensebadas, e um diamante enorme resplandecia no centro de uma camisa manchada. "Deseja um camarote, meu lorde?", perguntou ao me ver, e tirou o chapéu com um ar de suntuoso servilismo. Havia nele alguma coisa, Harry, que me divertia. Era um verdadeiro monstro. Você vai rir de mim, eu sei, mas acabei pagando um guinéu inteiro pelo camarote próximo ao palco. Até agora não entendo por que fiz aquilo; no entanto, se não fizesse... ah, meu caro Harry, se eu não fizesse teria perdido o maior romance da minha vida. Vejo que está rindo. É horrível de sua parte!

— Não estou rindo, Dorian; pelo menos não estou rindo de você. Mas você não deveria dizer que é o maior romance da sua vida, e sim o primeiro romance da sua vida. Você será sempre amado, e estará sempre enamorado do amor. Uma grande *passion* é o privilégio de pessoas que não têm o que fazer. É a única utilidade das classes ociosas de um país. Não tenha medo. Existem coisas extraordinárias à sua espera. Isso é apenas o começo.

— Você acha que a minha índole é assim tão superficial?

— Não; acho que sua índole é muito profunda.

— Como assim?

— Meu querido garoto, as pessoas que amam apenas uma vez na vida é que são, na verdade, as pessoas superficiais. O que elas chamam de lealdade, de fidelidade, eu chamo de letargia do hábito ou de falta de imaginação. A fidelidade está para a vida sentimental como a coerência para a vida do intelecto; é simplesmente uma confissão de fracasso. A fidelidade! Preciso analisá-la um dia. A paixão pela propriedade está contida nela. Existem muitas coisas que jogaríamos fora se não temêssemos que outros se apossassem delas. Mas não quero interromper você. Continue a sua história.

— Bem, eu me vi sentado num horrendo camarote privativo, diante de uma cortina vulgar com um cenário pintado. Espiei por trás da cortina para examinar a casa. Era uma coisa espalhafatosa, cheia de cupidos e cornucópias,

Guinéu era a moeda utilizada na Inglaterra até 1813, mas permaneceu viva como ideia de valor, em especial para pagamento de trabalhos considerados mais "artísticos". O trabalho braçal era sempre cotado em libras.

Cornucópia é um vaso em forma de chifre repleto de frutas e flores. Na mitologia grega é símbolo de fertilidade, riqueza e abundânica.

como um bolo de casamento de terceira categoria. A galeria e o fosso estavam bem cheios, mas as duas fileiras de assentos surrados da plateia estavam vazias e não havia praticamente ninguém no que imagino que eles chamassem de balcão. Mulheres iam e vinham vendendo laranjas e cerveja de gengibre, e havia um consumo terrível de frutas secas.

O **fosso** é a área com ingresso mais barato de um teatro. Tipo uma geral de estádio de futebol: pouca visibilidade e pouco conforto.

Desde os tempos de Shakespeare, há mais de quatrocentos anos, os teatros ingleses vendiam **laranjas** para o pessoal da plateia. Elas eram consideradas um lanchinho doce, mas também ajudavam a dar uma despistada na catinga do público que se aglomerava nos teatros mais populares. As **cervejas de gengibre** também eram muito populares. Aliás, a cerveja servia mesmo para matar a sede, já que era mais segura para a saúde do que beber água, em especial naquela zona leste da Londres de então, área tão abandonada pelo poder público.

— Devia ser exatamente como nos tempos áureos do teatro britânico.

— Bem assim, imagino, e muito deprimente também. Comecei a me perguntar que diabos eu devia fazer, quando avistei o programa do espetáculo. Que peça você acha que era, Harry?

— Eu diria *O garoto idiota*, ou *Estúpido mas inocente*. Nossos pais gostavam desse tipo de peça, se não me engano. Quanto mais eu vivo, Dorian, mais profunda é minha convicção de que o que era bom o bastante para nossos pais nunca é bom o bastante para nós. Na arte, como na política, *les grand-pères ont toujours tort*[1].

— Aquela peça era boa o bastante para nós, Harry. Era *Romeu e Julieta*. Devo admitir que fiquei bastante incomodado com a ideia de ver Shakespeare representado num buraco infame como aquele. Ainda assim, de certo modo, fiquei interessado. Seja como for, decidi esperar o primeiro ato. Havia uma orquestra medonha, comandada por um jovem hebreu sentado diante de um piano estridente, o que quase me fez ir embora, mas finalmente a cortina se ergueu e a peça começou. Romeu era um cavalheiro corpulento de idade avançada, com sobrancelhas pintadas, uma voz rouca de tragédia e porte de barril de cerveja. Mercúcio era quase tão ruim quanto ele. Era representado por um comediante de chanchada, que introduzia piadas próprias e se dava muito bem com o público do fosso.

Hebreu é o mesmo que hebraico; as duas formas são hoje também usadas para se referir aos judeus.

1 Do francês: "Os avós estão sempre errados". (N. do T.)

Eram ambos tão grotescos quanto o cenário, que por sua vez parecia saído de uma barraca de feira do interior. Mas Julieta! Harry, imagine uma garota de no máximo dezessete anos de idade, com um rostinho de flor, uma cabecinha grega com tranças de cabelo castanho-escuro, olhos violeta que eram poços de paixão, lábios como pétalas de rosa. A coisa mais adorável que já vi na vida. Você me disse uma vez que o *páthos* o deixa impassível, mas que a beleza, a mera beleza, pode encher os seus olhos de lágrimas. Eu lhe digo, Harry, eu mal podia enxergar essa garota através da névoa de lágrimas que me cobriu os olhos. E a voz dela... eu nunca ouvira uma voz assim. Era muito baixa a princípio, com profundas notas melodiosas, que pareciam cair unicamente sobre os meus ouvidos. Então ela se elevou um pouco e passou a soar como uma flauta ou um oboé distante. Na cena do jardim sua voz tinha todo o êxtase trêmulo que se ouve pouco antes da aurora, quando os rouxinóis estão cantando. Houve momentos, depois, em que soou com a paixão selvagem dos violinos. Você sabe que uma voz pode mexer com a gente. A sua voz e a voz de Sibyl Vane são duas coisas que jamais esquecerei. Quando fecho os olhos eu as escuto, e cada uma delas diz uma coisa diferente. Não sei qual das duas seguir. Por que eu não deveria amá-la? Harry, eu a amo de verdade. Ela é tudo para mim na vida. Noite após noite eu vou vê-la atuar. Uma noite ela é Rosalinda, na noite seguinte é Imogênia. Eu a vi morrer nas trevas de uma tumba italiana, sugando o veneno dos lábios do amante. Eu a vi vagar pela floresta de Arden, disfarçada de moço bonito de calças justas, gibão e uma graciosa boina. Ela ficou louca, e se apresentou a um rei culpado, e lhe deu arruda para vestir e ervas amargas para experimentar. Ela foi inocente, e as mãos negras do ciúme esmagaram seu pescoço frágil como um bambu. Eu a vi com todas as idades e todos os figurinos. Mulheres comuns nunca apelam à imaginação da gente. Estão limitadas a seu século.

Páthos > técnica de comunicação para despertar as emoções no leitor ou espectador.

Rosalinda é personagem da peça de William Shakespeare chamada *Do jeito que você gosta*. Estudiosos da obra shakespeariana consideram Rosalinda, ao lado de Hamlet, os dois personagens "mais inteligentes" de todas as suas peças de teatro. **Imogênia** aparece em outra obra de Shakespeare para o palco, *Cimbelino, rei da Britânia*. Ela é uma princesa que se disfarça de homem (um pajem) para escapar de uma ameaça de morte.

Nenhum glamour jamais as transfigura. Conhecemos a mente de cada uma tão facilmente como conhecemos seus chapéus. Sempre se pode descobri-las. Não há mistério em nenhuma delas. Cavalgam no Parque pela manhã e proseiam no chá da tarde. Têm seu sorriso estereotipado, e sua maneira de seguir a moda. São plenamente óbvias. Mas uma atriz! Como é diferente uma atriz! Harry! Por que não me contou que a única coisa que vale a pena amar é uma atriz?

— Porque eu amei uma porção delas, Dorian.

— Oh, sim, gente horrenda com cabelo tingido e rosto pintado.

— Não menosprezé o cabelo tingido e o rosto pintado. Há um encanto extraordinário neles, às vezes — disse Lord Henry.

— Agora estou arrependido de ter-lhe contado sobre Sibyl Vane.

— Você não podia deixar de me contar, Dorian. Ao longo de toda a sua vida você vai me contar tudo o que faz.

— Sim, Harry, creio que é verdade. Não consigo deixar de lhe contar as coisas. Você tem uma influência estranha sobre mim. Se eu um dia cometesse um crime, viria confessá-lo a você. Você me entenderia.

— Pessoas como você (os obstinados raios de sol da vida) não cometem crimes, Dorian. Mas fico muito agradecido pelo elogio, do mesmo jeito. E agora me diga... passe-me os fósforos, como um bom rapaz; obrigado... quais são suas relações reais com Sibyl Vane?

Dorian Gray levantou-se de um salto, com as faces coradas e os olhos em brasa. — Harry! Sibyl Vane é sagrada!

— As coisas sagradas são as únicas que merecem ser tocadas, Dorian — disse Lord Henry, com um estranho timbre de emoção na voz. — Mas por que você deveria se incomodar? Suponho que ela pertencerá a você um dia. Quando está apaixonado, o sujeito sempre começa por enganar a si mesmo, e sempre acaba enganando os outros. É o que o mundo chama de romance. Você a conhece, de todo modo, suponho.

— Claro que a conheço. Na primeira noite em que estive no teatro, aquele horrível velho judeu veio ao camarote depois que o espetáculo acabou e se ofereceu para me levar aos bastidores e me apresentar a ela. Fiquei furioso com ele, dizendo-lhe que Julieta estava morta havia centenas de anos, e que seu corpo jazia numa tumba em Verona. Pela expressão de espanto dele, penso que ficou com a impressão de que eu bebera champanhe demais, ou algo assim.

— Não me surpreende.

— Então ele perguntou se eu escrevia para algum jornal. Contei-lhe que nem sequer os lia. Pareceu terrivelmente desapontado com isso e me confidenciou que todos os críticos teatrais estavam numa conspiração contra ele, e que todos eram compráveis.

— Não me espantaria se ele tivesse plena razão quanto a isso. Mas, por outro lado, a julgar pela aparência deles, a maioria não deve custar nada caro.

— Bem, ele parecia julgar que estavam além de suas posses — riu Dorian. — A essa altura, porém, as luzes do teatro estavam se apagando, e eu tinha de ir embora. Ele queria que eu experimentasse alguns charutos, recomendando-os com ênfase. Declinei. Na noite seguinte, claro, cheguei àquele lugar de novo. Ao me ver, ele fez uma profunda reverência e me assegurou que eu era um generoso patrono da arte. Era um ogro repulsivo, embora tivesse uma paixão extraordinária por Shakespeare. Contou-me uma vez, com ar de orgulho, que suas cinco falências se deviam inteiramente ao "Bardo", como insistia em chamá-lo. Parecia considerar isso uma distinção.

Bardo é um poeta que produz muito e que é genial, muito bom de serviço mesmo. Shakespeare é por isso chamado muitas vezes de "Bardo" ou "Bardo de Avon" — pois nasceu numa cidadezinha chamada Stratford-upon-Avon, à beira de um rio chamado Avon.

— Mas era mesmo uma distinção, meu caro Dorian... uma grande distinção. A maioria das pessoas vai à falência investindo pesadamente na prosa da vida. Arruinar-se com poesia é uma honra. Mas quando foi que você falou pela primeira vez com a senhorita Sibyl Vane?

— Na terceira noite. Ela representara Rosalinda. Não pude resistir a me aproximar. Eu lhe atirara algumas flores, e ela olhara para mim; pelo menos assim me pareceu. O velho judeu foi persistente. Parecia determinado a me levar com ele, de modo que consenti. Foi curiosa essa minha relutância em conhecê-la, não acha?

— Não acho, não.

— Meu caro Harry, por que não?

— Eu lhe direi em outra ocasião. Agora quero saber da garota.

— Sibyl? Oh, estava tão tímida e tão gentil! Ela tem algo de menina. Seus olhos se arregalaram de espanto quando eu lhe disse o que achava da sua atuação, e pareceu completamente inconsciente do seu poder. Acho que estávamos nervosos, os dois. O velho judeu ficou parado com um sorriso maldoso na porta da saleta empoeirada, fazendo discursos elaborados acerca de nós dois, enquanto olhávamos um para o outro como crianças. Ele insistia em me chamar de "meu lorde", de modo que precisei garantir a Sibyl que eu não era nada do tipo. Ela me disse simplesmente: "O senhor se parece mais com um príncipe. Devo chamá-lo de Príncipe Encantado".

— Verdade seja dita, Dorian, a senhorita Sibyl sabe como fazer um elogio.

— Você não a compreende, Harry. Ela me via simplesmente como um personagem numa peça. Não sabe nada da vida. Mora com a mãe, uma mulher gasta e cansada que representou a senhora Capuleto numa espécie de penhoar magenta na primeira noite e dá a impressão de ter visto dias melhores.

— Conheço essa expressão. Ela me deprime — murmurou Lord Henry, examinando seus anéis.

— O judeu quis me contar a história dela, mas eu disse que não me interessava.

— Fez muito bem. Há sempre algo de infinitamente infame nas tragédias das outras pessoas.

— Sibyl é a única coisa que me importa. O que me interessa de onde ela vem? Da cabeça aos pés, ela é absoluta e inteiramente divina. A cada noite da minha vida vou vê-la atuar, e a cada noite ela está mais magnífica.

— É por essa razão, suponho, que você não janta mais comigo. Bem que eu achei que você tinha algum romance curioso à disposição. Você tem, mas não é exatamente o que eu esperava.

— Meu caro Harry, almoçamos ou ceamos juntos todos os dias, e eu fui à Ópera com você várias vezes — disse Dorian, abrindo bem os olhos azuis em sinal de espanto.

— Você sempre chega terrivelmente atrasado.

— Bem, não consigo deixar de ver Sibyl atuar — exclamou ele —, mesmo que seja num único ato. Fico ávido pela presença dela; e, quando penso na alma maravilhosa que está escondida naquele corpinho de marfim, eu me encho de assombro.

— Você pode jantar comigo esta noite, Dorian?

Ele fez que não com a cabeça. — Hoje ela é Imogênia — respondeu —, e amanhã será Julieta.

— E quando é que ela é Sibyl Vane?

— Nunca.

— Meus parabéns a você.

— Como você é horrível! Ela é todas as grandes heroínas do mundo em uma só. É mais do que um indivíduo. Você ri, mas eu lhe digo que ela é um prodígio. Eu a amo, e preciso fazer com que me ame. Você, que conhece todos os segredos da vida, diga-me como posso enfeitiçar Sibyl Vane para que ela me ame! Quero deixar Romeu enciumado. Quero que os amantes defuntos do mundo ouçam nossa risada e fiquem tristes. Quero que o hálito da nossa paixão os desperte do pó para a consciência, das cinzas para o sofrimento. Meu Deus, Harry, como eu a adoro! — Andava de um lado para outro da sala enquanto falava. Manchas de rubor ardiam em suas faces. Estava terrivelmente agitado.

Lord Henry o observava com uma sutil sensação de prazer. Como ele estava diferente agora do rapaz tímido e amedrontado que conhecera no ateliê de Basil Hallward! Sua personalidade se desenvolvera como uma flor, gerara botões de chama escarlate. De seu esconderijo secreto saíra sua Alma, e o Desejo se juntara a ela no caminho.

— E o que você se propõe a fazer? — perguntou Lord Henry, por fim.

— Quero que você e Basil venham comigo uma noite destas para vê-la atuar. Não tenho medo nenhum do resultado. Vocês com certeza reconhecerão o talento dela. E então precisamos tirá-la das mãos do judeu. Ela está presa a ele por três anos... mais precisamente, por dois anos e oito meses, a contar de agora. Terei que pagar alguma coisa a ele, claro. Quando tudo estiver acertado, quero arranjar um teatro no West End e colocá-la num palco de verdade. Ela vai enlouquecer o mundo como me enlouqueceu.

A zona leste de Londres era pobreza e a oeste era de gente "respeitável", da sociedade. Ali no **West End** havia vários teatros de classe, frequentados pelo pessoal da alta-roda. Até hoje existe ali um "distrito de teatro" que equivale à Broadway de Nova York. Quando se diz "*West End theatre*" está se falando de teatro profissional.

— Isso seria impossível, meu querido rapaz!

— Ela vai, sim. Não possui apenas arte, instinto artístico consumado, mas também personalidade; e você me disse muitas vezes que são as personalidades, não os princípios, que movem nossa época.

— Bem, em que noite podemos ir?

— Deixe-me ver. Hoje é terça-feira. Vamos marcar para amanhã. Ela interpreta Julieta amanhã.

— Está bem. No Bristol às oito horas; eu levo Basil.

— Às oito não, Harry, por favor. Seis e meia. Precisamos estar lá antes de a cortina subir. Vocês precisam vê-la no primeiro ato, quando ela encontra Romeu.

— Seis e meia! Que horário! Será como tomar um chá da tarde, ou ler um romance inglês. Tem de ser às sete. Nenhum cavalheiro janta antes das sete. Você avistará Basil até lá? Ou devo escrever para ele?

— O querido Basil! Faz uma semana que não ponho os olhos nele. É horrível de minha parte, pois ele me mandou meu retrato com a mais linda das molduras, desenhada especialmente por ele, e, apesar de ter um pouco de ciúme do quadro por ser um mês mais jovem que eu, devo admitir que ele me encanta. Talvez seja melhor você escrever a Basil. Não quero me encontrar sozinho com ele. Ele diz coisas que me aborrecem. Fica me dando bons conselhos.

Lord Henry sorriu. — As pessoas gostam muito de oferecer aos outros aquilo de que elas próprias mais precisam. É o que chamo de profundezas da generosidade.

Na Bíblia, os **filisteus** eram um povo inimigo dos judeus. Mas depois, como aqui, "filisteu" virou termo pejorativo para falar de pessoas que só pensam em dinheiro, bens materiais.

— Oh, Basil é o melhor dos camaradas, mas me parece simplesmente que é um pouquinho filisteu. Depois que conheci você, Harry, percebi isso.

— Basil, meu caro rapaz, deposita tudo o que há nele de encantador em sua obra. A consequência é que não lhe sobra nada para a vida a não ser seus preconceitos, seus princípios, seu bom senso. Os únicos artistas que conheci até hoje que são encantadores pessoalmente são maus artistas. Os bons artistas existem simplesmente naquilo que fazem, e em consequência são perfeitamente desinteressantes naquilo que são. Um grande poeta, um poeta grande de verdade, é a menos poética das criaturas. Mas os poetas inferiores são absolutamente fascinantes. Quanto piores seus versos, mais pitorescos eles parecem. O mero fato de ter publicado um livro de sonetos de segunda classe torna um homem bastante irresistível. Ele vive a poesia que não é capaz de escrever. Os outros escrevem a poesia que não ousam realizar.

— Será que é isso mesmo, Harry? — disse Dorian Gray, umedecendo seu lenço com um pouco do perfume de uma grande garrafa com tampa de ouro que estava sobre a mesa. — Deve ser, se você está dizendo. E agora eu tenho de ir. Imogênia me espera. Não se esqueça de amanhã. Adeus.

Quando Dorian deixou a sala, as pesadas pálpebras de Lord Henry baixaram, e ele se pôs a pensar. Sem dúvida poucas pessoas haviam despertado tanto seu interesse quanto Dorian Gray, e no entanto a adoração louca do rapaz por outra pessoa não lhe causava a mínima pontada de aborrecimento ou ciúme. Era-lhe até agradável. Tornava seu estudo ainda mais interessante. Sempre fora fascinado pelos métodos da ciência natural, mas os objetos habituais de tal ciência lhe pareciam triviais e sem importância. Sendo assim, começou por fazer a vivissecção de si mesmo, e acabou fazendo a dos outros. A vida humana — era isso que lhe parecia a única coisa digna de investigação. Comparado a ela, não havia nada mais que tivesse algum valor.

Vivissecção é uma operação para analisar os componentes do corpo de um bicho e, assim, tentar entender como os órgãos funcionam. E o detalhe é que tudo é feito com o animal vivo!

Era bem verdade que, ao observar a vida em seu curioso caldeirão de dor e prazer, não se podia vestir uma máscara de vidro, nem impedir que os vapores sulfurosos perturbassem o cérebro e turvassem a imaginação com fantasias monstruosas e sonhos disformes. Havia venenos tão sutis que, para conhecer suas propriedades, era preciso ser acometido por eles. Havia doenças tão estranhas que era preciso contraí-las caso se buscasse compreender sua natureza. E, no entanto, como era grandiosa a recompensa! Que maravilha o mundo se tornava! Perceber a curiosa e difícil lógica da paixão, e a multicolorida vida emocional do intelecto — observar onde as duas se encontravam e onde se separavam, até onde estavam em uníssono e em que ponto divergiam —, havia um grande prazer nisso! Que importava o preço a pagar? Não havia preço alto demais para uma sensação.

Estava consciente — e o pensamento trouxe uma centelha de prazer a seus olhos castanhos de ágata — de que havia sido por força de certas palavras suas, de palavras musicais proferidas de modo melodioso, que a alma de Dorian Gray se voltara para aquela garota alva e se prostrara diante dela em adoração. Em grande medida, o rapaz era criação sua. Fizera-o precoce. Não era pouca coisa. Pessoas comuns esperavam até que a vida lhes revelasse seus segredos, mas para os poucos, para os eleitos, os mistérios da vida eram revelados antes que o véu fosse afastado. Às vezes isso era o efeito da arte, e principalmente da arte da literatura, que lidava diretamente com as paixões e o intelecto. Mas de quando em quando uma personalidade complexa tomava o lugar e assumia o papel da arte; era ela própria, a seu modo, uma verdadeira obra de arte, a Vida tendo suas elaboradas obras-primas, assim como as têm a poesia, a escultura, a pintura.

Sim, o rapaz era precoce. Estava fazendo sua colheita quando ainda era primavera. O pulso e a paixão da juventude estavam nele, mas ele estava se tornando autoconsciente. Era prazeroso observá-lo. Com seu lindo rosto e sua linda alma, era uma maravilha de se contemplar. Não importava como tudo fosse terminar, ou estivesse destinado a terminar.

Ele era como uma daquelas figuras graciosas numa procissão ou num auto teatral cujas alegrias nos parecem remotas, mas cujas tristezas mexem com nosso senso de beleza, e cujas chagas são como rosas vermelhas.

Corpo e alma, alma e corpo — que coisas misteriosas! Havia animalismo na alma, e o corpo tinha seus momentos de espiritualidade. Os sentidos podiam se refinar, e o intelecto podia se degradar. Quem poderia dizer onde terminava o impulso carnal, ou onde começava o impulso psíquico? Como eram superficiais as definições arbitrárias dos psicólogos vulgares! No entanto, como era difícil decidir entre os apelos das várias escolas! Seria a alma uma sombra assentada na casa do pecado? Ou o corpo, na verdade, ficava dentro da alma, como pensava Giordano Bruno? A separação entre espírito e matéria era um mistério, e a união das duas coisas igualmente o era.

Giordano Bruno (1548-1600) foi um filósofo, astrônomo e matemático italiano que achava que o universo era infinito e que a Terra tinha alma. Defendia também que as almas e os corpos dos seres eram feitos da matéria e da alma do nosso planeta. Morreu queimado vivo numa fogueira da Inquisição.

Começou a se perguntar se poderíamos um dia tornar a psicologia uma ciência tão absoluta que cada pequena fonte de vida nos pudesse ser revelada. Por assim dizer, sempre entendemos mal a nós mesmos, e raramente entendemos os outros. A experiência não tinha valor ético algum. Era meramente o nome que os homens davam a seus erros. Os moralistas, como regra geral, haviam-na encarado como um modo de alerta, reivindicando para ela uma certa eficácia ética na formação do caráter, louvando-a como algo que nos ensinava o caminho a seguir e nos mostrava o que evitar. Mas não havia nenhuma força motriz na experiência. Era uma causa ativa tão fraca quanto a própria consciência. Tudo o que ela demonstrava de fato era que nosso futuro seria igual ao nosso passado, e que o pecado que cometêramos uma vez, com repugnância, iríamos repetir muitas vezes, e com alegria.

Estava claro para ele que o método experimental era o único pelo qual se podia chegar a alguma análise científica das paixões; e certamente Dorian Gray era um objeto feito sob medida, e parecia prometer resultados ricos e frutíferos. Seu súbito amor louco por Sibyl Vane era um fenômeno psicológico de grande interesse. Não havia dúvida de que a curiosidade tinha muito a ver com ele, bem como o desejo de novas experiências; no entanto, não era uma paixão simples, mas sim muito complexa. O que havia nela de instinto puramente sensual de juventude tinha sido transformado pelas operações da imaginação, convertido em algo que parecia ao próprio rapaz estar distante dos sentidos, e por isso mesmo era ainda mais perigoso. Eram as paixões sobre cuja origem nos iludíamos que nos tiranizavam de modo mais forte. Nossas motivações mais fracas eram aquelas de que estávamos conscientes. Ocorria com frequência que, ao pensar que estávamos fazendo experimentos com outras pessoas, o objeto dos experimentos fôssemos nós mesmos.

Enquanto Lord Henry devaneava em torno dessas coisas, ouviu uma batida na porta, e seu pajem entrou, lembrando-o de que era hora de se vestir para o jantar. Ele se pôs de pé e olhou para a rua. O pôr do sol banhava de escarlate e dourado as janelas superiores das casas em frente. Os vidros resplandeciam como placas de metal incandescente. No alto, o céu era como uma rosa desbotada. Ele pensou na vida ardentemente colorida de seu jovem amigo, e perguntou-se como tudo aquilo iria terminar.

Quando entrou em casa, por volta da meia-noite e meia, viu um telegrama pousado sobre a mesa da sala. Abriu-o e constatou que era de Dorian Gray. Era para lhe dizer que havia ficado noivo de Sibyl Vane.

V

— MAMÃE, MAMÃE, ESTOU TÃO FELIZ! — sussurrou a garota, afundando o rosto no colo da mulher esmorecida, de fisionomia fatigada, que, com as costas voltadas para a luz penetrante e invasiva, estava sentada na única poltrona existente na encardida sala de estar das duas. — Estou tão feliz — repetiu —, e a senhora precisa ficar feliz também.

A senhora Vane estremeceu e pousou as mãos embranquecidas de bismuto sobre a cabeça da filha. — Feliz! — ecoou —, só fico feliz, Sibyl, quando a vejo atuar no palco. Você não deveria pensar em coisa alguma que não seja sua atuação. O senhor Isaacs tem sido muito bom para nós, e devemos dinheiro a ele.

> No século XIX, as mulheres europeias costumavam passar no rosto uma coisa chamada "pó de pérola", que, na real, não tinha um grama sequer de pérola porque era mesmo só uma mistura de talco com **bismuto**, substância usada em extintores de incêndio e outros trecos.

A garota ergueu os olhos e fez cara de enfado. — Dinheiro, mamãe? — exclamou —, o que importa o dinheiro? O amor vale mais que o dinheiro.

— O senhor Isaacs nos adiantou cinquenta libras para saldarmos nossas dívidas e conseguirmos uma roupa decente para James. Você não deve esquecer isso, Sibyl. Cinquenta libras é uma quantia muito grande. O senhor Issacs tem sido atencioso ao extremo.

— Ele não é um cavalheiro, mamãe, e eu odeio o jeito como ele fala comigo — disse a garota, pondo-se de pé e caminhando até a janela.

— Não vejo como poderíamos nos virar sem ele — respondeu a senhora, em tom de lamúria.

Sibyl Vane sacudiu a cabeça e riu. — Não o quero mais, mamãe. O Príncipe Encantado governa a vida para nós agora. — Em seguida fez uma pausa. Uma rosa agitou seu sangue e tingiu suas faces. Uma respiração acelerada entreabriu as pétalas dos seus lábios. Estes tremiam. Um vento sul de paixão passou por ela, agitando as delicadas dobras de seu vestido. — Eu o amo — disse, simplesmente.

— Criança tola! Criança tola! — foi a frase de papagaio lançada em resposta. O gesto dos dedos tortos, com anéis de joias falsas, dava um ar grotesco às palavras.

A garota voltou a rir. A alegria de um pássaro engaiolado ressoava em sua voz. Seus olhos captaram a melodia e a ecoaram com sua radiância: em seguida se fecharam por um momento, como se escondessem seu segredo. Quando se reabriram, a névoa de um sonho os havia atravessado.

Da poltrona gasta veio-lhe a voz da Sabedoria de lábios finos, sugerindo prudência, citando aquele livro cujo autor chama canhestramente a covardia de bom senso. Ela não deu ouvidos. Estava livre dentro de sua prisão de paixão. Seu príncipe, o Príncipe Encantado, estava com ela. Ela recorrera à Memória para evocá-lo. Despachara sua alma em busca dele, e ela o trouxera de volta. O beijo dele ardeu de novo em sua boca. Suas pálpebras voltaram a sentir o calor do hálito dele.

Canhestro > sem jeito, malfeito.

Então a Prudência alterou seu método e falou de observação e descoberta. Aquele rapaz talvez fosse rico. Nesse caso, o casamento seria algo a pensar. Contra a concha do ouvido da garota batiam as ondas da esperteza terrena. As flechas da astúcia a atingiam. Ela viu os lábios finos se moverem e sorriu.

De repente, sentiu necessidade de falar. O silêncio tagarela a perturbava. — Mamãe, mamãe — bradou —, por que ele me ama tanto? Eu sei por que o amo. Eu o amo porque ele é como o próprio Amor deve ser. Mas o que ele vê em mim? Não sou digna dele. E no entanto... não sei dizer por quê... mesmo me sentindo muito abaixo dele, não me sinto inferiorizada. Sinto-me orgulhosa, terrivelmente orgulhosa. Mamãe, a senhora amava meu pai como eu amo o Príncipe Encantado?

A velha empalideceu sob o pó de arroz ordinário que lhe emplastrava as faces, e seus lábios secos se retorceram num espasmo de dor. Sibyl correu até ela, enlaçou-lhe o pescoço com os braços e a beijou. — Perdão, mamãe. Sei que é doloroso para a senhora falar sobre papai. Mas só é doloroso porque a senhora o amava demais. Não fique tão triste, hoje estou feliz como a senhora esteve vinte anos atrás. Ah!, deixe que eu seja feliz para sempre!

— Minha criança, você é jovem demais para se apaixonar. Além disso, o que sabe desse rapaz? Não sabe nem o nome dele. Tudo isso é inconveniente ao extremo, e na verdade, justo quando James está indo para a Austrália e tenho tanta coisa em que pensar, acho que você deveria mostrar mais consideração. No entanto, como disse antes, se ele for rico...

— Ah, mamãe, mamãe, deixe-me ser feliz!

A senhora Vane olhou-a e, com um daqueles falsos gestos teatrais que tantas vezes se tornam uma espécie de segunda natureza de um ator, apertou-a em seus braços. Nesse momento a porta se abriu e um rapaz de cabelos revoltos entrou na sala. Tinha uma compleição atarracada, mãos e pés grandes, de movimentos um tanto desajeitados. Não tinha a formação delicada da irmã. Um observador dificilmente adivinharia a relação próxima entre eles. A senhora Vane fixou os olhos nele e intensificou o sorriso. Elevou mentalmente o filho à dignidade de uma plateia. Estava segura de que o *tableau* era interessante.

O nome completo é *tableau vivant* em francês. Trata-se de uma técnica teatral que pode ser traduzida como "fotografia viva". No ***tableau***, os atores ficam paradinhos feito estátua para dar um efeito mais dramático à cena.

— Acho que você podia reservar para mim alguns de seus beijos, Sibyl — disse o rapaz, num rosnado afável.

— Ah, mas você não gosta de ser beijado, Jim — exclamou ela. — Você é um urso velho medonho. — E atravessou correndo a sala para abraçá-lo.

James Vane fitou com ternura o rosto da irmã. — Vamos dar uma caminhada, Sibyl. Acho que não vou ver de novo esta Londres horrorosa. Tenho certeza de que não quero.

— Meu filho, não diga essas coisas horríveis — murmurou a senhora Vane, apanhando com um suspiro um traje teatral espalhafatoso e começando a remendá-lo. Sentia-se um pouco desapontada por ele não ter entrado na trupe. Isso teria incrementado o caráter pitoresco da situação.

— Por que não, mãe? Estou falando sério.

— Você me magoa, meu filho. Minha esperança é de que você volte da Austrália com uma condição financeira elevada. Acho que não existe vida social de tipo nenhum nas colônias, nada que eu pudesse chamar de sociedade; de modo que, quando tiver conquistado sua fortuna, você deverá voltar e se estabelecer em Londres.

— A sociedade! — resmungou o rapaz. — Não quero saber de nada disso. O que eu quero é ganhar algum dinheiro e tirar a senhora e a Sibyl do palco. Detesto isso.

— Oh, Jim! — disse Sibyl, rindo —, que indelicado da sua parte. Mas você vai mesmo dar uma volta comigo? Isso vai ser ótimo! Eu temia que você fosse sair para se despedir de alguns amigos... do Tom Hardy, que lhe deu aquele cachimbo horrendo, ou do Ned Langton, que caçoa de você por fumá-lo. É muito meigo de sua parte me conceder sua última tarde. Aonde vamos? Por que não ao Parque?

— Estou muito malvestido — respondeu ele, franzindo as sobrancelhas. — Só pessoas grã-finas vão ao Parque.

— Que bobagem, Jim — ela sussurrou, alisando a manga do casaco do irmão.

Ele hesitou por um momento. — Muito bem — disse por fim —, mas não demore muito para se aprontar. — Ela saiu dançando porta afora. Ouviram-na subir as escadas cantando e em seguida os passos miúdos de seus pezinhos no andar de cima.

Ele andou de um lado para outro da sala duas ou três vezes. Então virou-se para a figura imóvel na poltrona. — Mãe, minhas coisas já estão prontas? — perguntou.

— Perfeitamente, James — ela respondeu sem tirar os olhos do trabalho. Havia alguns meses que ela se sentia pouco à vontade sempre que estava a sós com aquele seu filho rude e ríspido. Sua índole secreta e pouco profunda ficava perturbada quando os olhos dos dois se encontravam. Costumava se perguntar se ele desconfiava de alguma coisa. O silêncio, pois ele não comentou mais nada, tornou-se insuportável para ela. Começou a se queixar. As mulheres se defendem atacando, assim como atacam rendendo-se de modo súbito e estranho. — Espero que você fique satisfeito, James, com sua vida de navegante — disse ela. — É bom que se lembre de que se trata de uma escolha só sua. Poderia muito bem ter-se empregado no escritório de um advogado. Os advogados são uma classe muito respeitável, e no interior frequentemente eles jantam com as melhores famílias.

— Detesto escritórios, e detesto escriturários — retrucou ele. — Mas a senhora tem razão. Fui eu que escolhi minha vida. Tudo o que tenho a dizer é: cuide bem da Sibyl. Não deixe que lhe aconteça algo de ruim. Mãe, a senhora precisa zelar por ela.

— James, você está falando de um jeito muito estranho mesmo. É claro que eu vou cuidar da Sibyl.

— Soube que um cavalheiro vem toda noite ao teatro e vai aos bastidores para conversar com ela. É verdade? Que história é essa?

— Você está falando de coisas que não compreende, James. Em nossa profissão, estamos habituadas a receber uma grande e gratificante atenção. Eu mesmo costumava receber muitos buquês de uma só vez. Isso acontecia quando a arte da atuação era compreendida de fato. Quanto a Sibyl, não sei por enquanto se a sua ligação é séria ou não. Mas não há dúvida de que o jovem em questão é um perfeito cavalheiro. Ele é sempre muito educado comigo. Além disso, aparenta ser rico, e as flores que ele manda são adoráveis.

— Mas vocês nem sabem o nome dele — disse o rapaz, com aspereza.

— Não — respondeu a mãe, com uma expressão plácida no rosto. — Ele ainda não revelou seu nome verdadeiro. Acho muito romântico da parte dele. Provavelmente é um membro da aristocracia.

James Vane mordeu o lábio. — Cuide bem da Sibyl, mãe — exclamou —, cuide bem dela.

— Meu filho, você me magoa muito. Sibyl está sempre sob meus cuidados especiais. Claro que, se esse cavalheiro for rico, não haverá motivo para ela não se unir a ele. Confio que ele seja da aristocracia. Tem toda a aparência de ser, eu diria. Poderia ser um casamento esplêndido para Sibyl. Formariam um casal encantador. A beleza dele é notável; não há quem não repare nela.

O rapaz resmungou alguma coisa consigo mesmo e tamborilou no vidro da janela com seus dedos grosseiros. Virou-se para dizer alguma coisa quando a porta se abriu e Sibyl entrou correndo.

— Como vocês dois estão sérios! — exclamou. — O que está havendo?

— Nada — respondeu ele. — Suponho que se deva ficar sério às vezes. Até logo, mãe; vou jantar às cinco horas. As malas estão prontas, só faltam minhas camisas, portanto não precisa se preocupar.

— Até logo, meu filho — respondeu ela, com um gesto afetado de dignidade.

Estava extremamente aborrecida com o tom que o filho adotara com ela, e havia algo no olhar dele que a deixava com medo.

— Dê-me um beijo, mamãe! — disse a garota. Seus lábios de pétalas de flor tocaram o rosto flácido e aqueceram sua frigidez.

— Minha menina! Minha menina! — exclamou a senhora Vane, erguendo os olhos para o teto, à procura de um balcão de teatro imaginário.

— Vamos, Sibyl — disse o irmão, com impaciência. Detestava essas afetações da mãe.

Saíram para a luz do sol, que parecia vacilar ao sopro do vento, e caminharam pela lúgubre Euston Road. Os transeuntes olhavam com espanto para o rapaz carrancudo e corpulento que, vestido com roupas grosseiras que mal lhe serviam, estava em companhia de uma mocinha tão graciosa e de aspecto refinado. Era como um jardineiro vulgar caminhando com uma rosa.

Lúgubre > triste, fúnebre, macabro.

Jim franzia o cenho de quando em quando ao captar o olhar inquisitivo de algum estranho. Tinha aquela aversão a ser encarado pelos outros que chega tarde na vida para os gênios, e que jamais abandona as pessoas banais. Sibyl, entretanto, estava inteiramente alheia ao efeito que produzia. Seu amor vibrava em forma de riso nos seus lábios. Estava pensando no Príncipe Encantado, e, para poder pensar nele mais ainda, não falava a seu respeito, mas tagarelava sobre o navio em que Jim embarcaria, sobre o ouro que na certa encontraria, sobre a herdeira maravilhosa cuja vida ele salvaria dos malvados bandoleiros insurrectos. Pois ele não permaneceria como marinheiro ou superintendente de navio, ou coisa que o valha. Ah, não! A existência de um marujo era pavorosa. Imagine ficar engaiolado num navio horrendo, com as rudes ondas corcovadas tentando invadi-lo e um vento negro balançando os mastros e rasgando as velas em longos farrapos gementes! Ele deveria deixar a embarcação em Melbourne, dar adeus ao capitão e partir imediatamente para as minas de ouro. Antes de completar uma semana toparia com uma enorme pepita de ouro puro, a maior pepita descoberta até então, e a traria para o litoral numa carroça guardada por seis policiais montados. Os bandoleiros os atacariam três vezes e seriam destroçados em enormes carnificinas. Ou não. Ele não iria para as minas de ouro coisa nenhuma. São lugares horríveis, onde os homens se embriagam, trocam tiros em bares e usam palavras de baixo calão. Seria um ótimo criador de ovelhas, e uma noite, ao voltar a cavalo para casa, avistaria a linda herdeira sendo raptada por um ladrão montado num cavalo preto, e, dando-lhe perseguição, resgataria a moça. Claro que ela se apaixonaria por ele, e ele por ela, e os dois se casariam e viriam morar numa casa imensa em Londres. Sim, havia coisas encantadoras à espera dele. Mas ele precisava ser muito bom, não perder a calma nem gastar bestamente o seu dinheiro. Ela era apenas um ano mais velha que o irmão, mas sabia muito mais a respeito da vida. Ele evidentemente precisava também escrever-lhe a cada despacho do correio, e fazer suas orações todas as noites antes de dormir. Deus era muito bom, e cuidaria dele. Ela também rezaria, e em poucos anos ele retornaria perfeitamente rico e feliz.

Bandoleiro > bandido, trapaceiro.

Insurrecto > rebelde, revoltoso.

O rapaz escutou-a com expressão taciturna, e não respondeu. Estava acabrunhado por ir embora de casa.

No entanto, não era só isso que o deixava tristonho e mal-humorado. Embora inexperiente, já tinha uma forte percepção do perigo da situação de Sibyl. Aquele jovem almofadinha que a estava cortejando podia não ser nada bom para ela. Era um cavalheiro, e James o odiava por isso, odiava-o por um curioso instinto racial que não saberia explicar, e que por isso mesmo era ainda mais imperativo dentro de si. Estava consciente também da superficialidade e da frivolidade da índole de sua mãe, e nisso via um risco infinito para Sibyl e para a felicidade de Sibyl. Os filhos começam por amar os pais; à medida que crescem, passam a julgá-los; às vezes os perdoam.

Sua mãe! Tinha na cabeça uma coisa para perguntar a ela, algo que vinha ruminando em silêncio havia muitos meses. Uma frase que ouvira ao acaso no teatro, um gracejo sussurrado que chegara uma noite a seus ouvidos enquanto esperava na entrada dos artistas, havia desencadeado uma corrente de pensamentos horríveis. Lembrava-se dela como de um chicote de montaria estalando em seu rosto. Suas sobrancelhas se juntaram num sulco profundo, e com um espasmo de dor ele mordeu o lábio inferior.

— Você não está escutando nada do que eu digo, Jim — queixou-se Sibyl —, e olhe que estou fazendo os planos mais encantadores para o seu futuro. Diga alguma coisa.

— O que você quer que eu diga?

— Oh! Que vai ser um bom garoto e não vai nos esquecer — respondeu ela, sorrindo-lhe.

Ele deu de ombros. — É mais provável você me esquecer do que eu esquecer você, Sibyl.

Ela enrubesceu. — O que quer dizer com isso, Jim? — perguntou.

— Você tem um novo amigo, pelo que eu soube. Quem é ele? Por que não me contou a respeito? Ele não tem boas intenções.

— Pare, Jim! — exclamou ela. — Você não devia falar mal dele. Eu o amo.

— Ora, você nem sabe o nome dele — respondeu o rapaz. — Quem é? Tenho o direito de saber.

— Chama-se Príncipe Encantado. Não gosta do nome? Oh! Seu tolinho! Você não deve esquecê-lo jamais. Se o visse, acharia que é a pessoa mais maravilhosa do mundo. Um dia o conhecerá... quando voltar da Austrália. Vai gostar muito dele. Todo mundo gosta, e eu... eu o amo. Queria tanto que você viesse ao teatro esta noite! Ele estará lá, e eu representarei Julieta. Oh! Com que entrega eu a encarnarei! Imagine, Jim, estar apaixonada e representar Julieta! Com ele sentado bem ali em frente! Atuar para o deleite dele! Temo que eu vá assustar a trupe, ou então contagiá-la. Estar amando é ir além de si. O pobre e horrível senhor Isaacs vai gritar "genial!" para todos aqueles vagabundos que ficam no balcão. Ele tem me louvado como se eu fosse um dogma; esta noite me anunciará como uma revelação. Sinto isso. E é tudo coisa dele, só dele, Príncipe Encantado, meu amante maravilhoso, meu deus de todos os encantos. Mas eu sou pobre perto dele. Pobre? O que importa isso? Quando a pobreza entra pela porta, o amor sai voando pela janela. Nossos provérbios precisam ser reescritos. Foram feitos no inverno, e agora é primavera; é primavera para mim, eu sinto, uma verdadeira dança de flores no azul dos céus.

— Ele é um cavalheiro — disse o rapaz, emburrado.

— Um príncipe! — ela bradou, melodiosamente. — O que mais você quer?

— Ele quer escravizar você.

— Estremeço diante da ideia de me libertar.

— Quero que você tome cuidado com ele.

— Vê-lo é venerá-lo, conhecê-lo é confiar nele.

— Sibyl, você está louca por ele.

Ela riu e tomou o braço do irmão. — Meu velho e querido Jim, você fala como se tivesse cem anos. Um dia também vai se apaixonar. Então saberá o que significa isso. Não fique tão carrancudo. Você deveria era ficar contente em pensar que, embora esteja de partida para longe, está me deixando mais feliz do que nunca. A vida tem sido dura para nós dois, terrivelmente dura e difícil. Mas agora será diferente. Você vai para um novo mundo, e eu encontrei um. Veja, aqui estão duas cadeiras; vamos nos sentar e ficar vendo as pessoas elegantes passarem.

Tomaram seus assentos em meio a uma multidão de observadores. Os canteiros de tulipas do outro lado da alameda flamejavam como vibrantes anéis de fogo. Uma poeira branca, semelhante a uma nuvem trêmula de rizoma de íris, pairava no ar ofegante. As sombrinhas de cores vivas dançavam e voluteavam como borboletas monstruosas.

Rizoma de íris é o nome de um pó feito da raiz da flor chamada íris, muito usado em perfumes. No Marrocos, o pozinho também entra na composição de um tempero especial.

Ela fez o irmão falar um pouco de si, de suas esperanças, de suas perspectivas. Ele falava devagar e com esforço. Eles trocavam palavras como enxadristas trocam jogadas. Sibyl se sentia oprimida. Não conseguia comunicar sua alegria. Um vago sorriso curvando aquela boca taciturna foi todo o eco que ela pôde conquistar. Depois de um tempo ficou calada. De repente ela captou um vislumbre de cabelos dourados e lábios risonhos, e numa carruagem aberta, com duas damas, viu passar Dorian Gray.

Ela se ergueu de um salto. — Ali está ele! — gritou.

— Quem? — disse Jim Vane.

— O Príncipe Encantado — respondeu ela, seguindo a carruagem com os olhos.

Ele deu um salto e a agarrou pelo braço com brutalidade. — Mostre-o para mim. Quem é? Aponte-o. Preciso vê-lo! — exclamou; mas naquele momento a carruagem de quatro cavalos do duque de Berwick bloqueou-lhes a visão; quando deixou o espaço livre, a carruagem de Dorian Gray já havia saído do Parque.

— Ele se foi — murmurou Sibyl, com tristeza. — Queria que você o tivesse visto.

— Eu queria ter visto, pois, tão certo como há um Deus no céu, se ele fizer algo errado com você, eu o mato.

Ela o encarou com horror. Ele repetiu suas palavras. Estas cortaram o ar como um punhal. As pessoas em volta ficaram boquiabertas. Uma senhora postada perto deles soltou um riso sufocado.

— Vamos embora, Jim; vamos sair daqui — sussurrou ela. Ele a seguiu, determinado, enquanto ela atravessava a multidão. Sentia-se contente com o que acabara de dizer.

Ao chegarem à estátua de Aquiles, ela se virou para o irmão. Havia em seus olhos uma compaixão que se converteu em riso em seus lábios. Sacudiu negativamente a cabeça para ele. — Você é bobo, Jim, completamente bobo; um garoto de gênio ruim, é isso que você é. Como pode dizer coisas tão horríveis? Não sabe do que está falando. Está sendo apenas ciumento e malvado. Ah!, como eu queria que você se apaixonasse. O amor torna as pessoas boas, e o que você disse é perverso.

A **estátua de Aquiles** está até hoje no Hyde Park. Instalada em 1822, foi a primeira escultura do parque. O bronze utilizado veio dos canhões capturados pelos britânicos na guerra contra a França. O mais engraçado é que esse Aquiles aparecia ali completamente nu, mas houve tanta reclamação que logo colocaram uma folha de parreira, também em bronze, em uma posição estratégica para tapar de vez a causa de tamanha revolta.

— Tenho dezesseis anos — retrucou ele —, e sei o que se passa à minha volta. A mãe não serve de ajuda. Ela não sabe como cuidar de você. Agora eu preferiria não estar indo para a Austrália coisa nenhuma. Minha vontade é de desmanchar a coisa toda. Faria isso se meus documentos já não tivessem sido assinados.

— Ah, não fique tão sério, Jim. Você está parecendo um dos heróis daqueles melodramas tolos em que a mamãe gostava tanto de atuar. Não quero brigar com você. Eu o vi e, oh!, vê-lo é a felicidade perfeita. Não vamos brigar. Sei que você não faria mal a uma pessoa que eu amo, não é mesmo?

— Não enquanto você o amar, suponho — foi a resposta emburrada.

— Eu o amarei para sempre! — exclamou ela.

— E ele?

— Para sempre, também!

— É bom que ele ame mesmo.

Ela se afastou. Em seguida riu e pousou a mão em seu braço. Ele não passava de um garoto.

Na altura do Marble Arch fizeram sinal para um ônibus, que os deixou perto de sua casa miserável na Euston Road. Passava das cinco, e Sibyl precisava descansar por um par de horas antes de atuar. Jim insistiu em que ela se deitasse. Disse que preferia se despedir

O **Marble Arch** foi feito para servir de portão chique e imponente para o Palácio de Buckingham, mas ficou nessa função e lugar por apenas 17 anos e aí foi transferido para fazer o mesmo papel em uma das entradas do Hyde Park. Em 1851, a mudança de endereço já estava completa.

dela enquanto a mãe não estivesse presente. Ela com certeza faria uma cena, e ele detestava cenas de qualquer tipo.

Despediram-se no quarto de Sibyl. Havia ciúme no coração do rapaz, e um ódio feroz, mortal, ao estranho que, conforme lhe parecia, intrometera-se entre eles. No entanto, enquanto os braços da irmã enlaçavam-lhe o pescoço e seus dedos acariciavam-lhe os cabelos, ele amoleceu e a beijou com verdadeiro afeto. Havia lágrimas em seus olhos quando desceu as escadas.

Sua mãe o esperava na sala, no andar de baixo. Resmungou algo sobre sua falta de pontualidade quando ele entrou. Sem responder, ele se sentou diante de sua escassa refeição. As moscas zumbiam em torno da mesa e escalavam a toalha manchada. Por entre o rumor dos ônibus e o tropel das charretes de aluguel ele podia ouvir a voz monótona devorando cada minuto que lhe restava.

Depois de um tempo, afastou o prato e amparou a cabeça nas mãos. Sentia que tinha o direito de saber. Deviam ter-lhe contado antes, se era tal como ele suspeitava. Paralisada de medo, a mãe o observava. As palavras saíam mecanicamente dos lábios dela. Um lenço esfarrapado de renda se retorcia entre seus dedos. Quando o relógio bateu seis horas, ele se levantou e foi até a porta. Então se virou e olhou para ela. Seus olhos se encontraram. Nos dela ele viu um apelo desesperado por clemência. Isso o enfureceu.

— Mãe, tenho algo a lhe perguntar — disse. Os olhos dela vagaram a esmo pelo ambiente. Não respondeu. — Diga-me a verdade. Tenho direito de saber. A senhora era casada com meu pai?

Ela deu um suspiro profundo. Era um suspiro de alívio. Chegara por fim o momento terrível, o momento que, dia e noite, ao longo de semanas e meses, havia temido, e contudo não sentia terror algum. Em certa medida, era até uma decepção para ela. O caráter vulgarmente direto da pergunta exigia uma resposta igualmente direta. A situação não tinha se desenvolvido aos poucos. Era uma coisa crua. Aquilo a fazia pensar num ensaio teatral malfeito.

— Não — respondeu ela, admirando-se da rude simplicidade da vida.

— Meu pai era um canalha, então! — bradou o rapaz, cerrando os punhos.

Ela fez que não com a cabeça. — Eu sabia que ele não era livre. Nós nos amávamos muito. Se tivesse sobrevivido, ele teria provido nossa subsistência. Não fale mal dele, meu filho. Era seu pai, e era um cavalheiro. Estava, aliás, muito bem relacionado na alta-roda.

Dos lábios dele saiu uma imprecação. — Não me importo comigo — exclamou —, mas não deixe que a Sibyl... É um cavalheiro, não é mesmo, esse que está apaixonado por ela, ou que diz estar? Muito bem relacionado também, suponho.

Por um momento, um horrendo sentimento de humilhação tomou conta da mulher. Baixou a cabeça. Enxugou os olhos com mãos trêmulas. — Sibyl tem mãe — murmurou; — eu não tinha.

O rapaz se comoveu. Avançou até ela e curvou-se para beijá-la. — Sinto muito se lhe causei dor ao perguntar sobre meu pai — disse —, mas não pude evitar. Agora preciso ir. Adeus. Não esqueça que agora a senhora terá apenas uma filha para cuidar, e acredite quando digo que se esse homem fizer mal a minha irmã eu descobrirei quem ele é e irei no seu encalço para matá-lo como a um cão. Eu juro.

A insensatez exagerada da ameaça, o gesto veemente que a acompanhava, as loucas palavras melodramáticas, tudo isso fazia a vida parecer mais intensa para ela. Aquela atmosfera lhe era familiar. Respirou mais livremente, e pela primeira vez em muitos meses admirou de verdade o filho. Teria gostado de continuar a cena no mesmo diapasão emocional, mas ele a interrompeu. Tinha de baixar as grandes malas e procurar cachecóis. O empregado da hospedaria entrava e saía, alvoroçado. Havia a negociação com o cocheiro do carro de aluguel. O momento se perdeu em detalhes vulgares. Foi com um sentimento renovado de frustração que ela acenou da janela com o maltrapilho lenço de renda, vendo o coche levar embora o filho. Estava consciente de que uma grande oportunidade havia sido desperdiçada.

Diapasão > tom, nível

Consolou-se dizendo a Sibyl quão desolada sentia que sua vida passaria a ser, agora que ela contava apenas com uma filha para cuidar. Lembrou-se da frase. Ela a deixara satisfeita. Sobre a ameaça nada disse. Esta foi expressa de modo vívido e dramático. Sentia que um dia todos iriam rir daquilo.

VI

— **IMAGINO QUE JÁ SAIBA DA NOVIDADE,** não é, Basil? — disse Lord Henry naquela noite, quando Hallward foi introduzido na saleta privativa do Bristol, onde uma mesa estava posta para três pessoas.

— Não, Harry — respondeu o artista, entregando o chapéu e o casaco ao solícito garçom. — Do que se trata? Nada de política, espero. A política não me interessa. Não há praticamente ninguém na Câmara dos Comuns que mereça ser pintado; se bem que muitos deles bem que precisam de uma caiação.[2]

— Dorian Gray ficou noivo — disse Lord Henry, observando-o enquanto falava.

Hallward teve um sobressalto, e em seguida franziu o cenho. — Dorian vai se casar! — exclamou. — Impossível!

— É a pura verdade.

— Com quem?

— Com uma atrizinha desconhecida.

— Não posso acreditar. Dorian é sensato demais para isso.

— Dorian é sabido demais para deixar de fazer coisas insensatas de quando em quando, meu caro Basil.

— O casamento não é uma coisa que se possa fazer de quando em quando, Harry.

---

2 Há no original (*"though many of them would be better for a little whitewashing"*) um jogo de palavras intraduzível, já que "*whitewashing*" tem o sentido literal de "caiar, passar cal", mas também uma gama de sentidos figurados que incluem "maquiar dados", "acertar contas" e "perder de goleada". (N. do T.)

— Exceto na América — emendou Lord Henry, languidamente. — Mas eu não disse que ele se casou. Disse que está comprometido. Há uma grande diferença. Tenho a nítida recordação de ter sido casado, mas não tenho lembrança alguma de ter estado noivo. Inclino-me a pensar que nunca fui noivo.

— Mas pense no berço de Dorian, em sua posição social, em sua riqueza. Seria absurdo se casar com alguém tão abaixo de sua condição.

— Se você quiser fazê-lo se casar com essa garota, diga-lhe justamente isso, Basil. Nesse caso, ele o fará com certeza. Sempre que um homem faz uma coisa completamente estúpida, é com a mais nobre das motivações.

— Espero que seja uma boa moça, Harry. Não quero ver Dorian atado a uma criatura vil, que poderia talvez degradar sua índole e arruinar seu intelecto.

— Oh, ela é mais do que boa: é linda — murmurou Lord Henry, bebericando um vermute com *bitter* de laranja. — Dorian diz que é linda; e ele não costuma errar quanto a esse tipo de coisa. O retrato que você fez dele avivou sua apreciação da aparência das outras pessoas. Teve esse excelente efeito, entre outros. Vamos vê-la esta noite, se aquele rapaz não esquecer seu compromisso.

O gosto de um azedinho amargo é muito querido na composição de coquetéis. Para conquistar esse sabor, é comum usar uma infusão de casca de **laranja** que descansa numa bebida alcoólica (vodca, pinga, uísque...) com alguns condimentos, criando assim um ***bitter*** (literalmente, um amargo).

— Está falando sério?

— Muito sério, Basil. Não poderia falar mais sério do que estou falando neste momento.

— Mas você aprova isso, Harry? — perguntou o pintor, andando de um lado para o outro da saleta e mordendo o lábio. — Não é possível que você aprove. É uma paixão tola e passageira.

— Hoje em dia não aprovo nem desaprovo coisa alguma. Essa é uma atitude absurda a se tomar diante da vida. Não fomos enviados ao mundo para manifestar nossos preconceitos morais. Nunca dou atenção alguma ao que dizem as pessoas comuns, nunca interfiro no que fazem as pessoas encantadoras. Se uma personalidade me fascina, qualquer modo de expressão que ela escolha será absolutamente delicioso para mim. Dorian Gray se apaixona por uma linda garota que interpreta Julieta e a pede em casamento. Por que não? Se ele se casasse com Messalina, não seria nem um pouco menos interessante por isso. Não sou um paladino do casamento. A verdadeira desvantagem do casamento é que ele torna o sujeito altruísta. E pessoas altruístas são anódinas. Perdem sua individualidade. Ainda assim, há certos temperamentos que o casamento torna mais complexos. Eles mantêm seu egocentrismo e acrescentam a ele muitos outros egos. São obrigados a ter mais de uma vida. Tornam-se altamente organizados, e ser altamente organizado é, imagino eu, o objetivo da existência do homem. Além disso, cada experiência é valiosa e, diga o que quiser contra o casamento, ele é sem dúvida uma experiência. Espero que Dorian Gray faça dessa garota a sua vida, adore-a apaixonadamente por seis meses e depois se deixe fascinar por outra pessoa. Ele seria um maravilhoso objeto de estudo.

— Você não acredita de verdade em uma única palavra do que diz, Harry; sabe que não está falando sério. Se a vida de Dorian Gray for arruinada, ninguém vai lamentar mais do que você. Você é muito melhor do que finge ser.

Lord Henry riu. — A razão pela qual gostamos de pensar tão bem dos outros é que todos tememos por nós mesmos. A base do otimismo é o puro terror. Julgamos ser generosos porque creditamos ao nosso vizinho a posse daquelas virtudes que provavelmente nos são vantajosas. Louvamos o banqueiro por podermos sacar a descoberto da nossa conta, e encontramos boas qualidades no assaltante de estrada na esperança de que ele poupe o nosso bolso. Tudo o que eu disse foi a sério. Tenho o maior desprezo pelo otimismo. Quanto a uma vida arruinada, nenhuma vida é arruinada, exceto aquela cujo desenvolvimento foi tolhido. Se quiser estragar uma índole, basta que meramente a reforme. Quanto ao casamento, claro que ele

Messalina foi a terceira esposa do imperador romano Cláudio e era campeã de tretas e confusões para conseguir poder, grana e sexo. Fez o maridão condenar à morte outras pessoas por conta das suas intrigas, tacando terror na corte. E morreu do próprio mal, depois que uma galerinha foi bater na orelha de Cláudio que ela estava se esbaldando com um amante.

Paladino > defensor de uma ideia ou pessoa.

Anódino > insignificante, banal.

seria uma tolice, mas há outros laços mais interessantes entre homens e mulheres. Eu certamente os incentivarei. Eles têm o encanto de ser moldáveis. Mas eis que chega o próprio Dorian. Ele pode lhe contar mais do que eu.

— Meu caro Harry, meu caro Basil, vocês precisam me dar os parabéns! — disse o rapaz, despindo sua capa de noite com debruns de cetim e apertando a mão de cada um dos amigos. — Nunca estive tão feliz. Claro que foi repentino: todas as coisas realmente deliciosas o são. E, no entanto, parece-me a única coisa que estive procurando durante toda a vida. — Estava corado de excitação e prazer, e tinha uma aparência extraordinariamente bela.

— Espero que você seja sempre muito feliz, Dorian — disse Hallward —, mas não o perdoo totalmente por não ter me contado sobre seu noivado. Você contou ao Harry.

— E eu não o perdoo por chegar atrasado para o jantar — interrompeu Lord Henry, pousando a mão no ombro do rapaz e sorrindo. — Venha, vamos nos sentar e conferir como se sai o novo *chef* daqui, e você aproveita para nos contar tudo o que aconteceu.

— Na verdade não há muito a contar — disse Dorian enquanto tomavam seus assentos em torno da mesinha redonda. — O que aconteceu foi simplesmente o seguinte. Depois que me despedi de você no início da noite de ontem, Harry, eu me aprontei, fiz um jantar leve naquele restaurantezinho italiano na Ruper Street que você me apresentou e às oito horas me dirigi ao teatro. Sibyl estava interpretando Rosalinda. Claro que o cenário era pavoroso, e que Orlando era absurdo. Mas Sibyl! Vocês precisavam vê-la! Quando entrava em cena, com suas roupas de menino, era uma maravilha perfeita. Vestia um gibão verde-musgo com mangas cor de canela, calças justas de malha marrom com suspensórios cruzados, uma delicada boina verde com uma pena de falcão presa por uma joia e uma capa com capuz orlada de vermelho fosco. Pareceu-me mais extraordinária do que nunca. Tinha toda a graça sutil daquela estatueta de Tânagra que você

Na peça de Shakespeare *Do jeito que você gosta*, Rosalinda foge de casa disfarçada de homem e vai morar na floresta. Por lá ela encontra **Orlando**, um rapaz que era antigo amigo da família dela. Os dois acabam se casando.

O **gibão** era uma veste masculina usada por baixo das armaduras. Mais tarde, passou a ser usado debaixo do paletó, como um supercolete.

Essas estatuetas foram produzidas na Antiguidade, na região de **Tânagra**, na Grécia. A maioria delas mostra mulheres comuns — o que é uma diferença marcante, porque o habitual era fazer estátuas só de deuses e deusas.

tem em seu ateliê, Basil. Seus cabelos derramavam-se em cachos em torno do rosto, como folhas escuras ao redor de uma rosa pálida. Quanto a sua atuação... bem, vocês a verão hoje à noite. É simplesmente uma artista nata. Sentado no sórdido camarote, vi-me absolutamente arrebatado. Esqueci que estava em Londres, no século dezenove. Estava longe com meu amor numa floresta que nenhum homem jamais havia visto. Depois que o espetáculo terminou, fui aos bastidores e falei com ela. Quando estávamos sentados, de repente seus olhos ganharam uma expressão que eu nunca vira até então. Meus lábios se aproximaram dos dela. Beijamo-nos. Não sei descrever a vocês o que senti naquele momento. Parecia que toda a minha vida tinha sido canalizada para um ponto perfeito de alegria cor-de-rosa. Ela estremecia toda, oscilante como um narciso branco. Então se pôs de joelhos e beijou minhas mãos. Sinto que não devia contar tudo isso a vocês, mas não consigo evitar. Claro que nosso noivado é um segredo absoluto. Ela não contou nem mesmo para a mãe. Não sei o que meus tutores vão dizer. Lord Radley com certeza ficará furioso. Não me importo. Terei a maioridade em menos de um ano, e então poderei fazer o que quiser. Acaso não fiz bem, Basil, ao extrair da poesia o meu amor, e ao encontrar minha esposa nas peças de Shakespeare? Lábios que Shakespeare ensinou a falar sussurraram esse segredo no meu ouvido. Tive os braços de Rosalinda em torno de mim, e beijei Julieta na boca.

— Sim, Dorian, imagino que você tenha razão — disse Hallward, devagar.

— Você a viu hoje? — perguntou Lord Henry.

Dorian Gray negou com a cabeça. — Deixei-a na floresta de Arden, devo encontrá-la num pomar em Verona.

Ele a viu ontem no papel de Rosalinda, que foge para a floresta de **Arden**, e vai vê-la hoje de novo em *Romeu e Julieta*, que se passa em **Verona**.

Lord Henry bebericou seu champanhe com expressão meditativa. — Em que momento específico você mencionou a palavra "casamento", Dorian? E o que ela disse em resposta? Talvez você tenha esquecido tudo a esse respeito.

— Meu caro Harry, não tratei a coisa como uma transação comercial, e não fiz um pedido formal. Disse-lhe que a amava, e ela respondeu que não era digna de ser minha esposa. Não era digna! Ora, em comparação a ela, o mundo todo não vale nada para mim.

— As mulheres são maravilhosamente práticas — murmurou Lord Henry —, muito mais práticas do que nós. Em situações desse tipo, com frequência nos esquecemos de dizer alguma coisa sobre casamento, e elas sempre nos lembram.

Hallward pousou a mão sobre seu braço. — Não, Harry. Você está irritando Dorian. Ele não é como outros homens. Jamais causaria infelicidade a quem quer que fosse. Seu caráter é elevado demais para isso.

Lord Henry olhou para o outro lado da mesa. — Dorian jamais se irrita comigo — respondeu. — Fiz a pergunta pela melhor razão possível, pela única razão, na verdade, que me escusa por qualquer pergunta que eu faça: simples curiosidade. Tenho a teoria de que são sempre as mulheres que nos propõem casamento, e não nós que o propomos a elas. Exceto, claro, na vida da classe média. Mas as classes médias não são modernas.

Dorian Gray riu e jogou a cabeça para trás. — Você é incorrigível, Harry; mas não me importo. Para mim é impossível ficar zangado com você. Quando conhecer Sibyl Vane, você perceberá que o homem que fizesse mal a ela seria um animal, um animal sem coração. Não consigo entender como alguém possa desejar desonrar aquilo que ama. Eu amo Sibyl Vane. Quero colocá-la num pedestal de ouro e ver o mundo venerar a mulher que é minha. O que é o casamento? Um juramento irrevogável. Você caçoa dele por isso. Ah! Não caçoe. É um juramento irrevogável que eu quero fazer. A confiança dela me faz fiel, sua crença me torna bom. Quando estou com ela, lamento tudo o que você me ensinou. Torno-me diferente do eu que você veio a conhecer. Eu mudo, e o mero toque da mão de Sibyl Vane me faz esquecer você e todas as suas teorias erradas, fascinantes, venenosas e aprazíveis.

— Quais sejam...? — perguntou Lord Henry, servindo-se de salada.

— Oh, suas teorias sobre a vida, suas teorias sobre o amor, suas teorias sobre o prazer. Todas as suas teorias, na verdade, Harry.

— O prazer é a única coisa que merece uma teoria — respondeu ele com sua voz lenta e melodiosa. — Mas receio não poder reivindicar a propriedade da minha teoria. Ela pertence à natureza, não a mim. O prazer é o teste da natureza, seu sinal de aprovação. Somos sempre bons quando estamos felizes, mas nem sempre estamos felizes quando somos bons.

— Ah, mas o que você quer dizer com ser bom? — bradou Basil Hallward.

— Isso mesmo — ecoou Dorian, recostando-se na cadeira e fitando Lord Henry por cima dos grossos ramalhetes de íris de lábios púrpura postados no centro da mesa —, o que você entende por ser bom?

— Ser bom é estar em harmonia consigo mesmo — respondeu ele, tocando a haste delgada de sua taça com os dedos pálidos e de pontas finas. — Discordar é ser forçado a estar em harmonia com os outros. A vida da própria pessoa: isso é o que importa. Quanto à vida dos vizinhos, se o sujeito quer ser um esnobe ou um puritano, pode alardear suas opiniões morais sobre elas, mas não são da sua conta. Além disso, o Individualismo tem de fato o mais elevado dos objetivos. A moralidade moderna consiste em aceitar o padrão da época em que se vive. Considero que, para um homem de cultura, aceitar o padrão de sua época é uma forma da mais grosseira imoralidade.

— Mas se um homem vive meramente para si, Harry, paga sem dúvida um preço terrível por isso, não? — sugeriu o pintor.

— Sim, somos cobrados demais por tudo hoje em dia. Imagino que a verdadeira tragédia dos pobres seja o fato de não poderem dar-se ao luxo de nada que não seja sua abnegação. Belos pecados, como as coisas belas em geral, são privilégio dos ricos.

Abnegação > desapego, sacrifício.

— Mas o sujeito tem de pagar de outras maneiras que não o dinheiro.

— De que maneiras, Basil?

— Oh! Suponho que com remorso, sofrimento... bem, com a consciência da degradação.

Lord Henry deu de ombros. — Meu querido amigo, a arte medieval é encantadora, mas as emoções medievais são obsoletas. Podemos usá-las na ficção, é claro. Mas as únicas coisas que podemos usar na ficção são justamente aquelas que deixamos de usar na vida real. Acredite-me, nenhum homem civilizado se arrepende de um prazer, e nenhum homem incivilizado chega sequer a saber o que é um prazer.

— Eu sei o que é o prazer — exclamou Dorian Gray. — É adorar alguém.

— Isso com certeza é melhor do que ser adorado — respondeu ele, brincando com algumas frutas. — Ser adorado é um transtorno. As mulheres nos tratam exatamente como a humanidade trata seus deuses. Elas nos veneram, e estão sempre nos importunando para fazermos alguma coisa por elas.

— Eu deveria ter dito que o que elas pedem de nós, seja o que for, nos deram primeiro — murmurou o rapaz, com gravidade. — Elas criam o Amor em nossa índole. Têm o direito de pedi-lo de volta.

— Essa é a pura verdade, Dorian — exclamou Hallward.

— Nada jamais é a pura verdade — disse Lord Henry.

— Essa é — interrompeu Dorian. — Você precisa admitir, Harry, que as mulheres dão aos homens o próprio ouro de sua vida.

— É possível — ele suspirou —, mas invariavelmente cobram-no de volta em parcelas muito miúdas. Esse é o tormento. As mulheres, como definiu uma vez um francês espirituoso, inspiram em nós o desejo de fazer obras-primas, e sempre nos impedem de levá-las a cabo.

— Harry, você é terrível! Não sei por que gosto tanto de você.

— Você gostará de mim para sempre, Dorian — respondeu ele. — Querem um café, meus amigos?... Garçom, traga café, conhaque *fine-champagne* e alguns cigarros.

Não, esqueça os cigarros; tenho alguns aqui. Basil, não posso permitir que você fume charutos. Precisa fumar um cigarro. O cigarro é o tipo perfeito de prazer perfeito. É requintado, e nos deixa insatisfeitos. O que mais se pode querer? Sim, Dorian, você sempre gostará muito de mim. Represento todos os pecados que você nunca teve coragem de cometer.

— Que bobagem está dizendo, Harry! — protestou o rapaz, fazendo soltar fogo pela boca o isqueiro em forma de dragão de prata que o garçom deixara sobre a mesa. — Vamos ao teatro. Quando Sibyl pisar o palco, você terá um novo ideal de vida. Ela representará para você algo que nunca conheceu.

Eu já conheci tudo — disse Lord Henry, com uma expressão cansada nos olhos —, mas estou sempre pronto para uma nova emoção. Receio, porém, que, pelo menos para mim, isso não exista mais. Ainda assim, sua garota maravilhosa talvez possa me empolgar. Adoro a atuação teatral. É muito mais real que a vida. Vamos. Dorian, você vem comigo. Sinto muito, Basil, mas só há lugar para dois na berlinda. Venha atrás de nós num fiacre.

Berlinda > carruagem com espaço para duas pessoas.

Levantaram-se e vestiram seus casacos, bebendo em pé um último gole de café. O pintor estava calado e preocupado. Uma névoa de melancolia pairava sobre ele. Não podia suportar aquele casamento, e no entanto este lhe parecia melhor do que muitas outras coisas que poderiam ter ocorrido. Depois de alguns minutos, todos desceram para o térreo. Partiu sozinho, como tinha sido combinado, acompanhando as luzes flamejantes da pequena berlinda que ia à sua frente. Foi invadido por um estranho sentimento de perda. Sentia que Dorian Gray nunca mais seria para ele tudo o que tinha sido até então. A vida se interpusera entre eles... Seus olhos ficaram turvos, e as ruas apinhadas e esfuziantes eram como um borrão indistinto. Quando o carro de aluguel estacionou diante do teatro, parecia-lhe que havia envelhecido anos.

VII

POR UMA OU OUTRA RAZÃO, a casa estava lotada naquela noite, e o gordo gerente judeu que os recebeu na entrada estava radiante, abrindo de orelha a orelha um sorriso trêmulo e gorduroso. Ele os acompanhou até o camarote com uma espécie de humildade pomposa, agitando suas gordas mãos cheias de anéis e falando com sua voz mais alta. Dorian Gray o detestou mais do que nunca. Sentia-se como se tivesse ido procurar Miranda e em vez disso encontrasse Caliban. Lord Henry, por seu turno, até gostou do sujeito. Pelo menos foi o que declarou, e insistiu em apertar sua mão, assegurando-lhe que era uma honra conhecer um homem que descobrira um verdadeiro prodígio e que fora à falência por causa de um poeta. Hallward se distraía observando as fisionomias no fosso. O calor era terrivelmente opressivo, e a luz imensa do sol flamejava como uma dália monstruosa de pétalas de fogo amarelo. Os jovens da galeria tinham tirado os casacos e coletes, pendurando-os nas cadeiras ao lado. Conversavam alto com quem estava do outro lado do teatro e compartilhavam suas laranjas com as moças espalhafatosas sentadas com eles. Algumas mulheres riam no fosso. Suas vozes eram horrivelmente estridentes e dissonantes. Do bar vinha o som de rolhas espocando.

São personagens de outra peça de Shakespeare, *A tempestade*. **Miranda** é a moça formosa da trama, enquanto **Caliban** é um selvagem feio e todo detonado.

— Que lugar para encontrar a divindade de alguém — disse Lord Henry.

— Sim! — respondeu Dorian Gray. — Foi aqui que a encontrei, e ela é divina de um modo que transcende todas as coisas vivas. Quando ela estiver atuando, vocês esquecerão todo o resto. Essas pessoas comuns, rudes, com seus rostos vulgares e seus gestos brutos, ficam bem diferentes quando ela está no palco. Sentam-se em silêncio e a observam. Choram e riem segundo o desejo dela. Ela as torna tão dóceis quanto um violino. Ela as espiritualiza, e cada uma se sente como se fosse da mesma carne e do mesmo sangue de todas.

— Da mesma carne e do mesmo sangue! Oh, espero que não! — exclamou Lord Henry, que estava esquadrinhando com seus óculos de ópera os ocupantes da galeria.

— Não dê atenção a ele, Dorian — disse o pintor. — Eu entendo o que você quer dizer, e deposito fé nessa garota. Qualquer pessoa que você ame deve ser maravilhosa, e qualquer garota que tenha esse efeito descrito por você deve ser nobre e distinta. Espiritualizar a época em que se vive: eis algo que vale a pena fazer. Se essa garota é capaz de dar uma alma àqueles que se habituaram a viver sem uma, se ela pode criar o sentido da beleza em gente cuja vida tem sido sórdida e feia, se é capaz de despi-los de seu egoísmo e suscitar-lhes lágrimas por agruras que não são suas, então ela é digna de toda essa sua adoração, digna da adoração do mundo. Esse casamento está muito certo. Eu não achava isso de início, mas agora o admito. Os deuses fizeram Sibyl Vane para você. Sem ela, você ficaria incompleto.

— Obrigado, Basil — respondeu Dorian Gray, apertando sua mão. — Eu sabia que você me compreenderia. Harry é tão cínico que me amedronta. Mas eis a orquestra. É pavorosa, mas dura só uns cinco minutos. Depois a cortina se ergue, e então vocês verão a garota a quem entregarei toda a minha vida, a quem tenho consagrado tudo o que existe de bom em mim.

Um quarto de hora depois, em meio a um extraordinário alvoroço de aplausos, Sibyl Vane surgiu no palco. Sim, era certamente adorável de se ver — uma das criaturas mais adoráveis que havia visto na vida, pensou Lord Henry. Havia algo de corça em sua graça tímida e em seus olhos arregalados. Um tênue rubor, como a sombra de uma rosa num espelho de prata, subiu-lhe ao rosto quando ela lançou um

Corça > fêmea do veado (corço).

olhar à casa apinhada e entusiástica. Recuou alguns passos, e seus lábios pareceram tremer. Basil Hallward ergueu-se de um salto e começou a aplaudir. Imóvel, como alguém dentro de um sonho, Dorian Gray permaneceu sentado, fitando a garota. Lord Henry a perscrutava com seus óculos de ópera, murmurando: — Encantadora! Encantadora!

O cenário era o salão da casa dos Capuleto, e Romeu, em seu traje de peregrino, entrara com Mercúcio e seus outros amigos. A banda, precária como era, tocou alguns compassos de música e a dança começou. Em meio à multidão de atores canhestros e andrajosos, Sibyl Vane se movia como uma criatura de um mundo mais delicado. Ao dançar, seu corpo flutuava, como flutua uma planta aquática ao sabor da corrente. As curvas de seu pescoço eram as curvas de um lírio branco. Suas mãos pareciam feitas de fresco marfim.

Andrajoso > sujo, maltrapilho.

No entanto, estava curiosamente desatenta. Não mostrou sinal algum de alegria ao pousar os olhos em Romeu. As poucas palavras que tinha a dizer —

Bom peregrino, a mão que acusas tanto
Revela-me um respeito delicado;
Juntas, a mão do fiel e a mão do santo
Palma com palma se terão beijado[3]

—, com o breve diálogo que vem em seguida, foram ditas de uma maneira inteiramente artificial. A voz era excelente, mas absolutamente falsa no que se refere ao tom. Tinha o timbre errado. Liquidava toda a vida contida no verso. Tornava a paixão irreal.

Dorian Gray ficou pálido a observá-la. Estava perplexo e angustiado. Nenhum de seus amigos ousava dizer coisa alguma. Ela lhes pareceu completamente inapta. Estavam terrivelmente decepcionados.

---

3 Estes versos e os outros da mesma peça que serão transcritos mais adiante foram extraídos da tradução de Barbara Heliodora (Shakespeare, William. *Romeu e Julieta*. Rio de Janeiro: Nova Fronteira, 2011). (N. do T.)

No entanto, sentiam que o verdadeiro teste para qualquer Julieta é a cena do balcão, no segundo ato. Esperavam por ela. Se fracassasse ali, não havia o que fazer.

Ela estava encantadora ao sair à luz da lua. Isso não se podia negar. Mas a teatralidade de sua atuação era intolerável, e foi piorando cada vez mais. Seus gestos se tornavam absurdamente artificiais. Ela enfatizava demais tudo o que tinha a dizer. A linda passagem

> O meu rosto usa a máscara da noite,
> Mas de outro modo eu enrubesceria
> Por tudo o que me ouviu dizer aqui

foi declamada com a árdua precisão de uma aluna de curso primário que aprendera a recitar com um professor de dicção de segunda categoria. Quando se debruçou no balcão e chegou àqueles maravilhosos versos

> Mesmo me alegrando
> O contrato de hoje não me alegra:
> Foi por demais ousado e repentino,
> Por demais como o raio que se apaga
> Antes que alguém diga "Brilhou". Boa noite.
> Este botão de amor, sendo verão,
> Pode florir num nosso novo encontro

pronunciou as palavras como se elas não lhe transmitissem sentido algum. Não era nervosismo. Na verdade, longe de estar nervosa, ela estava absolutamente controlada. Era simplesmente arte ruim. Ela era um fracasso completo.

Mesmo o público mais vulgar e inculto do fosso e da galeria perdeu o interesse na peça. Os espectadores ficaram inquietos, começaram a falar alto e a assobiar. O gerente judeu, em pé atrás do balcão, batia o pé e praguejava de raiva. A única pessoa inalterada era a própria garota.

Quando terminou o segundo ato, eclodiu um tumulto de vaias, e Lord Henry se levantou do assento e vestiu seu casaco. — Ela é muito linda, Dorian — disse —, mas não sabe representar. Vamos embora.

— Vou ver a peça até o fim — respondeu o rapaz, numa voz dura, pungente. — Sinto muitíssimo por ter feito você desperdiçar sua noite, Harry. Peço desculpas a vocês dois.

— Meu caro Dorian, quero crer que a senhorita Vane esteja indisposta — interrompeu Hallward. — Voltaremos numa outra noite.

— Bem que eu preferia que ela estivesse indisposta — retomou Dorian Gray. — Mas ela está me parecendo simplesmente embotada e fria. Mudou completamente. Na noite passada era uma grande artista. Hoje é meramente uma atriz banal, medíocre.

— Não fale assim de alguém que você ama, Dorian. O Amor é uma coisa mais maravilhosa que a Arte.

— Ambos não passam de formas de imitação — observou Lord Henry. — Mas vamos embora, Dorian, você não deve ficar aqui nem mais um minuto. Não é bom para o ânimo ver uma atuação ruim. Além do mais, suponho que você não vá querer que sua esposa atue no palco. Então, o que importa se ela interpreta Julieta como uma boneca de madeira? Ela é muito adorável e, se souber tão pouco da vida quanto sabe de atuação, será uma experiência deliciosa. Há apenas dois tipos de pessoas que são fascinantes de verdade: as pessoas que sabem absolutamente tudo e as que não sabem absolutamente nada. Santo Deus, meu caro garoto, não faça uma cara tão trágica! O segredo de permanecer jovem é jamais ter uma emoção que seja inconveniente. Venha ao clube comigo e com Basil. Vamos fumar cigarros e brindar à beleza de Sibyl Vane. Ela é linda. Que mais você quer?

— Vá embora, Harry — bradou o rapaz. — Quero ficar sozinho. Basil, você precisa ir também. Ah! Não percebem que meu coração está partido? — Lágrimas quentes marejaram-lhe os olhos. Seus lábios tremiam, e, correndo para o fundo do camarote, ele se apoiou na parede, escondendo o rosto nas mãos.

— Vamos, Basil — disse Lord Henry, com uma estranha ternura na voz; e os dois moços saíram juntos.

Poucos instantes depois as luzes da ribalta se acenderam e a cortina se ergueu para o terceiro ato. Dorian Gray retornou a seu assento. Parecia pálido, altivo e indiferente. A peça se arrastava, parecia interminável. Metade da plateia saiu, pisando ruidosamente com suas botas pesadas e rindo. A coisa toda era um fiasco. O último ato foi representado para bancos quase vazios. A cortina desceu diante de risos sufocados e alguns gemidos.

Tão logo terminou o espetáculo, Dorian Gray correu para o camarim. A garota estava ali sozinha, em pé, com uma expressão de triunfo no rosto. Seus olhos brilhavam com uma chama extraordinária. Havia uma radiância ao seu redor. Seus lábios entreabertos estavam sorrindo de algum segredo que só eles conheciam.

Quando ele entrou, ela o fitou, e uma expressão de alegria infinita a dominou. — Como foi péssima minha atuação esta noite, Dorian! — exclamou.

— Horrível! — respondeu, encarando-a espantado —, horrível! Foi lamentável. Você está doente? Não tem ideia do que foi aquilo. Não imagina quanto sofri.

A garota sorriu. — Dorian — respondeu ela, demorando-se em seu nome com uma música prolongada na voz, como se esta fosse mais doce que o mel para as pétalas vermelhas de sua boca —, Dorian, você deveria ter entendido. Mas agora você entende, não é mesmo?

— Entendo o quê? — perguntou ele, com raiva.

— Por que atuei tão mal esta noite. Por que sempre atuarei mal. Por que nunca mais voltarei a atuar bem.

Ele encolheu os ombros. — Você está doente, suponho. Quando estiver doente, não deveria atuar. Você se expõe ao ridículo. Meus amigos se aborreceram. Eu me aborreci.

Ela parecia não ouvir o que ele dizia. Estava transfigurada de alegria. Um êxtase de felicidade a dominava.

— Dorian, Dorian! — exclamou —, antes de conhecer você, a atuação era a única realidade da minha vida. Era só no teatro que eu vivia. Julgava que tudo aquilo era verdade. Eu era Rosalinda uma noite e Pórcia na noite seguinte. A alegria de Beatriz era minha alegria, e as tristezas de Cordélia

São todas personagem de peças do Shakespeare. **Pórcia** está em *O mercador de Veneza*. **Beatriz** aparece em *Muito barulho por nada*, enquanto **Cordélia** bate ponto em *Rei Lear*.

eram também as minhas. Eu acreditava em tudo. As pessoas comuns que atuavam comigo me pareciam divinas. Os cenários pintados eram meu mundo. Eu não conhecia nada além de sombras, e achava que fossem reais. Você apareceu (oh, meu lindo amor!) e libertou minha alma da prisão. Você me ensinou o que é de fato a realidade. Esta noite, pela primeira vez na minha vida, enxerguei além da vacuidade, da impostura, da tolice da encenação vazia em que sempre representei. Esta noite, pela primeira vez, tornei-me consciente de que o Romeu era horrendo, um velho de cara pintada, de que o luar no pomar era falso, de que o cenário era vulgar, e de que as palavras que eu tinha a dizer eram irreais, não eram minhas palavras, não eram o que eu queria dizer. Você me trouxe algo mais elevado, algo de que a arte não é senão um reflexo. Você me fez compreender o que é de fato o amor. Meu amor!, meu amor! Príncipe Encantado! Príncipe da vida! Enjoei das sombras. Você para mim é mais do que toda a arte jamais poderá ser. O que é que eu tenho a ver com as marionetes de uma peça? Quando subi ao palco esta noite, não consegui entender como tudo havia me abandonado. Achei que seria maravilhoso. Descobri que não conseguia fazer coisa alguma. De repente ficou claro na minha alma o que aquilo tudo significava. A descoberta foi extraordinária para mim. Eu ouvia o público vaiar e sorria. O que aquela gente poderia saber de um amor como o nosso? Leve-me embora, Dorian, leve-me com você para onde possamos ficar totalmente sozinhos. Odeio o palco. Posso fingir uma paixão que não sinto, mas não posso fingir aquela que me queima como fogo. Oh, Dorian, Dorian, agora você entende o que isso significa? Mesmo que eu pudesse, seria para mim uma profanação representar alguém que está amando. Você me fez enxergar isso.

Ele se deixou cair no sofá e virou o rosto para o outro lado. — Você matou meu amor — murmurou.

Ela o olhou espantada e riu. Ele não respondeu. Ela se aproximou e afagou-lhe os cabelos com seus dedinhos. Ajoelhou-se e comprimiu as mãos dele contra os seus lábios. Ele as retirou, e um estremecimento percorreu-lhe o corpo.

Então ele se ergueu de um salto e foi até a porta. — Sim — gritou —, você matou meu amor! Você excitava minha imaginação. Agora não excita nem a minha curiosidade. Simplesmente não produz efeito nenhum. Eu a amava porque você era maravilhosa, porque tinha talento e intelecto, porque realizava os sonhos de grandes poetas e dava forma e substância às sombras da arte. Você jogou tudo isso fora. É superficial e estúpida. Meu Deus! Como fui louco de amar você! Que tolo fui todo esse tempo! Você agora não é nada para mim. Nunca mais vou vê-la. Nunca mais vou pensar em você. Nem sequer mencionarei seu nome. Você não sabe o que significou para mim, antes. Ora, antes... Oh, não suporto pensar nisso! Quisera nunca ter posto meus olhos em você! Você estragou o romance da minha vida. Como você conhece pouco o amor, se diz que ele tolhe a sua arte! Sem sua arte você não é nada. Eu a tornaria famosa, esplêndida, magnífica. O mundo a teria venerado, e você ostentaria o meu nome. O que você é agora? Uma atriz de terceira classe com um rosto bonito.

A garota ficou branca e começou a tremer. Entrelaçou com força as mãos, e sua voz parecia enroscada em sua garganta. — Você não está falando sério, está, Dorian? — murmurou. — Está representando.

— Representando! Deixo isso para você. É o que você faz muito bem — respondeu ele, com amargura.

Ela se ergueu do chão e, com uma lastimável expressão de dor, atravessou a saleta em direção a ele. Pousou a mão no seu braço e olhou-o nos olhos. Ele a empurrou. — Não toque em mim! — protestou.

Ela soltou um gemido baixinho e se jogou aos pés dele, deixando-se ali como uma flor pisoteada. — Dorian, Dorian, não me deixe! — sussurrou. — Perdoe-me por não ter atuado bem. Estava pensando em você o tempo todo. Mas vou tentar... vou mesmo. Atravessou-me de repente, o meu amor por você. Acho que nunca teria atinado com ele se você não tivesse me beijado... se não tivéssemos nos beijado. Beije-me de novo, meu amor. Não se afaste de mim. Eu não suportaria. Oh!, não me abandone. Meu irmão... Não;

não importa. Ele não falou a sério. Estava gracejando... Mas você, oh!, não pode me perdoar por esta noite? Vou trabalhar duro, vou tentar melhorar. Não seja cruel comigo, porque eu o amo mais do que a qualquer coisa no mundo. Afinal, foi só uma vez que não lhe agradei. Mas você tem toda a razão, Dorian. Eu deveria ter me mostrado mais como artista. Foi uma estupidez da minha parte; entretanto, não pude resistir. Ah, não me abandone, não me abandone. — Uma onda de soluços apaixonados a sufocou. Ela se agachou no chão como um ser ferido, e Dorian Gray, com seus lindos olhos, fitou-a de cima para baixo, e seus lábios cinzelados se retorceram de magnífico desdém. Há sempre algo de ridículo nas emoções das pessoas a quem deixamos de amar. Sibyl Vane lhe pareceu absurdamente melodramática. Suas lágrimas e soluços o aborreciam.

Cinzelado > talhado com cinzel, ferramenta de metal usada pelos escultores.

— Estou partindo — ele disse por fim, com sua voz clara e calma. — Não quero ser rude com você, mas não posso voltar a vê-la. Você me decepcionou.

Ela chorou em silêncio, e nada respondeu, mas se arrastou para mais perto. Suas mãozinhas se estenderam cegamente, parecendo estar à procura dele. Dorian deu meia-volta e saiu da sala. Em poucos instantes estava fora do teatro.

Para onde iria nem ele sabia. Lembrou-se depois de ter perambulado por ruas mal iluminadas, passado por desoladas arcadas imersas em sombras escuras e por casas de aspecto sinistro. Mulheres de vozes roucas e risadas estridentes o haviam convidado. Bêbados haviam cambaleado à sua volta, praguejando e tagarelando consigo mesmos como símios monstruosos. Vira crianças grotescas amontoadas em soleiras de portas, e ouvira guinchos e blasfêmias vindos de becos tenebrosos.

Quando a aurora estava rompendo, viu-se perto do Covent Garden. A escuridão se dissipava, e, enrubescido por chamas tímidas, o céu se arredondava como uma pérola perfeita. Enormes carretas cheias de lírios balançantes

O **Covent Garden** é um mercado que fica na pontinha mais ao leste da zona oeste, ou seja, naquela época ele era um espaço meio que de encontro de gente pobre (zona leste) com gente endinheirada (zona oeste). Era o mercado central de frutas, verduras e flores de Londres, com burros puxando carroças de mercadorias, muita bagunça, muita sujeira, muito vendedor disputando os compradores no grito.

rodavam lentamente pela rua lisa e deserta. O ar estava denso com o perfume das flores, e a beleza delas parecia trazer-lhe um analgésico para a dor. Entrou no mercado e ficou observando os homens descarregarem as carroças. Um carregador vestido de avental branco ofereceu-lhe algumas cerejas. Ele aceitou e agradeceu, perguntando-se por que o homem se recusava a aceitar dinheiro pelas frutas, e passou a comê-las distraidamente. Tinham sido colhidas no meio da noite, e a frieza da lua penetrara nelas. Uma longa fila de meninos carregando caixotes de tulipas listradas e de rosas amarelas e vermelhas desfilou diante dele, abrindo caminho por entre as pilhas verde-jade de hortaliças. Sob o pórtico, com seus pilares cinzentos descorados pelo sol, um grupo de meninas encardidas, de cabeça descoberta, esperava o final do pregão. Outros se aglomeravam junto às portas de vaivém da cafeteria na *Piazza*. Os pesados cavalos das carroças agitavam-se e batiam os cascos sobre as pedras ásperas, sacudindo suas sinetas e arreios. Alguns dos cocheiros dormiam deitados sobre uma pilha de sacas. De pescoço irisado e patas rosadas, os pombos corriam em volta, bicando as sementes no chão.

Piazza é a área central do mercado, uma espécie de praça lá no miolo — o termo vem do italiano e significa praça mesmo.

Depois de um momento, Dorian chamou um fiacre e foi para casa. Por alguns instantes, ficou parado diante da porta, correndo os olhos pela praça silenciosa, com suas janelas fechadas e suas venezianas espiãs. O céu agora estava cor de opala, e os telhados das casas cintilavam como prata contra ele. De alguma chaminé do outro lado da praça subia uma fina trança de fumaça. Ela se retorcia, como uma fita roxa de decoração, pelo ar cor de madrepérola.

Na grande lanterna veneziana dourada, espólio do barco de algum doge, que pendia do teto do grande salão de entrada revestido de carvalho, ainda bruxuleavam luzes em três bocais: pareciam finas pétalas de chamas azuladas com bordas de fogo branco. Apagou-as e, tendo jogado o chapéu e a capa sobre a mesa, atravessou a biblioteca rumo à porta de seu quarto, um amplo aposento octogonal no térreo que, em seu recém-adquirido pendor pelo luxo, acabara de decorar para si mesmo, e de cujas paredes pendiam

Por cerca de mil anos, os **doges** foram autoridades em Veneza, quase como reis, mas o cargo desapareceu depois do século XVIII.

algumas curiosas tapeçarias renascentistas que haviam sido descobertas num sótão abandonado em Selby Royal. Quando estava girando a maçaneta da porta, seus olhos pousaram no retrato pintado por Basil Hallward. Um sobressalto o paralisou. Logo foi em frente, entrando no próprio quarto um tanto desconcertado. Depois de tirar a flor da lapela do casaco, pareceu hesitar. Por fim, voltou, foi até o quadro e o examinou. Na luz baça que lutava para atravessar as cortinas de seda cor de creme, o rosto lhe pareceu um pouco mudado. A expressão parecia diferente. Dir-se-ia que havia um toque de crueldade na boca. Aquilo era estranho, com certeza.

Ele se virou e, caminhando até a janela, ergueu a cortina. A aurora resplandecente inundou o ambiente e empurrou as sombras fantasmagóricas para os cantos penumbrosos. Mas a expressão estranha que ele notara no rosto do retrato parecia permanecer ali, até mais intensa. A ardente e trêmula luz do sol lhe mostrava os vincos de crueldade em torno da boca tão claramente como se estivesse olhando para um espelho depois de ter cometido algo horrível.

Ele estremeceu e, erguendo da mesa um pequeno espelho oval emoldurado em cupidos de marfim, um dos muitos presentes que recebera de Lord Henry, mirou apressadamente suas profundezas translúcidas. Nenhuma ruga distorcera seus lábios vermelhos. O que significava aquilo?

Esfregou os olhos, acercou-se do quadro e voltou a examiná-lo. Não havia sinal de mudança alguma quando olhava o quadro real, e no entanto não havia dúvida de que toda a expressão se alterara. Não era mero efeito da sua imaginação. Era algo horrivelmente evidente.

Jogou-se numa poltrona e começou a pensar. De repente lampejou em sua mente o que havia dito no ateliê de Basil Hallward no dia em que o quadro ficou pronto. Sim, lembrava perfeitamente. Enunciara um desejo louco de que ele próprio pudesse permanecer jovem, e o retrato envelhecer; de que sua beleza permanecesse intocada, e o rosto na tela sustentasse o peso de suas paixões e de seus pecados; de que a imagem pintada pudesse ser marcada com os vincos do sofrer e do pensar, e de que ele mantivesse todo o frescor e a doçura de sua mocidade, da qual só então tomara consciência. Com certeza seu desejo não tinha sido satisfeito. Tais coisas eram impossíveis. Só o fato de pensar nelas já parecia monstruoso. Entretanto, lá estava o quadro diante dele, com o toque de crueldade na boca.

Crueldade! Ele havia sido cruel? Era culpa da garota, não sua. Sonhara com ela como grande artista, dera-lhe seu amor porque a julgava grandiosa. E então ela o decepcionara. Tinha sido rasa e indigna. Entretanto, um sentimento de infinito pesar o dominou, ao se lembrar dela jogada a seus pés, soluçando como uma criancinha. Lembrou-se da dureza com que a encarara. Por que fora feito daquela maneira? Por que uma alma assim lhe fora dada? Mas ele também havia sofrido. Durante as três horas terríveis que durou a peça, vivera séculos de dor, eternidades inteiras de tortura. Sua vida valia tanto quanto a dela. Ela o frustrara por um momento, ele a ferira para sempre. Além do mais, as mulheres estavam mais preparadas do que os homens para suportar o sofrimento. Alimentavam-se de suas emoções. Só pensavam em suas emoções. Quando arranjavam um amante, era meramente para dispor de alguém com quem pudessem fazer uma cena. Lord Henry lhe contara isso, e Lord Henry sabia como eram as mulheres. Por que ele deveria se atormentar a respeito de Sibyl Vane? Ela agora nada significava para ele.

Mas e o quadro? O que dizer daquilo? O quadro guardava o segredo da sua vida, contava sua história. Ensinara-o a amar a própria beleza. Será que o ensinaria também a abominar a própria alma? Voltaria a contemplá-lo mais uma vez?

Não; era meramente uma ilusão produzida pelos sentidos perturbados. A noite horrível que havia atravessado deixara fantasmas à sua passagem. De repente caíra em seu cérebro o minúsculo grão escarlate que torna loucos os homens. O quadro não havia mudado. Pensar isso era uma loucura.

No entanto, o retrato o observava, com seu lindo rosto desfigurado e seu sorriso cruel. Seu cabelo lustroso cintilava à luz da manhã. Os olhos azuis se encontraram com os seus. Invadiu-o um sentimento de infinita pena, não de si mesmo, mas de sua imagem pintada. Ela já se havia alterado, e se alteraria ainda mais. O que era dourado se tornaria cinza. As rosas vermelhas e brancas murchariam. Para cada pecado que ele cometesse, uma mancha marcaria e arruinaria sua alvura. Mas ele não pecaria. O quadro, alterado ou não, seria para ele o emblema visível da consciência. Resistiria à tentação. Não veria mais Lord Henry — ou pelo menos não daria ouvidos àquelas teorias sutilmente venenosas que, no jardim de Basil Hallward, atiçaram nele pela primeira vez a paixão pelas coisas impossíveis. Voltaria a Sibyl Vane, consertaria as coisas, casaria com ela, tentaria amá-la de novo. Sim, fazer isso era seu dever. Ela devia ter sofrido mais do que ele. Pobre menina! Tinha sido egoísta e cruel com ela. O fascínio que ela exercera iria retornar. Seriam felizes juntos. Sua vida com ela seria linda e pura.

Levantou-se da poltrona e estendeu um grande biombo diante da pintura, estremecendo ao contemplá-la. "Que horrível!", murmurou consigo mesmo, e atravessou o ambiente até a porta de vidro para abri-la. Ao sair para o gramado, inspirou profundamente. O ar fresco da manhã parecia levar para longe todas as suas paixões sombrias. Pensava apenas em Sibyl. Voltou-lhe um leve eco de seu amor. Repetiu o nome dela várias vezes. Os pássaros que cantavam no jardim úmido de orvalho pareciam estar falando às flores a respeito dela.

VIII

PASSAVA BASTANTE DO MEIO-DIA quanto ele acordou. Seu pajem havia entrado no quarto várias vezes na ponta dos pés para ver se ele se mexia, e se perguntara o que teria feito seu jovem patrão dormir até tão tarde. Por fim, a sineta soou e Victor entrou de mansinho com uma xícara de chá e uma pilha de cartas sobre uma pequena bandeja de porcelana antiga de Sèvres, depois abriu as cortinas de cetim verde-oliva, com seu forro azul levemente brilhante, que pendia diante das três janelas altas.

Na cidade de **Sèvres**, nos arredores de Paris, peças chiques de cerâmica passaram a ser produzidas em uma fábrica estabelecida em 1756.

— *Monsieur* dormiu bem esta manhã — disse ele, com um sorriso.

— Que horas são, Victor? — perguntou Dorian Gray, sonolento.

— Uma e um quarto, *monsieur*.

Que tarde! Ergueu o tronco até ficar sentado na cama e, tendo bebericado seu chá, voltou-se para as cartas. Uma delas era de Lord Henry, e tinha sido trazida pessoalmente naquela manhã. Hesitou por um momento e depois colocou-a de lado. As outras ele abriu distraidamente. Continham a série habitual de cartões, convites para jantares, ingressos para exibições particulares, programas de concertos de caridade e assim por diante, que eram despejados a cada manhã sobre rapazes da alta-roda durante a temporada. Havia uma conta bastante alta, referente a um toucador Luís XV de prata cinzelada, que ele ainda não tivera coragem de enviar a seus tutores, pessoas extremamente antiquadas que

O mesmo que penteadeira, o **toucador** é uma mesinha com um espelho para a pessoa se embelezar, ajeitar o cabelo e tal. E, se for no estilo do **Luís XV**, que foi rei da França entre 1715 e 1774, quer dizer que o móvel é cheio de curvas e ornamentos, com detalhes dourados e temas florais.

Tanto no século XIX quanto agora, a Rua **Jermyn**, em Londres, é considerada o ponto mais idolatrado do mundo para roupas e sapatos caros feitos sob medida para homens de bom gosto e bolso gordo. A diferença é que mais de cem anos atrás era comum que os alfaiates também fizessem o papel de **agiotas**, emprestando dinheiro a juros exorbitantes para os clientes.

Na Inglaterra, o estilo de desjejum **francês**, bem diferente do inglês, também é chamado "**café da manhã** continental". Para os britânicos, o típico é comer linguiça, ovo, *bacon*, feijão meio adocicado, tomate e cogumelo fritos, com o chá ajudando a descer aquele mundaréu de gordura. Já a versão francesa é pão, manteiga e café com leite — quem sabe uma omelete ou um *croissant*.

Tépido > morno.

não percebiam que vivemos numa época em que as coisas desnecessárias são as nossas únicas necessidades; e havia vários comunicados de agiotas da Jermyn Street, que com palavras extremamente corteses ofereciam empréstimos imediatos de dinheiro com as taxas de juros mais baixas.

Depois de uns dez minutos ele se levantou e, cobrindo-se com um elaborado robe de caxemira com bordados de seda, entrou no banheiro de piso de ônix. A água fria o refrescou depois de seu longo sono. Parecia ter esquecido tudo o que havia vivenciado. Uma percepção difusa de ter participado de alguma tragédia estranha o invadiu uma ou duas vezes, mas havia nela a irrealidade de um sonho.

Tão logo se vestiu, foi para a biblioteca e se sentou para tomar um leve café da manhã francês, que havia sido disposto para ele numa mesinha redonda próxima à janela aberta. O dia estava maravilhoso. O ar tépido parecia carregado de aromas. Uma abelha entrou voando e zumbiu em volta do vaso de porcelana azul com desenho de dragão que estava diante dele e continha rosas amarelas. Ele se sentia perfeitamente feliz.

De repente, seu olhar topou com o biombo que havia colocado diante do retrato. Teve um sobressalto.

— Frio demais para *monsieur*? — perguntou-lhe o pajem, pousando uma omelete na mesa. — Devo fechar a janela?

Dorian fez que não com a cabeça. — Não estou com frio — murmurou.

Era tudo verdade? O retrato havia mesmo mudado? Ou havia sido simplesmente sua imaginação que o levara a ver uma expressão de maldade onde o que havia era uma expressão de alegria? Não havia dúvida de que uma tela pintada não podia se alterar. Aquilo era absurdo. Serviria como caso a ser contado a Basil um dia. Ele riria.

Entretanto, como era vívida sua recordação da coisa

toda! Primeiro na turva penumbra, e depois na aurora luminosa, ele enxergara o toque de crueldade em torno dos lábios arqueados. Quase teve medo de que o pajem saísse do aposento. Sabia que, quando estivesse sozinho, teria que examinar o retrato. Tinha medo da certeza. Quando o café e os cigarros foram trazidos e o homem se virou para sair, sentiu um desejo louco de lhe pedir que ficasse. Quando a porta se fechou atrás do pajem, chamou-o de volta. O homem ficou parado à espera de suas ordens. Dorian o fitou por um momento. — Não estou em casa para ninguém, Victor — disse, com um suspiro. O homem fez uma reverência e saiu.

Ele então se levantou da mesa, acendeu um cigarro e se jogou num sofá ricamente estofado que dava vista para a rua. O biombo era antigo, de couro espanhol dourado, estampado e lavrado com um vistoso motivo decorativo Luís XIV. Perscrutou-o com curiosidade, perguntando-se se já escondera alguma vez o segredo da vida de um homem.

Luís XIV assumiu o trono da França em 1661. Ele achava que os móveis e a decoração deviam mostrar ao mundo toda a glória, a riqueza e o poder que a monarquia detinha. As peças do período foram, então, exibidas, sem timidez mesmo. O rei francês seguinte, Luís XV, era bisneto dele e surfou fundo nessa onda: a moda e o mobiliário ficaram ainda mais rococós.

Tinha mesmo que afastar o biombo, afinal de contas? Por que não deixar que ficasse ali? Qual era a vantagem de saber? Se aquilo fosse verdade, seria terrível. Se não fosse, por que se incomodar? Mas e se, por algum destino ou acaso dos mais fatais, outros olhos além dos seus espiassem atrás do biombo e vissem a horrível transformação? O que ele faria se Basil Hallward aparecesse e pedisse para ver sua própria obra? Basil com certeza o faria. Não; aquilo tinha de ser examinado, e imediatamente. Qualquer coisa seria melhor do que aquele horrível estado de dúvida.

Levantou-se e trancou ambas as portas. Pelo menos estaria sozinho ao contemplar a máscara da sua vergonha. Então empurrou para o lado o biombo e viu-se cara a cara consigo mesmo. Era a pura verdade. O retrato se modificara.

Conforme recordaria com frequência depois, e sempre com espanto considerável, de início se viu contemplando o retrato com um sentimento de interesse quase científico. Que uma tal transformação tivesse acontecido era inacreditável. E no entanto era um fato. Será que havia alguma afinidade sutil entre os átomos químicos, que se plasmavam em forma e cor na tela, e a alma que estava dentro dele? Seria possível que eles realizassem aquilo que essa alma pensava? Que tornassem real aquilo que ela sonhava? Ou havia alguma outra razão, mais terrível? Estremeceu, sentiu medo e, voltando ao sofá, estendeu-se ali, contemplando o quadro com um horror nauseante.

Uma coisa, porém, sentia que o retrato havia feito por ele. Tornara-o consciente de quanto havia sido injusto, de quanto havia sido cruel com Sibyl Vane. Não era tarde demais para reparar aquilo. Ela ainda poderia ser sua esposa. Seu amor irreal e egoísta se dobraria a uma influência mais elevada, seria transformado numa paixão mais nobre, e o retrato que Basil Hallward pintara seria para ele um guia pela vida afora, seria para ele o que a santidade é para alguns, e o que a consciência é para outros, e o temor a Deus para todos nós. Havia opiáceos para o remorso, drogas capazes de botar para dormir o senso moral. Mas ali estava um símbolo visível da degradação do pecado. Ali estava um sinal sempre presente da ruína que os homens causavam a suas próprias almas.

Bateram as três horas, as quatro, as quatro e meia, mas Dorian Gray não se movia. Estava tentando juntar os fios escarlate da vida para tecê-los num padrão; para encontrar seu caminho no labirinto sanguíneo de paixão em que se movia às cegas. Não sabia o que fazer, ou o que pensar. Por fim, foi até a mesa e escreveu uma carta apaixonada à garota que havia amado, implorando seu perdão e acusando a si mesmo de loucura. Cobriu página após página com exaltadas palavras de arrependimento, e ainda mais exaltadas palavras de dor. Há um esplendor no remorso. Quando recriminamos a nós mesmos, sentimos que ninguém mais tem o direito de nos recriminar. É a confissão, não o sacerdote, que nos dá a absolvição. Quando Dorian Gray terminou a carta, sentiu que tinha sido perdoado.

De repente, ouviu-se uma batida na porta, e ele escutou a voz de Lord Henry do lado de fora. — Meu caro rapaz, preciso vê-lo. Deixe-me entrar agora mesmo. Não suporto vê-lo enfurnado assim.

Ele nada respondeu de início, permanecendo mudo e imóvel. A batida na porta continuou, e cada vez mais forte. Sim, era melhor deixar que Lord Henry entrasse, explicar a ele a nova vida que iria levar, discutir com ele se fosse necessário, romper com ele se fosse inevitável. Ergueu-se de um salto, puxou às pressas o biombo para a frente do quadro e destrancou a porta.

— Sinto muito por isso tudo, Dorian — disse Lord Henry ao entrar. — Mas você não deve pensar demais no assunto.

— Você se refere a Sibyl Vane? — perguntou o rapaz.

— Sim, claro — respondeu Lord Henry, refestelando-se numa poltrona e tirando lentamente suas luvas amarelas. — É horrível, de um ponto de vista, mas não foi culpa sua. Diga uma coisa, você foi ao camarim encontrar-se com ela depois que a peça terminou?

— Fui.

— Eu tinha certeza disso. Você armou uma cena com ela?

— Eu fui brutal, Harry... absolutamente brutal. Mas está tudo bem agora. Não lamento nada do que aconteceu. Isso me ajudou a me conhecer melhor.

— Ah, Dorian, estou tão contente de que veja a coisa dessa maneira! Temia encontrá-lo mergulhado em remorso, arrancando esses seus lindos cabelos cacheados.

— Passei por tudo isso — disse Dorian, balançando a cabeça para os lados e sorrindo. — Estou plenamente feliz agora. Sei o que é a consciência, para começar. Não é o que você me disse que era. É a coisa mais divina que há em nós. Não ria com escárnio, Harry, não mais... pelo menos não na minha frente. Quero ser bom. Não suporto a ideia de que minha alma seja medonha.

— Uma base artística muito encantadora para a ética, Dorian! Cumprimento-o por isso. Mas como vai começar?

— Casando-me com Sibyl Vane.

— Casando-se com Sibyl Vane! — gritou Lord Henry, pondo-se de pé e fitando-o com espanto e perplexidade. — Mas, meu caro Dorian...

— Sim, Harry, eu sei o que você vai dizer. Alguma coisa horrível sobre o casamento. Não diga. Nunca mais me diga coisas desse tipo. Há dois dias pedi Sibyl em casamento. Não vou quebrar a promessa que lhe fiz. Ela será minha esposa.

— Sua esposa! Dorian!... Você não recebeu minha carta? Eu lhe escrevi esta manhã, e mandei o bilhete em mãos por meu próprio empregado.

— Sua carta? Oh, sim, eu me lembro. Ainda não a li, Harry. Temia que ela pudesse conter algo que me desagradasse. Você esquarteja a vida com seus epigramas.

Epigrama > texto bem curto e mordaz.

— Não está sabendo de nada, então?

— Como assim?

Lord Henry atravessou a sala e, sentando-se diante de Dorian Gray, tomou-lhe as duas mãos e segurou-as com força. — Dorian — disse —, minha carta... não se assuste... era para lhe contar que Sibyl Vane está morta.

Um grito de dor saiu dos lábios do rapaz, e ele se ergueu de um salto, arrancando bruscamente as mãos das mãos de Lord Henry. — Morta! Sibyl morta! Não é verdade! É uma mentira horrenda! Como ousa dizer isso?

— É a pura verdade, Dorian — disse Lord Henry, com gravidade. — Está em todos os jornais matinais. Eu lhe escrevi pedindo que não lesse nenhum antes que eu viesse. Terá de haver uma investigação, evidentemente, e você não deve se envolver nela. Coisas desse tipo tornam um homem chique em Paris, mas em Londres as pessoas são muito preconceituosas. Aqui, o sujeito não deve nunca fazer seu *début* com um escândalo. Isso deve ser reservado para conferir interesse a sua velhice. Suponho que não saibam seu nome no teatro. Se não souberem, está tudo bem. Alguém viu você ir ao camarim dela? Esse ponto é importante.

Dorian ficou uns momentos sem responder. Estava pasmo de horror. Por fim balbuciou, numa voz abafada: — Harry, você disse uma investigação? Como assim? Acaso Sibyl...? Oh, Harry, não posso suportar! Mas seja breve. Conte-me tudo de uma vez.

— Não tenho dúvida de que não foi acidente, Dorian, embora precise ser apresentado como tal para o público.

Parece que, quando estava deixando o teatro com a mãe, por volta da meia-noite e meia, ela disse que havia esquecido uma coisa no andar de cima. Esperaram um tempo, mas ela não reapareceu. Acabaram encontrando-a morta no chão do camarim. Tinha engolido algo por engano, uma coisa horrível que eles usam nos teatros. Não sei o que era, mas continha ou ácido prússico ou chumbo branco em sua composição. Eu diria que era ácido prússico, porque ao que parece ela morreu instantaneamente.

— Harry, Harry, isso é terrível! — gritou o rapaz.

— Sim; é muito trágico, claro, mas você não deve ser envolvido. Vi no *The Standard* que ela tinha dezessete anos. Cheguei a pensar que fosse até mais jovem. Parecia uma criança, e dava a impressão de saber muito pouco sobre atuação teatral. Dorian, não deixe que isso abale seus nervos. Venha jantar comigo, e depois vamos dar uma olhada na Ópera. É uma noite da Adelina Patti, todo mundo vai estar lá. Você pode ir ao camarote da minha irmã. Sempre há algumas mulheres elegantes com ela.

— Então, eu matei Sibyl Vane — disse Dorian Gray, meio para si mesmo —, assassinei-a de fato, como se tivesse cortado seu delicado pescoço com uma faca. No entanto, as rosas não estão menos adoráveis por isso. Os pássaros cantam com a alegria de sempre no meu jardim. E esta noite vou jantar com você e depois assistir à ópera, e na sequência cear em algum lugar, imagino. Como a vida é extraordinariamente dramática! Se eu tivesse lido tudo isso num livro, Harry, acho que teria chorado. De algum modo, agora que aconteceu de fato, e comigo mesmo, parece maravilhoso demais para as lágrimas. Eis aqui a primeira carta de amor apaixonada que escrevi na vida. É estranho que a minha primeira carta de amor apaixonada estivesse endereçada a uma garota morta. Será que elas são

Era moda no fim do século XIX usar cosméticos que prometiam sumir com marcas, sardas, manchas etc. do rosto e que continham elementos barra-pesada, como arsênico e ácido cianídrico (também chamado de **ácido prússico**). Esse ácido pode matar rapidamente por asfixia. Duzentos anos antes disso, já era tudo de lindo emplastar o rosto com uma generosa camada de uma pasta de **chumbo branco** com vinagre e outras coisinhas estranhas. O resultado se chamava ceruse e matou muita mulher aos pouquinhos, por conta da constante dose de chumbo absorvida pelo corpo. Quando Oscar Wilde escreveu este livro, o ceruse já não fazia tanto sucesso, mas ainda tinha participação especial na maquiagem de teatro.

Adelina Patti (1843-1919) foi uma cantora de ópera famosa nascida na Espanha, filha de pais italianos e também cantores. Em 1878, comprou um castelo no País de Gales, no Reino Unido. Seus concertos eram caros e viviam lotados.

capazes de sentir, eu me pergunto, aquelas pessoas brancas e silenciosas que chamamos de mortas? Sibyl! Será que ela sente, percebe, escuta? Oh, Harry, como eu a amei um dia! Agora me parece que isso foi há anos. Ela era tudo para mim. Então veio aquela noite pavorosa... foi mesmo a noite passada?... em que ela atuou muito mal e meu coração quase se despedaçou. Ela me explicou tudo. Foi terrivelmente patético, mas não me comovi nem um pouco. Julguei-a superficial. De repente, aconteceu uma coisa que me deixou com medo. Não posso dizer o que foi, mas foi terrível. Disse a mim mesmo que voltaria para ela. Sentia que tinha agido mal. E agora ela está morta. Meu Deus! Meu Deus! Harry, o que devo fazer? Você não sabe o perigo em que estou metido, e não há nada que possa me endireitar. Ela teria feito isso por mim. Não tinha o direito de se matar. Foi egoísta da parte dela.

— Meu caro Dorian — respondeu Lord Henry, tirando um cigarro do estojo e exibindo uma caixa de fósforos revestida de ouro e cobre —, a única maneira possível de uma mulher reformar um homem é entediá-lo tão completamente que ele chega a perder todo interesse na vida. Se tivesse casado com essa garota, você estaria desgraçado. Claro que a teria tratado com amabilidade. Podemos sempre ser amáveis com as pessoas a quem não damos importância alguma. Mas ela logo perceberia que você era absolutamente indiferente em relação a ela. E, quando uma mulher descobre isso acerca do marido, ou ela se torna horrivelmente desleixada, ou veste boinas muito elegantes pelas quais o marido de outra mulher tem de pagar. Nem digo nada sobre o erro social, que teria sido abjeto, e que, evidentemente, eu não teria permitido, mas lhe garanto que em todo caso a coisa toda teria sido um fracasso absoluto.

— Suponho que sim — murmurou o rapaz, andando de um lado para outro da sala, com uma aparência horrendamente pálida. — Mas achei que era meu dever. Não tenho culpa se essa tragédia terrível me impediu de fazer o que era certo. Lembro que você disse uma vez que há uma fatalidade nas boas resoluções; que elas sempre são tomadas tarde demais. As minhas certamente foram.

— Boas resoluções são tentativas inúteis de interferir em leis científicas. Sua origem é a pura vaidade. Seu resultado é absolutamente nulo. Elas nos dão, de quando em quando, algumas daquelas voluptuosas emoções estéreis que têm certo encanto para os fracos. É tudo o que se pode dizer em favor delas. São meramente cheques que os homens descontam num banco onde não têm conta.

— Harry! — exclamou Dorian Gray, indo sentar-se ao lado dele —, por que é que não consigo sentir essa tragédia com a intensidade que desejo? Não acho que eu seja insensível. Você acha que sou?

— Você cometeu tolices demais durante a última quinzena para poder ser merecedor desse epíteto, Dorian — respondeu Lord Henry com seu sorriso doce e melancólico.

Epíteto > apelido ou expressão que qualifica uma pessoa.

O rapaz franziu as sobrancelhas. — Não gosto dessa explicação, Harry — prosseguiu —, mas me alegra o fato de você não me considerar insensível. Não sou nem um pouco assim. Sei que não sou. No entanto, devo admitir que essa coisa que aconteceu não me afeta como deveria. Parece-me simplesmente um desfecho maravilhoso para uma peça maravilhosa. Tem toda a beleza terrível de uma tragédia grega, uma tragédia em que tive um papel importante, mas pelo qual não cheguei a ser ferido.

— É uma questão interessante — disse Lord Henry, que encontrava um requintado prazer em jogar com a vaidade inconsciente do rapaz —, uma questão extremamente interessante. Imagino que a verdadeira explicação seja a seguinte. Acontece com frequência as tragédias reais da vida ocorrerem de maneira tão pouco artística que elas nos machucam por sua violência crua, por sua absoluta incoerência, por sua absurda falta de sentido, sua ausência de estilo. Elas nos afetam do mesmo modo que nos afeta a vulgaridade. Dão-nos a impressão de pura força bruta, e nos revoltamos contra isso. Às vezes, porém, uma tragédia que possui elementos artísticos de beleza cruza nossa vida. Se esses elementos de beleza forem reais, a coisa toda apela simplesmente ao nosso senso de efeito dramático. De súbito descobrimos que já não somos mais os atores, mas os espectadores da peça. Ou, antes, ambas as coisas. Assistimos a nós mesmos, e a pura maravilha do espetáculo nos cativa. No caso atual, o que foi que aconteceu de fato? Alguém se matou por amor a você. Eu gostaria de ter vivenciado alguma vez uma experiência assim. Teria feito com que eu me apaixonasse pelo amor para o resto da vida. As pessoas que até hoje me adoraram (não foram muitas, mas houve algumas) sempre insistiram em continuar vivendo, bem depois de eu ter deixado de gostar delas, ou elas de mim. Tornaram-se resistentes e entediantes, e, quando as encontro, embarcam imediatamente em reminiscências. A horrenda memória de uma mulher! Que coisa mais pavorosa! E que rematada estagnação intelectual ela revela! Deveríamos absorver o colorido da vida, mas nunca nos lembrar dos detalhes. Os detalhes são sempre vulgares.

Rematado > completo, acabado.

— Preciso semear papoulas no meu jardim.

— Não há necessidade — retomou seu companheiro. — A vida sempre tem papoulas nas suas mãos. Claro que, uma vez ou outra, as coisas permanecem por mais tempo. Eu uma vez vesti roxo por toda uma temporada, como forma de luto artístico por um romance que não morria. Por fim, porém, ele morreu. Esqueci o que o matou. Acho que foi a proposta dela de sacrificar o mundo todo por mim. Esse é sempre um momento atroz. A gente se enche do terror da eternidade. Bem... será que você vai acreditar?... há uma semana, em casa de Lady Hampshire, vi-me sentado no jantar ao lado da dama em questão, e ela insistiu em repassar a história toda de novo, revolvendo o passado e escarafunchando o futuro. Eu havia enterrado meu romance num canteiro de abróteas. Ela o desencavou de novo e garantiu que eu havia arruinado sua vida. Posso declarar que ela devorou um opulento jantar, de modo que não senti angústia alguma. Mas que falta de gosto ela exibiu! O único encanto do passado é haver passado. Mas as mulheres nunca sabem quando caiu o pano. Sempre querem um sexto ato, e depois que o interesse da peça se esgotou por completo elas se propõem a continuá-la. Se pudessem fazer do seu jeito, todas as comédias teriam final trágico, e toda tragédia terminaria em farsa. Elas são encantadoramente artificiais, mas não têm senso algum de arte. Você é mais afortunado do que eu. Posso lhe garantir, Dorian, que nenhuma das mulheres que eu conheci teria feito por mim o que Sibyl Vane fez por você. Mulheres comuns sempre acabam por se consolar. Algumas o fazem passando a vestir cores sentimentais. Nunca confie numa mulher que veste lilás, qualquer que seja sua idade, ou numa mulher de mais de trinta e cinco anos que gosta de fitas cor-de-rosa. Isso sempre significa que têm uma história. Outras encontram um grande consolo por meio da súbita descoberta das boas qualidades de seus maridos. Alardeiam sua felicidade conjugal na cara da gente, como se fosse o mais fascinante dos pecados. A religião consola algumas. Seus mistérios têm todo o charme de um flerte, conforme uma mulher me disse uma vez; e posso entender perfeitamente. Além do mais, nada envaidece mais uma pessoa do que ser chamada de pecadora. A consciência nos torna todos presunçosos. Sim; são de fato infinitos os consolos que as mulheres encontram na vida moderna. E olhe que não mencionei o mais importante deles.

— E qual seria, Harry? — perguntou o rapaz distraidamente.

— Oh, o consolo óbvio. Tomar o admirador de outra pessoa quando se perde o próprio. Na boa sociedade isso sempre reabilita uma mulher. Mas na verdade, Dorian, como Sibyl Vane devia ser diferente de todas as mulheres que a gente encontra por aí! Há para mim algo de lindo na morte dela. Fico contente por viver num século em que tais prodígios acontecem. Faz a gente acreditar na realidade das coisas com as quais brincamos, como romance, paixão e amor.

— Fui terrivelmente cruel com ela. Você está esquecendo isso.

— Temo que as mulheres apreciem a crueldade, a crueldade direta, mais do que qualquer outra coisa. Elas têm instintos maravilhosamente primitivos. Nós as emancipamos, mas mesmo assim elas continuam sendo escravas à procura de seus senhores. Adoram ser dominadas. Tenho certeza de que você foi esplêndido. Nunca o vi realmente furioso, mas posso imaginar como estava encantador. E, afinal de contas, você me disse anteontem uma coisa que na hora me pareceu mera fantasia, mas que agora vejo como absoluta verdade, e que é a chave de tudo.

— E o que foi que eu disse, Harry?

— Que Sibyl Vane representava para você todas as heroínas de romance: que era Desdêmona numa noite e Ofélia na noite seguinte; que, se morria como Julieta, renascia como Imogênia.

Personagens de Shakespeare: **Desdêmona** em *Otelo* e **Ofélia** em *Hamlet*.

— Ela agora nunca mais vai renascer — murmurou o rapaz, afundando o rosto nas mãos.

— Não, ela não vai mais renascer. Representou seu último papel. Mas você deve pensar nessa morte solitária no camarim espalhafatoso simplesmente como um estranho fragmento lúgubre de alguma tragédia dos tempos do rei Jaime I, como uma cena maravilhosa de Webster, ou Ford, ou Cyril Tourneur. A garota nunca viveu de verdade, portanto nunca morreu de verdade. Para você, pelo menos, ela sempre foi um sonho, um espectro que vagava pelas peças de Shakespeare e as deixava mais adoráveis graças a sua presença, uma flauta pastoril através da qual a música de Shakespeare soava mais melodiosa e cheia de alegria. No momento em que ela tocou a vida real, arruinou tudo, e tudo a arruinou, e por isso ela desapareceu. Pranteie a morte de Ofélia se quiser. Cubra a cabeça de cinzas porque Cordélia foi estrangulada. Vocifere contra os céus porque a filha de Brabâncio morreu. Mas não desperdice suas lágrimas com Sibyl Vane. Ela era menos real que elas.

Jaime I foi rei da Inglaterra de 1603 a 1625. **Webster**, **Ford** e **Cyril** viveram na mesma época e foram dramaturgos (autores de peças de teatro). Dos três, John Webster é considerado por muitos uma espécie de vice, ou segundo colocado, logo após Shakespeare na lista dos melhores dramaturgos da história do Reino Unido.

Cobrir a cabeça de cinzas é um rito de penitência e arrependimento que vem lá da Antiguidade. Demonstra dor e aflição.

Fez-se silêncio. O entardecer escurecia a sala. Sem fazer ruído, com pés de prata, as sombras do jardim aproximavam-se furtivamente. As cores das coisas se apagavam com languidez.

Pés de prata > referência ao mercúrio, que parece prata líquida.

Depois de um tempo, Dorian Gray ergueu os olhos. — Você me explicou para mim mesmo, Harry — murmurou, com uma espécie de suspiro de alívio. — Eu já sentia tudo o que você disse, mas por algum motivo tinha medo, e não sabia como expressá-lo a mim mesmo. Como você me conhece bem! Mas não falemos mais sobre o que aconteceu. Foi uma experiência maravilhosa. Isso é tudo. Eu me pergunto se a vida ainda tem alguma coisa maravilhosa reservada para mim.

— A vida tem tudo reservado para você, Dorian. Não há nada que você, com sua beleza extraordinária, não seja capaz de fazer.

— Mas suponhamos que eu fique ranzinza, velho, enrugado. O que vai ser então?

— Ah, nesse caso — disse Lord Henry, levantando-se para sair —, nesse caso, meu querido Dorian, você teria de lutar por suas vitórias. Na condição atual, elas vêm de graça até você. Não, você precisa conservar sua boa aparência. Vivemos numa época que, de tanto ler, não pode ser sábia, e, de tanto pensar, não pode ser bela. Não podemos prescindir de você. E agora o melhor que faz é se vestir, subir ao coche e ir até o clube. Já estamos atrasados, aliás.

— Acho que vou me encontrar com você na Ópera, Harry. Estou me sentindo cansado demais para comer qualquer coisa. Qual é o número do camarote da sua irmã?

— Vinte e sete, se não me engano. É no círculo superior. Você verá o nome na porta. Mas lamento que não venha jantar comigo.

— Não me sinto com disposição — disse Dorian, distraído. — Mas sou imensamente grato por tudo o que me disse. Você é com certeza meu melhor amigo. Ninguém jamais me compreendeu tão bem.

— Nossa amizade está só no começo, Dorian — respondeu Lord Henry, apertando-lhe a mão. — Até logo. Espero vê-lo antes das nove e meia. Lembre-se, é Patti que vai cantar.

Quando a porta se fechou, Dorian Gray tocou a sineta, e em poucos minutos Victor apareceu com as luminárias e fechou as cortinas. Esperou com impaciência que ele saísse. O homem parecia demorar um tempo interminável em cada coisa.

Tão logo Victor saiu, ele correu até o biombo e o puxou de lado. Não; não havia nenhuma alteração nova no retrato. Este recebera a notícia da morte de Sibyl Vane antes que ele próprio ficasse sabendo. Tomava ciência dos eventos da vida no momento em que ocorriam. A crueldade depravada que desfigurava as linhas sutis da boca aparecera, sem dúvida, no momento em que a garota tomava o veneno, qualquer que fosse este. Ou será que ele era indiferente aos resultados concretos? Tomaria conhecimento apenas do que se passava dentro da alma? Fazia-se essas perguntas, e esperava que algum dia pudesse ver a mudança ocorrendo diante de seus próprios olhos, e estremecia ao pensar nisso.

Pobre Sibyl! Que tremendo romance havia sido aquilo tudo! Ela frequentemente fingia a morte no palco. Então a própria Morte a tocara e a levara consigo. Como será que tinha representado aquela terrível cena final? Teria praguejado contra ele ao morrer? Não; havia morrido por amor a ele, e o amor seria sempre um sacramento para ele dali em diante. Ela tudo redimira mediante o sacrifício que fizera da sua vida. Ele não pensaria mais no que ela o fizera suportar, naquela noite horrível no teatro. Quando pensasse nela, seria como uma maravilhosa figura trágica enviada ao palco do mundo para mostrar a realidade suprema do Amor. Maravilhosa figura trágica? Lágrimas lhe vieram aos olhos ao relembrar a expressão infantil dela, seus cativantes gestos de fantasia, sua graça tímida e trêmula. Afastou as lembranças bruscamente, e olhou de novo para o quadro.

Sentiu que havia chegado de fato a hora de fazer sua escolha. Ou a escolha já havia sido feita? Sim, a vida decidira por ele — a vida e sua infinita curiosidade pessoal a respeito da vida. Juventude eterna, paixão infinita, prazeres sutis e secretos, alegrias loucas e pecados ainda mais loucos — ele teria todas essas coisas. O retrato suportaria o fardo de sua desonra: isso era tudo.

Ao pensar na profanação que aguardava o belo rosto na tela, um sentimento de dor o dominou. Uma vez, numa paródia juvenil de Narciso, ele beijara, ou fingira beijar, aqueles lábios pintados que agora lhe sorriam tão cruelmente. Manhã após manhã ele se sentara diante do retrato, maravilhado com sua beleza, quase enamorado dela, conforme às vezes lhe parecia. Agora o retrato se alteraria a cada mudança de ânimo a que ele se rendesse? Será que se converteria numa coisa repugnante, a ser escondida num quarto fechado, vedada da luz do sol que com tanta frequência havia realçado o brilho dourado da maravilha ondulante de seus cabelos? Que lástima! Que lástima!

Por um momento pensou em rezar para que a horrível correlação que existia entre ele e o retrato cessasse. O quadro passara a mudar em resposta a uma súplica; quem sabe, também em resposta a uma súplica, ele pudesse permanecer inalterado. E no entanto quem, sabendo alguma coisa da Vida, abriria mão da chance de permanecer sempre jovem, por mais fantástica que fosse tal chance, ou por mais funestas que pudessem ser as consequências? Além disso, a coisa estava mesmo sob seu controle? Havia sido de fato a súplica que produzira a substituição? Será que não podia haver uma estranha razão científica para tudo aquilo? Se o pensamento podia exercer sua influência sobre um organismo vivo, será que não poderia exercer influência também sobre coisas mortas e inorgânicas? Mais que isso, mesmo sem pensamento ou desejo consciente, coisas externas a nós não poderiam vibrar em uníssono com nossos humores e paixões, um átomo se comunicando com outro átomo em secreto amor ou estranha afinidade? Mas a razão não tinha importância alguma. Ele nunca mais invocaria, por meio de uma súplica ou oração, uma força terrível. Se o retrato estava destinado a se modificar, então que se modificasse. Isso era tudo. Para que esmiuçar demais a questão?

Pois haveria um verdadeiro prazer em assistir àquilo. Ele seria capaz de seguir a própria mente em seus recantos mais secretos. Aquele retrato seria para ele o mais mágico dos espelhos. Assim como lhe revelara seu próprio corpo, dali em diante lhe revelaria sua própria alma. E, quando o inverno baixasse sobre o quadro, ele próprio ainda estaria firme no ponto em que a primavera vibra no limiar do verão. Quando o sangue se esvaísse do rosto do retrato, deixando no lugar uma pálida máscara de giz com olhos inertes de chumbo, ele preservaria o glamour da mocidade. Nenhuma flor de seu encanto feneceria. Nenhuma pulsação de sua vida enfraqueceria. Como os deuses dos gregos, ele seria forte, ágil e jovial. Que importância tinha o que acontecesse com a imagem pintada na tela? Ele estaria a salvo. Isso era tudo.

Fenecer > morrer, expirar.

Sorrindo, puxou o biombo de volta à posição anterior diante do retrato e passou para o quarto de dormir, onde seu pajem já o aguardava. Uma hora depois estava na Ópera, e Lord Henry se debruçava sobre sua poltrona.

IX

NA MANHÃ SEGUINTE, enquanto tomava seu café da manhã, Basil Hallward foi introduzido em seu aposento.

— Fico feliz por tê-lo encontrado, Dorian — disse ele, com gravidade. — Passei aqui ontem à noite e me disseram que você estava na Ópera. Eu sabia que era impossível, claro. Mas gostaria que tivesse deixado a informação do seu paradeiro real. Passei uma noite horrível, um tanto temeroso de que uma tragédia pudesse ser seguida por outra. Acho que você poderia ter me telegrafado quando soube da notícia. Acabei lendo-a por puro acaso numa edição noturna do *Globe* que peguei no clube. Vim para cá imediatamente, e me senti péssimo ao não encontrá-lo. Não posso descrever como estou arrasado com a coisa toda. Sei o que você deve estar sofrendo. Mas onde estava? Foi ver a mãe da garota? Por um momento pensei em ir encontrá-lo lá. O jornal dizia o endereço. Em algum lugar na Euston Road, não é isso? Mas fiquei com receio de me intrometer num sofrimento que eu não tinha como aliviar. Pobre mulher! Em que estado ela deve se encontrar! E sua única filha, ainda por cima! O que foi que ela falou disso tudo?

— Meu caro Basil, como vou saber? — murmurou Dorian Gray com uma expressão de formidável tédio, bebericando um vinho amarelo-claro num delicado globo de cristal veneziano com borda de contas douradas. — Eu estava na Ópera. Você deveria ter ido também. Fiquei conhecendo Lady Gwendolen, irmã de Harry. Ficamos no camarote dela. Perfeitamente encantadora; e Patti canta divinamente. Não fale sobre assuntos horrendos. Se não falarmos sobre uma coisa, ela jamais terá acontecido. É meramente a expressão, como diz Harry, que confere realidade às coisas. O que posso dizer é que ela não era a única filha da mulher. Há um filho, um rapaz encantador, segundo creio. Mas ele não está no teatro. É marinheiro, ou algo do tipo. Agora me fale sobre você e sobre o que está pintando.

— Você foi à Ópera? — perguntou Hallward, falando bem devagar, com um timbre cansado de dor na voz. — Você foi à Ópera enquanto Sibyl Vane jazia morta em algum quartinho sórdido? É capaz de me falar do encanto de outras mulheres, e de Patti cantando divinamente, antes mesmo que a garota que você amava tenha encontrado repouso numa sepultura? Ora, homem, há horrores reservados para aquele corpinho branco dela!

— Pare, Basil! Não quero ouvir! — gritou Dorian, erguendo-se de um salto. — Você não deve me falar dessas coisas. O que está feito está feito. O passado é passado.

— Você chama ontem de passado?

— O que o lapso preciso de tempo tem a ver com isso? Só as pessoas superficiais levam anos para se livrar de uma emoção. Um homem que é senhor de si mesmo pode dar fim a um sofrimento com a mesma facilidade com que inventa um prazer. Não quero ficar à mercê das minhas emoções. Quero usá-las, desfrutá-las e dominá-las.

— Dorian, isso é horrível! Algo o transformou por completo. Parece exatamente o mesmo rapaz maravilhoso que, dia após dia, vinha ao meu ateliê para posar para o seu retrato, mas na época você era simples, natural e afetuoso. Era a criatura mais imaculada da face da terra. Agora, não sei o que lhe aconteceu. Fala como se não tivesse coração, como se não houvesse em você um pingo de compaixão. É tudo influência de Harry. Percebo isso.

O rapaz enrubesceu vivamente e, avançando até a janela, contemplou por alguns momentos o verde do jardim, cintilante sob o açoite do sol. — Devo muito a Harry, Basil — disse, por fim —, mais do que devo a você. Você só me ensinou a ser vaidoso.

— Bem, estou sendo punido por isso, Dorian... ou serei algum dia.

— Não sei o que quer dizer com isso, Basil — exclamou, voltando-se para ele. — Não sei o que você quer. O que é que você quer?

— Quero o Dorian Gray que eu costumava retratar — disse o artista, com tristeza.

— Basil — respondeu o rapaz, caminhando até ele e pousando a mão em seu ombro —, você chegou tarde demais. Ontem, quando soube que Sibyl havia se matado...

— Havia se matado! Deus do céu! Não há dúvida quanto a isso? — gritou Hallward, fitando-o com uma expressão de horror.

— Meu caro Basil! Não me diga que considera que foi um acidente comum. É claro que ela se matou.

O homem mais velho escondeu o rosto nas mãos. — Que coisa horrível! — murmurou, e um estremecimento percorreu seu corpo.

— Não — disse Dorian Gray —, não há nada horrível nisso. É uma das grandes tragédias românticas da época. Como regra geral, as pessoas que atuam no teatro vivem as vidas mais triviais. São bons maridos, ou esposas fiéis, ou qualquer outra coisa tediosa. Você sabe o que quero dizer: retidão de classe média e tudo mais. Como Sibyl era diferente! Ela viveu sua tragédia mais sublime. Sempre foi uma heroína. Na última noite em que atuou... a noite em que vocês a viram... ela representou mal porque conhecera a realidade do amor. Quando conheceu sua irrealidade, ela morreu, como Julieta talvez tivesse morrido. Reingressou na esfera da arte. Há algo de mártir nela. Sua morte tem toda a inutilidade patética do martírio, tem toda a sua beleza desperdiçada. Mas, como eu estava dizendo, você não deve pensar que não sofri. Se tivesse vindo aqui ontem num momento determinado... umas cinco e meia, talvez, ou um quarto para as seis... teria me encontrado em prantos. Nem mesmo Harry, que esteve aqui, que me trouxe a notícia, aliás,

Até o século anterior, o suicídio era coisa do demônio. Mas no comecinho do XX vem essa onda **romântica** que coloca a pessoa que se mata como alguém com o coração destroçado. E, na sequência, surge outra visão — a do suicídio como um problema de sanidade mental, uma questão médica.

tinha ideia do que eu estava passando. Sofri imensamente. Depois passou. Não sou capaz de repetir uma emoção. Ninguém é, exceto os sentimentais. E você está sendo terrivelmente injusto, Basil. Você veio me consolar. É encantador de sua parte. Mas me encontra consolado, e isso o enfurece. Que beleza de solidariedade! Você me faz lembrar uma história que Harry me contou sobre certo filantropo que passou vinte anos tentando corrigir uma injustiça, ou alterar uma lei iníqua... esqueci o que era exatamente. Por fim ele teve êxito, e nada foi maior que seu desapontamento. Ele não tinha mais absolutamente nada para fazer, quase morreu de *ennui*, e tornou-se um misantropo inveterado. E além do mais, meu velho Basil, se quer mesmo me consolar, ensine-me a esquecer o que aconteceu, ou a ver as coisas sob o devido ponto de vista artístico. Não foi Gautier que escreveu sobre *la consolation des arts*? Lembro-me de ter apanhado um dia um livrinho de capa de velino em seu ateliê e topado com essa frase deliciosa. Bem, não sou como aquele rapaz de quem você me falou quando estávamos em Marlow, o rapaz que dizia que um belo cetim podia consolar a gente pelos infortúnios da vida. Amo coisas lindas que eu possa tocar e manusear. Velhos brocados, bronzes verdes, objetos de laca, marfins entalhados, ambientes requintados, luxo, pompa, há nessas coisas muito a ser desfrutado. Mas o temperamento artístico que elas criam, ou pelo menos revelam, significa ainda mais para mim. Tornar-se espectador da própria vida pessoal, como diz Harry, é escapar do sofrimento da vida. Sei que você está surpreso por eu lhe falar desta maneira. Não se deu conta de como evoluí. Eu era um colegial quando você me conheceu. Hoje sou um homem. Tenho novas paixões, novos pensamentos, novas ideias. Estou diferente, mas você não precisa gostar menos de mim por isso. Estou mudado, mas você deve ser meu amigo para sempre. Claro que gosto muito de Harry. Mas sei que você é melhor que ele. Você não é mais forte (pois tem

Iníqua > injusta, má.

Ennui > do francês, aborrecimento, tédio, melancolia.

Misantropo > quem sente aversão às pessoas.

Théophile **Gautier** (1811-1872) foi um poeta, dramaturgo, jornalista, crítico de arte e de literatura francês que exerceu bastante influência sobre outros artistas. Dizem que é sua a expressão "arte pela arte" e que vem dele a inspiração maior de Oscar Wilde quando escreveu o prefácio deste livro. A frase certinha criada por Gautier é "*L'art est ce qui console le mieux de vivre*" — que, em tradução muito livre, pode ser entendida como "a arte é o que faz a pena viver".

Velino > couro muito fino e macio retirado de animais recém-nascidos.

medo demais da vida), mas é melhor. E como éramos felizes juntos! Não me deixe, Basil, e não brigue comigo. Sou o que sou. Não há mais nada a dizer.

O pintor sentiu-se estranhamente comovido. O rapaz era-lhe infinitamente querido, e a personalidade dele havia sido o grande ponto de inflexão em sua arte. Não suportava a ideia de continuar a repreendê-lo. Afinal, sua indiferença provavelmente não passava de um estado de espírito passageiro. Havia dentro dele muita coisa boa, muita coisa nobre.

Ponto de inflexão é um conceito matemático — na curva, o ponto onde a linha toma nova direção, onde a gente faz, de fato, a virada, a curva. Fora da matemática, é um momento de mudança, de nova direção.

— Bem, Dorian — ele disse finalmente, com um sorriso triste. — Daqui em diante, não vou mais lhe falar sobre essa coisa horrível. Só espero que seu nome não seja mencionado em conexão com ela. O inquérito deve ocorrer esta tarde. Chegaram a convocá-lo?

Dorian balançou a cabeça negativamente, e uma expressão de contrariedade atravessou seu rosto à menção da palavra "inquérito". Havia algo muito cru e vulgar em todas as coisas desse gênero. — Eles não sabem meu nome — respondeu.

— Mas ela certamente sabia, não?

— Só meu primeiro nome, e mesmo este eu tenho certeza de que não mencionou a ninguém. Ela me contou uma vez que estavam todos bastante curiosos para saber quem eu era, e que ela invariavelmente lhes dizia que eu era o Príncipe Encantado. Era bonitinho da parte dela. Você precisa desenhar para mim um retrato de Sibyl, Basil. Gostaria de reter dela algo mais que a lembrança de alguns beijos e algumas palavras patéticas mal pronunciadas.

— Vou tentar fazer alguma coisa, Dorian, se isso lhe agrada. Mas você precisa vir posar para mim de novo. Não consigo ir em frente sem você.

— Nunca mais poderei posar para você, Basil. É impossível! — exclamou, recuando bruscamente.

O pintor o encarou. — Meu caro rapaz, que disparate! — bradou. — Está querendo dizer que não gosta do retrato que eu lhe fiz? Onde está ele? Por que colocou o biombo à sua frente? Deixe-me observá-lo. É a melhor coisa que já fiz na vida. Tire o biombo da frente, Dorian. É simplesmente infame da parte de seu criado esconder minha obra dessa maneira. Senti que a sala estava diferente no momento em que entrei.

— Meu criado não tem nada a ver com isso, Basil. Você acha que eu o deixaria arrumar minha sala? Ele se limita a arranjar as minhas flores de vez em quando... nada mais. Não; fui eu mesmo que tomei a iniciativa. A luz era forte demais sobre o retrato.

— Forte demais! Certamente que não, meu caro amigo. É um lugar admirável para ele. Deixe-me vê-lo. — E Hallward caminhou em direção ao canto da sala.

Um grito de horror irrompeu dos lábios de Dorian Gray, e ele correu para se interpor entre o pintor e o biombo.

— Basil — disse ele, empalidecendo —, você não deve vê-lo! Não quero que o veja.

— Não ver minha própria obra! Não está falando sério. Por que não deveria olhar para ela? — perguntou Hallward, rindo.

— Se tentar vê-la, Basil, palavra de honra que nunca mais falarei com você enquanto eu viver. Estou falando muito sério. Não lhe ofereço explicações, e você não me deve pedi-las. Mas lembre-se: se tocar neste biombo, entre nós está tudo acabado.

Hallward estava atônito. Fitou Dorian Gray com expressão de espanto completo. Nunca antes o vira daquela maneira. O rapaz estava literalmente branco de fúria. Suas mãos estavam cerradas, e suas pupilas eram como discos de fogo azul. Tremia da cabeça aos pés.

— Dorian!

— Não diga nada!

— Mas qual é o problema? Claro que não vou olhar o retrato se você não quiser — disse ele, com certa frieza, dando meia-volta e dirigindo-se à janela. — Mas, francamente, parece muito absurdo que eu não possa ver minha própria obra, até porque a exporei em Paris no outono. Provavelmente vou aplicar outra camada de verniz antes disso, de modo que preciso vê-la um dia destes, e por que não hoje?

— Expor o retrato! É essa sua intenção? — exclamou Dorian Gray, enquanto um estranho sentimento de terror o dominava. Seu segredo seria mostrado para o mundo? As pessoas contemplariam boquiabertas o mistério da sua vida? Não era possível. Alguma coisa (não sabia o quê) precisava ser feita imediatamente.

— Sim; acho que você não se oporá a isso. Georges Petit vai reunir todos os meus melhores quadros para uma exposição especial na Rue de Sèze, programada para começar na primeira semana de outubro. O retrato só ficaria emprestado por um mês. Penso que você pode muito bem cedê-lo por esse período. Na verdade, você com certeza estará fora da cidade. E, já que o mantém sempre atrás de um biombo, não deve se importar muito com ele.

Georges Petit (1856-1920) era dono de uma galeria de arte em Paris, na Rua de Sèze, onde fazia badaladas exposições de pintores e escultores.

Dorian Gray passou a mão pela testa. Havia gotas de suor ali. Sentiu que estava à beira de um perigo medonho.

— Você me disse há um mês que nunca o exporia — protestou. — Por que mudou de ideia? Vocês que se gabam de ser coerentes mudam tanto de humor quanto os outros, na verdade. A única diferença é que seus humores são sempre sem sentido. Você não pode ter esquecido que me garantiu solenemente que nada no mundo o induziria a enviar o retrato a exposição alguma. Disse a Harry exatamente a mesma coisa. — Interrompeu-se bruscamente, e um raio de luz brilhou em seus olhos. Lembrou que Lord Henry lhe dissera uma vez, meio a sério e meio na brincadeira: "Se quiser ter um estranho quarto de hora, peça a Basil para lhe dizer por que não quer expor o seu retrato. Ele me disse por que não o exporia, e foi uma revelação para mim". Sim, talvez Basil também tivesse o seu segredo. Perguntaria a ele, não custava tentar.

— Basil — disse, chegando bem perto do amigo e encarando-o fixamente —, cada um de nós tem um segredo. Deixe-me saber qual é o seu, e eu lhe conto o meu. Qual era o seu motivo para se recusar a expor o meu retrato?

Mesmo contra a vontade, o pintor estremeceu. — Dorian, se eu lhe contasse, talvez você passasse a gostar menos de mim, e com certeza iria caçoar. Eu não suportaria nenhuma das duas coisas. Se você prefere que eu nunca mais veja seu retrato, eu me conformo. Sempre terei você para contemplar. Se quiser que a melhor obra que eu já fiz permaneça escondida do mundo, tudo bem para mim. Sua amizade me é mais cara que a fama ou a reputação.

— Não, Basil, você precisa me dizer —, insistiu Dorian Gray. — Acho que tenho o direito de saber. — Seu sentimento de terror tinha passado, e a curiosidade tomara seu lugar. Estava determinado a descobrir o mistério de Basil Hallward.

— Vamos nos sentar, Dorian — disse o pintor, com ar preocupado. — Vamos nos sentar. E só me responda uma pergunta. Você notou no quadro alguma coisa estranha?... alguma coisa que de início provavelmente não lhe chamou a atenção, mas que se revelou a você de uma hora para outra?

— Basil! — exclamou o rapaz, agarrando com mãos trêmulas os braços da poltrona e encarando-o com olhos surpresos e alucinados.

— Vejo que sim. Não diga nada. Espere até ouvir o que tenho a dizer. Dorian, desde o momento em que o conheci, sua personalidade teve a influência mais extraordinária sobre mim. Tudo em mim... corpo, alma, cérebro, força de vontade... foi dominado por você. Você se tornou para mim a encarnação visível daquele ideal nunca visto cuja lembrança assombra a nós, artistas, como um sonho sublime. Passei a venerá-lo. Fiquei enciumado de qualquer pessoa que falasse com você. Queria ter você todo para mim. Só ficava feliz quando estávamos juntos. Quando estava longe de mim, você continuava presente na minha arte... Claro que nunca o deixei saber de nada disso. Teria sido impossível. Você não teria compreendido. Eu mesmo tinha dificuldade de compreender. Só sabia que havia visto a perfeição cara a cara, e que o mundo se tornara maravilhoso aos meus olhos... maravilhoso demais, talvez, pois em venerações loucas assim há perigo, o perigo de perdê-las, tanto quanto o perigo de mantê-las... Semanas e semanas se passaram, e fui ficando cada vez mais arrebatado por você. Então veio uma nova etapa. Eu o desenhara como Páris numa elegante armadura, e como Adônis com um manto de caça e uma reluzente lança de matar javali. Coroado com agrestes flores de lótus você se sentara na proa da barca de Adriano, contemplando o verde turvo do Nilo. Debruçara-se sobre um plácido espelho de água numa floresta grega, e vira na silenciosa superfície de prata a maravilha de sua própria face. E tudo havia sido ideal, inconsciente e remoto como a arte deve ser. Um dia (um dia fatal, conforme penso às vezes), decidi pintar um maravilhoso retrato seu tal como você de fato é, não no figurino de eras passadas, mas em suas próprias roupas, em seu próprio tempo. Não sei dizer se foi o realismo do método, ou o mero espanto de sua própria personalidade, apresentada assim diretamente a mim sem névoa ou véu. Mas sei que, à medida que eu trabalhava no quadro, cada camada de tinta ou nuance de cor parecia revelar meu segredo. Temi que outros ficassem sabendo da minha idolatria. Eu sentia, Dorian, que havia me exposto demais, que colocara coisas demais de mim no retrato. Foi então que resolvi jamais permitir que o quadro fosse exposto. Você ficou um pouco aborrecido; mas na época não percebeu o que ele significava para mim. Harry, com quem falei a respeito, riu de mim. Mas não me importei. Quando o quadro ficou pronto e me sentei sozinho diante dele, senti que estava certo... Bem, depois de alguns dias a obra deixou meu ateliê, e, tão logo me livrei do intolerável fascínio de sua presença, pareceu-me que eu tinha sido tolo ao imaginar que enxergara alguma coisa nele além do fato de que você era extremamente belo e de que eu era capaz de pintar. Mesmo agora não consigo evitar o sentimento de que é um equívoco pensar que a paixão que alguém sente no ato da criação aparece de fato na obra que ele cria. A arte é sempre mais abstrata do que imaginamos. Forma e cor nos falam de forma e cor: isso é tudo.

Páris é um príncipe de Troia na mitologia grega. Ele é casado com uma ninfa (filha de um deus rio), mas fica doido por Helena, que também está casada, e a sequestra — quer dizer, uns dizem que eles fugiram juntinhos e apaixonados; outros, que foi sequestro mesmo. Menelau, rei de Esparta, era o marido de Helena, e em nome dele uma turma de reis de outras cidades gregas se organizou, então, para atacar Troia. A guerra entre os troianos e os gregos durou nada menos que dez anos — vale ler a *Ilíada* e a *Odisseia*, do antigo poeta Homero, para conhecer os detalhes. E **Adônis** é um deus de grande beleza na mitologia grega.

Tenho muitas vezes a impressão de que a arte esconde o artista mais completamente do que o revela. Assim, quando recebi esse convite de Paris, decidi fazer de seu retrato o principal item da minha exposição. Nunca me ocorreu que você fosse recusar. Vejo agora que você tinha razão. O retrato não pode ser exposto. Não se zangue comigo, Dorian, pelo que eu lhe contei. Como eu disse uma vez a Harry, você foi feito para ser idolatrado.

Dorian Gray inspirou fundo. A cor voltou a suas faces, e um sorriso brincou em seus lábios. O perigo havia passado. Estava a salvo por enquanto. No entanto, não conseguia deixar de sentir uma infinita compaixão pelo pintor que acabara de fazer-lhe aquela estranha confissão, e se perguntava se ele próprio seria um dia dominado tão plenamente pela personalidade de um amigo. Lord Henry tinha o encanto de ser muito perigoso. Mas não passava disso. Era esperto demais, cínico demais, para que se pudesse de fato gostar muito dele. Haveria algum dia alguém que lhe suscitasse uma estranha idolatria? Seria essa uma das coisas que a vida lhe reservava?

— É extraordinário para mim, Dorian — disse Hallward —, que você tenha enxergado isso no retrato. Você enxergou mesmo?

— Vi algo nele — respondeu —, algo que me pareceu muito singular.

— Bem, você não se importaria que eu desse uma olhada nele agora, não é?

Dorian abanou a cabeça. — Não me peça isso, Basil. Não tenho como deixá-lo se postar diante daquele quadro.

— Algum dia me deixará, com certeza?

— Nunca.

— Bem, talvez você tenha razão. E agora adeus, Dorian. Você foi a única pessoa na minha vida que influenciou de verdade a minha arte. Tudo o que eu possa ter feito de bom devo a você. Ah! Você não sabe quanto me custou contar tudo o que eu lhe contei.

— Meu caro Basil — disse Dorian —, o que foi que você me contou? Simplesmente que achava que me admirava em demasia. Isso não chega a ser nem mesmo um elogio.

— Não foi concebido como um elogio. Foi uma confissão. Agora que a fiz, algo parece ter-se esvaído em mim. Talvez não devamos jamais colocar nossa adoração em palavras.

— Foi uma confissão muito decepcionante.

— Ora, o que você esperava, Dorian? Não viu nada mais no retrato, viu? Não havia alguma outra coisa a ser vista?

— Não; não havia outra coisa a ser vista. Por que pergunta? Mas você não devia falar de adoração. É uma bobagem. Você e eu somos amigos, Basil, e assim devemos permanecer.

— Você já tem Harry — disse o pintor, com tristeza.

— Oh, Harry! — exclamou o rapaz, com uma risada breve. — Harry passa os dias dizendo o que é incrível, e suas noites fazendo o que é improvável. Exatamente o tipo de vida que eu gostaria de levar. Mesmo assim, acho que não procuraria Harry se estivesse em apuros. Procuraria você de preferência, Basil.

— Posaria para mim novamente?

— Impossível.

— Você arruína minha carreira de artista ao recusar, Dorian. Ninguém jamais se deparou com duas coisas ideais. Poucos são os que topam com uma.

— Não tenho como lhe explicar, Basil, mas não posso posar nunca mais para você. Há algo de fatal num retrato. Ele tem vida própria. Vou visitá-lo para tomarmos chá. Será igualmente agradável.

— Mais agradável para você, receio — murmurou Hallward, pesaroso. — E agora adeus. Lamento que não me deixe ver o quadro uma vez mais. Não há o que fazer. Entendo muito bem o que você sente.

Quando o pintor saiu da sala, Dorian Gray sorriu consigo mesmo. Pobre Basil!, que sabia tão pouco sobre a verdadeira razão! E como era estranho aquilo: em vez de ser forçado a revelar seu próprio segredo, ele conseguira, quase por acaso, arrancar um segredo do amigo! Quanta coisa aquela estranha confissão lhe esclarecia! Os surtos absurdos de ciúme do pintor, sua louca devoção, seus panegíricos extravagantes, suas curiosas reticências — ele agora compreendia tudo, e sentia pena. Parecia-lhe haver algo de trágico numa amizade tão tingida de romance.

Suspirou e tocou a sineta. O retrato precisava ser escondido a todo custo. Não podia correr de novo o risco de uma descoberta. Tinha sido uma loucura de sua parte permitir que o objeto permanecesse, ainda que por uma hora, numa sala a que muitos de seus amigos tinham acesso.

X

QUANDO O CRIADO ENTROU, o patrão o encarou com firmeza, perguntando-se se teria lhe ocorrido a ideia de espiar atrás do biombo. O homem permaneceu impassível, esperando por suas ordens. Dorian acendeu um cigarro, caminhou até o espelho e olhou para ele. Podia ver perfeitamente o reflexo do rosto de Victor. Era como uma plácida máscara de servilismo. Não havia ali nada a temer. No entanto, achou melhor ficar em guarda.

Falando bem devagar, mandou-o dizer à governanta que queria vê-la, e depois que fosse ao moldureiro e lhe pedisse para enviar dois de seus homens quanto antes. Teve a impressão de que, quando o criado estava saindo da sala, seus olhos se desviaram na direção do biombo. Ou teria sido apenas sua imaginação?

Depois de alguns momentos, com seu vestido preto de seda e antiquadas meias-luvas de tricô nas mãos enrugadas, a senhora Leaf entrou alvoroçada na biblioteca. Ele lhe pediu a chave do quarto de estudos.

— Do velho quarto de estudos, senhor Dorian? — perguntou ela. — Ora, está cheio de poeira. Preciso limpá-lo e arrumá-lo antes que o senhor possa entrar lá. Não está em condições de ser visto pelo senhor. Não mesmo.

— Não quero que o arrume, Leaf. Só quero a chave.

— Bem, senhor, as teias de aranha vão cobri-lo se entrar lá. Ora, aquilo não é aberto há quase cinco anos, desde que o antigo lorde morreu.

Ele estremeceu à menção de seu avô. Tinha lembranças detestáveis dele. — Não importa — respondeu. —

Só quero ver o lugar... nada mais que isso. Dê-me a chave.

— Aqui está a chave, senhor — disse a velha senhora, remexendo seu molho com mãos trêmulas e incertas. — Aqui está a chave. Vou tirá-la do molho em um instante. Mas o senhor não pensa em se mudar lá para cima, estando tão bem instalado aqui, não é mesmo?

Molho aqui não é o que a gente põe no macarrão, mas uma penca, um feixe, um monte de chaves num chaveiro. No caso, se pronuncia com "ó" aberto: "mólho".

— Não, não — ele bradou, com petulância. — Obrigado, Leaf. Era só isso.

Ela ficou ali mais alguns instantes, tagarelando sobre algum detalhe da casa. Ele suspirou e lhe disse para resolver as coisas como achasse melhor. Ela saiu da sala, toda envolta em sorrisos.

Quando a porta se fechou, Dorian pôs a chave no bolso e olhou em volta. Seus olhos se detiveram numa colcha de cetim púrpura com grossos bordados de ouro, uma peça esplêndida da arte veneziana do final do século dezessete que seu avô encontrara num convento perto de Bolonha. Sim, aquilo serviria para envolver a coisa abominável. Servira muitas vezes, talvez, de mortalha. Agora iria esconder algo que tinha uma putrefação particular, pior do que a putrefação da própria morte — algo que germinava horrores e no entanto nunca morria. O que o verme era para o cadáver, seus pecados seriam para a imagem pintada na tela. Eles desfigurariam sua beleza e devorariam sua graça. Corromperiam a imagem, tornando-a uma ignomínia. Entretanto, a coisa seguiria vivendo. Viveria para sempre.

Mortalha > pano que envolve o cadáver antes de ser enterrado.

Ignomínia > infâmia, desonra, degradação.

Teve um calafrio, e por um momento se arrependeu de não ter contado a Basil o verdadeiro motivo pelo qual desejava esconder o retrato. Basil o teria ajudado a resistir à influência de Lord Henry, e às influências ainda mais venenosas que provinham de seu próprio temperamento. O amor que o pintor lhe devotava — pois era de fato amor — nada tinha em si que não fosse nobre e intelectual. Não se tratava daquela mera admiração física da beleza que nasce dos sentidos e morre quando os sentidos se cansam. Era um amor como o que tinham conhecido Michelangelo, e Montaigne, e Winckelmann, e o próprio Shakespeare. Sim, Basil poderia tê-lo salvado. Mas agora era tarde demais.

O pintor italiano **Michelangelo**, o filósofo francês **Montaigne** e o historiador da arte e arqueólogo alemão **Winckelmann** mencionam em suas obras o amor entre homens.

O passado sempre podia ser aniquilado. Remorso, negação ou esquecimento podiam fazer isso. Mas o futuro era inevitável. Havia nele paixões que encontrariam sua terrível vazão, sonhos que tornariam real a sombra maligna delas.

Ergueu do sofá o amplo tecido púrpura e ouro que o cobria e, segurando-o nas mãos, passou para trás do biombo. O rosto na tela estava mais repulsivo que antes? Parecia-lhe que estava inalterado; no entanto, sua repugnância diante dele era mais intensa. Cabelos de ouro, olhos azuis e lábios róseo-avermelhados — estava tudo lá. Era simplesmente a expressão que se havia alterado. Estava horrenda em sua crueldade. Em comparação com o que ele via ali de censura ou reprovação, como eram superficiais as repreensões de Basil quanto a Sibyl Vane!... e quão pouco importantes! Sua própria alma olhava da tela para ele e o submetia a julgamento. Uma expressão de dor o dominou, e ele jogou a mortalha sobre o quadro. No momento em que fazia isso, ouviu uma batida na porta. Saiu de trás do biombo quando seu criado estava entrando.

— As pessoas estão aqui, *monsieur*.

Sentiu que precisava se livrar do homem imediatamente. Não podia deixá-lo saber para onde o retrato seria levado. Havia algo de ardiloso nele, e seus olhos eram atentos, traiçoeiros. Sentado à escrivaninha, rabiscou um bilhete para Lord Henry, pedindo a ele que lhe mandasse alguma coisa para ler, e lembrando-o de que tinham um encontro marcado para as oito e quinze naquela noite.

— Espere pela resposta — disse, entregando-lhe o bilhete —, e faça entrar os homens.

Em dois ou três minutos houve outra batida na porta, e o senhor Hubbard em pessoa, o célebre moldureiro da South Audley Street, entrou com um jovem assistente de aparência um tanto bruta. O senhor Hubbard era um homenzinho rubicundo, de suíças vermelhas, cuja admiração pela arte era consideravelmente mitigada pela crônica falta de recursos dos artistas que usavam seus serviços. Como regra geral, nunca saía de sua loja. Esperava as pessoas irem até ele. Mas sempre fazia uma exceção em favor de

Rubicundo > de face corada, avermelhada.

Suíças, aqui, não são duas garotas da Suíça... Na verdade, são costeletas largas e altas, que vão das orelhas até a altura da boca!

William Beckford ficou conhecido por duas coisas: ter publicado em 1786 um romance gótico chamado *Vathek* e ter erguido uma megamansão que foi batizada de **Fonthill** Abbey. O casarão enorme vivia lotado de livros, móveis caros, obras de arte e quinquilharias. As extravagâncias gastadoras de Beckford o levaram à ruína. E vem daí a ideia de a moldura ter sido parte das coisas que William teria vendido para descolar uma graninha.

Dorian Gray. Havia algo em Dorian que encantava a todos. Só o fato de vê-lo já era um prazer.

— Em que posso lhe ser útil, senhor Gray? — perguntou o homem, esfregando as mãos gordas e sardentas. — Pensei em me conceder a honra de vir vê-lo pessoalmente. Acabo de conseguir uma beleza de moldura, Sir. Arrematei-a num leilão. Estilo florentino antigo. Veio de Fonthill, se não me engano. Perfeitamente apropriada para um tema religioso, senhor Gray.

— Sinto muito pelo trabalho que teve de vir pessoalmente, senhor Hubbard. Certamente irei até sua loja para dar uma olhada na moldura (embora no momento não esteja muito interessado em arte religiosa), mas hoje só preciso que um quadro seja levado ao andar superior da casa. É bastante pesado, por isso pensei em pedir-lhe que me emprestasse um par de trabalhadores seus.

— Não é trabalho nenhum, senhor Gray. Para mim é um prazer ser-lhe útil em alguma coisa. Qual é a obra de arte, Sir?

— Esta aqui — respondeu Dorian, movendo o biombo para um lado. — Vocês podem levá-lo, com coberta e tudo, exatamente como está? Não quero que seja arranhado no transporte até lá em cima.

— Não haverá dificuldade alguma, Sir — disse o sorridente moldureiro, já começando, com a ajuda de seu assistente, a desenganchar o quadro das compridas correntes de latão que o mantinham suspenso. — E agora, para onde devemos levá-lo, senhor Gray?

— Eu lhe mostro o caminho, senhor Hubbard, se fizer a bondade de me seguir. Ou talvez seja melhor o senhor ir na frente. Infelizmente, fica bem no alto da casa. Vamos pela escada da frente, que é mais larga.

Segurou a porta aberta para eles, que passaram para o salão e começaram a subir. A elaborada moldura tornara o quadro extremamente volumoso, e vez ou outra, apesar dos protestos obsequiosos do senhor Hubbard, que tinha a aversão do verdadeiro profissional a ver um cavalheiro fazendo alguma coisa útil, Dorian dava sua mão para ajudá-los.

— Uma carga e tanto para transportar, Sir — disse o homenzinho, ofegante, quando chegaram ao último andar. E enxugou a testa reluzente.

— Receio que seja mesmo bem pesada — murmurou Dorian, ao destrancar a porta do quarto que guardaria para ele o estranho segredo da sua vida e esconderia sua alma dos olhos dos homens.

Não entrava naquele lugar havia mais de quatro anos — na verdade, desde que o usara, primeiro, como quarto de brinquedos quando era criança e, depois, como sala de estudos, quando ficou um pouco mais velho. Era um ambiente amplo, bem proporcionado, que fora construído especialmente pelo último Lord Kelso para o uso de seu netinho, o qual, por sua estranha semelhança com a mãe, e também por outras razões, ele sempre detestara e desejara manter à distância. A impressão de Dorian era de que pouco havia mudado. Ali estava o enorme *cassone* italiano, com pinturas fabulosas nas paredes laterais e frisos dourados já cheios de manchas, dentro do qual ele tantas vezes se escondera quando menino. Mais adiante, a estante de mogno com seus livros de escola com as bordas amassadas. Na parede atrás dela pendia a mesma tapeçaria flamenga puída onde um rei e uma rainha desbotados jogavam xadrez num jardim, enquanto um grupo de falcoeiros passava a cavalo, carregando pássaros de olhos vendados em suas manoplas de couro. Lembrava-se tão bem daquilo tudo! Cada momento de sua infância solitária voltou a ele enquanto olhava ao redor. Rememorou a pureza imaculada de sua vida de menino, e lhe pareceu horrível que justamente ali fosse ficar escondido o retrato fatídico. Quão pouco ele havia pensado, naqueles tempos passados, no que a vida lhe reservava!

Mas não havia na casa nenhum outro lugar como aquele para preservá-lo de olhos bisbilhoteiros. Ele tinha a chave, e ninguém mais poderia entrar ali. Por baixo de sua

Cassone é um baú típico da Itália renascentista utilizado como item básico de qualquer casório de peso. Dentro dele seguiam as roupas da noiva e outros itens que faziam parte do seu dote.

Falcoeiro é quem cria e treina aves de rapina para usá-las em caçadas. O treinador/caçador usa uma grande luva de couro (**manopla**) para que as garras das aves não machuquem a sua mão. Também colocam uma touquinha cobrindo os olhos do pássaro para que ele não se distraia com o movimento ao redor.

mortalha púrpura, o rosto pintado na tela poderia se tornar brutal, estúpido, obsceno. Que importava? Ninguém o veria. Ele próprio não o veria. Por que deveria contemplar a pavorosa corrupção de sua alma? Ele preservava a juventude — isso bastava. E, além do mais, sua índole não podia também ficar mais virtuosa, afinal de contas? Não havia razão para pensar que o futuro seria tão cheio de degradação. Algum amor poderia surgir na sua vida e purificá-lo, protegendo-o daqueles pecados que pareciam já estar se agitando no espírito e na carne — aqueles curiosos pecados não retratados cujo encanto e cuja sutileza lhes eram conferidos por seu próprio mistério. Talvez, algum dia, a expressão cruel tivesse abandonado a sensível boca escarlate, e ele pudesse mostrar ao mundo a obra-prima de Basil Hallward.

Não; era impossível. Hora após hora, semana após semana, a coisa na tela envelhecia. Talvez até escapasse da monstruosidade do pecado, mas a monstruosidade da velhice a aguardava. As faces se tornariam chupadas ou flácidas. Pés de galinha circundariam os olhos apagados e os deixariam horríveis. O cabelo perderia o brilho, a boca se afrouxaria, ficando estúpida ou indecente, como são as bocas dos velhos. Lá estariam o pescoço enrugado, as mãos frias, de veias azuis, o corpo curvado, tudo aquilo de que se lembrava no avô que lhe havia sido tão severo em sua meninice. Não havia como evitar.

— Traga-o para dentro, senhor Hubbard, por favor — disse, com voz cansada. — Desculpe por tê-los feito esperar tanto. Eu estava pensando em outra coisa.

— Um breve descanso sempre é bom, senhor Gray — respondeu o moldureiro, ainda recuperando o fôlego. — Onde devemos colocá-lo, Sir?

— Oh, em qualquer lugar. Aqui está bom. Não quero pendurá-lo. Pode só apoiá-lo na parede. Obrigado.

— Podemos dar uma olhada na obra de arte, Sir?

Dorian teve um sobressalto. — Não iria interessá-lo, senhor Hubbard — disse, mantendo os olhos fixos no homem. Estava pronto para saltar sobre ele e jogá-lo ao solo caso ousasse erguer a belíssima coberta que escondia o segredo da sua vida. — Não vou mais importuná-lo. Sou muito grato por sua gentileza em vir pessoalmente.

— Não por isso, senhor Gray, não por isso. Estou sempre pronto a servi-lo no que for possível, Sir. — E o senhor Hubbard desceu as escadas com passos pesados, seguido pelo ajudante, que lançou um último olhar a Dorian com uma expressão de puro espanto em seu rosto rude e feio. Nunca tinha visto alguém tão lindo.

Quando o som dos passos dos dois silenciou, Dorian trancou a porta e enfiou a chave no bolso. Agora estava a salvo. Ninguém jamais contemplaria a coisa horrenda. Nenhum olho que não os seus veria sua vergonha.

Ao chegar à biblioteca, percebeu que passava um pouco das cinco, e que o chá já havia sido trazido. Numa mesinha de madeira escura e perfumada, com grandes incrustações de madrepérola — presente de Lady Radley, esposa de seu tutor, uma bela inválida profissional, que passara o inverno anterior no Cairo —, estava pousado um bilhete de Lord Henry, e ao lado dele um livro encadernado em papel amarelo, com a capa levemente esfolada e as margens manchadas. Um exemplar da terceira edição da *St. James's Gazette* havia sido colocado na bandeja do chá. Era evidente que Victor havia retornado. Dorian se perguntou se ele teria se deparado com os homens no salão enquanto saíam da casa, e se teria arrancado deles uma palavra sobre o que fizeram ali. Certamente perceberia a ausência do quadro — sem dúvida já tinha dado pela sua falta ao servir o chá. O biombo não tinha sido puxado de volta, e o espaço vazio era visível na parede. Talvez uma noite ele o surpreendesse subindo sorrateiramente ao andar de cima e tentando forçar a porta do quarto. Era horrível ter um espião dentro da própria casa. Ouvira falar de homens ricos que haviam sido chantageados durante a vida toda por algum criado que lera uma carta, ou entreouvira uma conversa, ou apanhara um cartão com um endereço, ou encontrara sob uma almofada uma flor murcha ou um retalho de renda amarrotado.

Suspirou e, tendo-se servido de um pouco de chá, tirou do envelope o bilhete de Lord Henry. Era simplesmente para dizer que lhe enviara o jornal vespertino e um livro que poderia lhe interessar, e que estaria no clube às oito e quinze. Abriu languidamente o *St. James's* e passou os olhos por suas páginas. Uma marca feita a lápis vermelho na página cinco atraiu seu olhar. Ela chamava a atenção para o seguinte parágrafo:

> INQUÉRITO SOBRE UMA ATRIZ — Teve lugar esta manhã na Bell Tavern, em Hoxton Road, um inquérito conduzido pelo senhor Danby, o juiz distrital, sobre o corpo de Sibyl Vane, jovem atriz recentemente contratada pelo Royal Theatre, em Holborn. Anunciou-se um veredito de morte acidental. Foram expressas muitas condolências à mãe da falecida, que estava muito abalada durante seu próprio depoimento, e o do doutor Birrell, que havia feito a autópsia da falecida.

Ele franziu o cenho e, rasgando o papel em dois, atravessou a sala e jogou fora os pedaços. Que história mais feia! E como a verdadeira feiura tornava as coisas horríveis! Sentiu-se um pouco irritado com Lord Henry por ter-lhe mandado a reportagem. E havia sido ainda mais estúpido de sua parte marcá-la com lápis vermelho. Victor poderia tê-la lido. Sabia inglês o bastante para isso.

Talvez ele a tivesse lido e começasse a suspeitar de alguma coisa. No entanto, o que importava? O que Dorian Gray tinha a ver com a morte de Sibyl Vane? Não havia nada a temer. Dorian Gray não a matara.

Seus olhos pousaram no livro amarelo que Lord Henry lhe enviara. Que será isso?, pensou. Foi até a pequena estante octogonal que sempre lhe parecera obra de estranhas abelhas egípcias lavrada em prata e, apanhando o volume, jogou-se numa poltrona e começou a folheá-lo. Em alguns minutos estava absorvido. Era o livro mais estranho que já havia lido. Parecia-lhe que, em trajes magníficos, ao som delicado de flautas, os pecados do mundo desfilavam à sua frente numa exibição muda. Coisas com as quais sonhara vagamente tornavam-se subitamente reais para ele. Coisas com as quais jamais sonhara eram reveladas aos poucos.

Era um romance sem enredo, e com apenas um personagem, na verdade simplesmente um estudo psicológico de um certo jovem parisiense que passava a vida tentando realizar no século dezenove todas as paixões e modos de pensar pertencentes a todos os séculos exceto o seu, e resumir em si, por assim dizer, as várias disposições pelas quais o espírito do mundo já passara, amando por sua própria artificialidade aquelas renúncias que os homens insensatamente chamavam de virtude, tanto quanto aquelas rebeliões naturais que os homens sensatos ainda chamavam de pecado. O estilo em que era escrito era aquele curioso estilo ornamental, ao mesmo tempo vívido e obscuro, cheio de *argot* e de arcaísmos, de expressões técnicas e de paráfrases elaboradas, que caracteriza a obra de alguns dos mais refinados artistas da escola francesa dos *symbolistes*. Havia nele metáforas tão monstruosas quanto as orquídeas, e igualmente sutis na coloração. A vida dos sentidos era descrita nos termos de uma filosofia mística. Às vezes era difícil saber se o que se estava lendo eram os êxtases espirituais de um santo medieval ou as confissões mórbidas de um pecador moderno. Era um livro venenoso. O denso aroma de incenso parecia pairar sobre suas páginas e turvar o cérebro. A mera cadência das frases, a sutil monotonia de sua música, tão cheia de refrões complexos e movimentos elaboradamente repetidos, produziam na mente do rapaz, ao passar de um capítulo a outro, uma forma de devaneio, uma enfermidade sonhadora, tornando-o alheio ao entardecer e às sombras que cresciam ao redor.

Despido de nuvens, e perfurado por uma estrela solitária, um céu verde-acobreado lançava seu vago fulgor janelas adentro. Ele leu sob essa luz baça enquanto pôde. Então, depois de o pajem tê-lo lembrado várias vezes do adiantado da hora, levantou-se e, passando ao aposento contíguo, pousou o livro sobre a mesinha florentina que ficava sempre ao lado de sua cama e começou a se vestir para jantar.

Argot > do francês, gíria, jargão.

Arcaísmo > palavra ou estilo antigo, em desuso.

No contexto aqui, **paráfrases** são explicações irrelevantes e mais complicadas do que o necessário.

O simbolismo — liderado pelos ***symbolistes*** — foi um movimento ou estilo literário que deu seus primeiros passos mais ou menos quando Oscar Wilde escrevia este livro. A novidade vinha carregada de pessimismo e preferia usar metáforas, figuras de linguagem, "símbolos" para descrever o mundo, encarando mais as sensações e os sentimentos do que os detalhes reais de uma situação, objeto ou pessoa. O simbolismo pipocou primeiro na França, da cabeça de Charles Baudelaire, em seu livro de poemas *As flores do mal*.

Eram quase nove horas quando chegou ao clube, onde encontrou Lord Henry sentado sozinho no salão diurno, com expressão muito entediada.

— Sinto muito, Harry — lamentou —, mas a culpa é toda sua. Aquele livro que você mandou me fascinou de tal maneira que acabei me esquecendo da hora.

— Sim: achei mesmo que você fosse gostar — respondeu seu anfitrião, erguendo-se da poltrona.

— Eu não disse que gostei, Harry. Disse que ele me fascinou. Há uma grande diferença.

— Ah, você descobriu isso? — murmurou Lord Henry. E passaram para o salão de jantar.

XI

DURANTE ANOS, Dorian Gray não foi capaz de se libertar da influência daquele livro. Ou talvez fosse mais exato dizer que nunca tentou se libertar dele. Obteve de Paris nada menos que nove exemplares em formato grande da primeira edição, e mandou revesti-los com capas de cores diferentes, de modo que pudessem condizer com seus variados estados de espírito e com os cambiantes caprichos de uma índole sobre a qual ele parecia, às vezes, ter perdido o controle quase por completo. O herói, o maravilhoso jovem parisiense em quem os temperamentos romântico e científico estavam estranhamente misturados, tornou-se para ele uma espécie de tipo prenunciador dele próprio. E, de fato, o livro todo parecia-lhe conter a história da sua própria vida, escrito antes que ele a tivesse vivido.

Em um ponto ele era mais afortunado que o herói fantástico do romance. Jamais conhecera — jamais, aliás, tivera motivo para isso — aquele temor um tanto grotesco de espelhos, superfícies de metal polido e água parada que acometeu o jovem parisiense tão cedo em sua vida, e que foi ocasionado pela súbita deterioração de uma beleza que em outros tempos havia sido, aparentemente, muito notável. Era com uma alegria quase cruel — e talvez a crueldade tenha lugar em praticamente todas as alegrias, como decerto tem em todos os prazeres — que ele costumava ler a última parte do livro, com seu relato verdadeiramente trágico, ainda que um tanto enfático demais, do sofrimento e desespero de alguém que perdera aquilo que nos outros, e no mundo, ele valorizava com mais devoção.

Pois a prodigiosa beleza que tanto fascinara Basil Hallward, e muitos outros além dele, parecia jamais abandoná-lo. Mesmo aqueles que tinham ouvido as piores coisas a seu respeito — e de tempos em tempos rumores estranhos sobre seu modo de vida circulavam por Londres e se tornavam tema de conversa nos clubes — não podiam acreditar em coisa alguma que o desonrasse quando o viam. Tinha sempre a aparência de alguém que se mantivera intocado pelas máculas do mundo. Homens que pronunciavam grosserias emudeciam quando Dorian entrava no recinto. Havia algo na pureza de seu rosto que os repreendia. Sua mera presença trazia-lhes a lembrança da inocência que eles tinham manchado. Perguntavam-se como alguém tão encantador e gracioso como ele poderia ter escapado da nódoa de uma época que era ao mesmo tempo sórdida e sensual.

Com frequência, ao voltar para casa de uma daquelas ausências misteriosas e prolongadas que davam ensejo a tão estranhas conjecturas entre aqueles que eram seus amigos, ou assim se consideravam, subia sorrateiramente ao quarto trancado no andar superior, abria a porta com a chave que agora estava sempre consigo e postava-se, com um espelho, diante do retrato que Basil Hallward pintara, contemplando ora o rosto malvado e envelhecido da tela, ora o belo rosto jovem que sorria de volta para ele da superfície de vidro polido. A própria violência do contraste costumava avivar sua sensação de prazer. Ficava cada vez mais enamorado da própria beleza, cada vez mais interessado na corrupção da própria alma. Examinava com cuidado minucioso, e às vezes com um prazer monstruoso e terrível, as horrendas linhas que sulcavam a testa enrugada ou proliferavam em torno da boca pesadamente sensual, perguntando-se às vezes quais eram mais medonhos, os sinais do pecado ou os sinais da idade. Punha suas mãos brancas lado a lado com as mãos ásperas e inchadas do retrato, e sorria. Zombava do corpo disforme e dos membros enfraquecidos.

É certo que havia momentos, à noite, em que, deitado insone em seu aposento delicadamente perfumado, ou no sórdido salão da pequena taverna mal-afamada perto das docas — que, disfarçado e usando um nome fictício, frequentava habitualmente —, ele pensava na ruína que atraíra para a própria alma, com um pesar que era tanto mais pungente por ser puramente egoísta. Mas momentos assim eram raros. Aquela curiosidade pela vida que Lord Henry atiçara nele pela primeira vez em que se sentaram juntos no jardim do amigo em comum parecia aumentar quando era gratificada. Quanto mais sabia, mais desejava saber. Tinha apetites exasperados que ficavam mais vorazes cada vez que os alimentava.

No entanto, não era inteiramente descuidado, pelo menos não em suas relações com a sociedade. Uma ou duas vezes por mês durante o inverno, e toda noite de quarta-feira enquanto durava a estação, abria para o mundo as portas de sua linda casa e trazia os mais célebres músicos do momento para encantar seus convidados com as maravilhas de sua arte. Seus pequenos jantares, em cuja preparação Lord Henry sempre o ajudava, eram notados tanto pela cuidadosa escolha e colocação dos convidados como pelo refinado gosto mostrado na decoração da mesa, com seus sutis arranjos sinfônicos de flores exóticas, tecidos bordados e baixelas antigas de ouro e prata. De fato, havia muitos, especialmente entre os homens muito jovens, que viam, ou imaginavam ver, em Dorian Gray a autêntica realização de um tipo com quem eles haviam sonhado frequentemente nos tempos de Eton ou Oxford, um tipo que combinava algo da cultura verdadeira do erudito com toda a graça, distinção e modos perfeitos de um cidadão do mundo. Para eles, Dorian parecia estar na companhia daqueles que Dante descreveu como tendo buscado "fazer-se perfeitos por força de venerar a beleza". Como Gautier, ele era alguém para quem "o mundo visível existia".

Dante Alighieri (1265-1321), poeta italiano, escreveu *A divina comédia*, longo e belo poema, muito citado até hoje e que se divide em três partes: "Inferno", "Purgatório" e "Paraíso".

Com certeza, para ele, a Vida em si era a primeira e a maior das artes, para a qual todas as outras artes pareciam ser apenas uma preparação. A moda, pela qual o que é realmente fantástico torna-se universal por um momento, e o dandismo, que, à sua maneira, é uma tentativa de afirmar

Bairro chique e caro de Londres, **Mayfair** era famoso na época pelas baladas que o pessoal dava em suas casas. O nome do bairro vem de uma tradição mais antiga, quando acontecia ali uma grande quermesse (*fair*) no mês de maio (*May*). Já os mais destacados clubes de cavalheiros ficavam numa rua chamada **Pall Mall**. Por sinal, muitos deles continuam lá.

Acredita-se que a obra ***Satíricon*** foi escrita pelo prosador romano Gaio Petrônio Árbitro por volta de 60 d.C., para ridicularizar a nata da sociedade romana da época do imperador Nero. Petrônio era conhecido pelo epíteto ***Arbiter Elegantiarum*** (do latim, árbitro da elegância).

a modernidade absoluta da beleza, exerciam seu fascínio sobre ele, claro. Seu modo de se vestir e os estilos particulares que assumia a cada momento tinham influência marcante sobre os jovens janotas dos bailes de Mayfair e das janelas dos clubes de Pall Mall, que o imitavam em tudo o que fazia e tentavam reproduzir o charme acidental de sua afetação graciosa, que ele só levava a sério parcialmente.

Pois, embora estivesse mais do que disposto a aceitar a posição que lhe foi oferecida quase de imediato quando chegou à idade adulta, e encontrasse mesmo um prazer sutil ao pensar que poderia se tornar, para a Londres de seu tempo, o que o autor do *Satíricon* havia sido para a Roma de Nero, ainda assim, no mais fundo de seu coração, desejava ser algo mais que um mero *arbiter elegantiarum*, a ser consultado quanto à ostentação de uma joia ou ao nó de uma gravata, ou ao modo de usar uma bengala. Ele buscava elaborar um novo esquema de vida que tivesse sua filosofia sensata e seus princípios ordenados, e encontrar na espiritualização dos sentidos sua realização mais elevada.

O culto aos sentidos tem sido frequentemente, e com muita justiça, depreciado, pois os homens sentem um instinto natural de terror diante de paixões e sensações que parecem mais fortes do que eles, e que eles estão cientes de compartilhar com as formas de existência organizadas em nível menos elevado. Mas a Dorian Gray parecia que a verdadeira natureza dos sentidos jamais fora compreendida, e que eles haviam permanecido selvagens e animais meramente porque o mundo procurara subjugá-los pela fome ou matá-los pela dor, em vez de tentar torná-los elementos de uma nova espiritualidade, da qual a característica dominante deveria ser um refinado impulso em direção à beleza. Ao examinar retrospectivamente o movimento do homem ao longo da História, era assombrado por um sentimento de perda. Renunciara-se a tanta coisa!

E com tão escasso proveito! Houvera loucas rejeições obstinadas, formas monstruosas de autotortura e autonegação, cuja origem era o medo, e cujo resultado era uma degradação infinitamente mais terrível que a imaginada degradação da qual, em sua ignorância, os homens haviam buscado escapar, a Natureza, em sua maravilhosa ironia, levando o anacoreta a se alimentar dos animais selvagens do deserto e dando ao eremita as feras dos campos como companhia.

Anacoreta > monge que vive em retiro, afastado do convívio social. Também chamado de **eremita** ou ermitão.

Sim: haveria de existir, como Lord Henry profetizara, um novo Hedonismo que recriasse a vida e a salvasse do rude e feio puritanismo que está conhecendo, em nossa própria época, um curioso renascimento. Ele se serviria do intelecto, certamente; no entanto, nunca deveria aceitar qualquer teoria ou sistema que envolvesse o sacrifício de algum modo de experiência apaixonada. Sua meta, na verdade, era ser a própria experiência, e não os frutos da experiência, fossem estes doces ou amargos. Do ascetismo que embota os sentidos, bem como da devassidão que os entorpece, ele nada saberia. Mas haveria de ensinar o homem a se concentrar nos momentos de uma vida que não passa, ela mesma, de um momento.

Ascetismo > autocontrole, autodisciplina.

Há poucos de nós que não tenham algumas vezes despertado antes da aurora, seja depois de uma daquelas noites sem sonhos que nos deixam quase enamorados da morte, seja numa daquelas noites de horror e alegria disforme, quando pelos aposentos do cérebro desfilam fantasmas mais terríveis que a própria realidade, e imbuídos daquela vida intensa que anima todas as obras grotescas, e que empresta à arte gótica sua duradoura vitalidade, sendo esta arte, podemos imaginar, especialmente a arte daqueles cujas mentes têm sido atormentadas pela enfermidade do devaneio. Dedos brancos deslizam sorrateiramente pelas cortinas, e elas parecem tremer. Em fantásticas formas negras, sombras mudas esgueiram-se para os cantos do quarto e se entocam ali. Do lado de fora, há a agitação dos pássaros em meio à folhagem, ou o som de homens indo para o trabalho, ou os suspiros e soluços do vento que desce dos morros e vagueia em volta da casa silenciosa, como se temesse despertar os dormentes e no entanto precisasse convocar o sono a sair de sua caverna púrpura. Véu após véu a fina névoa turva se ergue, e de grau em grau as formas e cores das coisas lhes são restituídas, e observamos a aurora refazer o mundo em seu arcaico padrão. Os espelhos baços recuperam sua vida de imitação. Os círios apagados estão onde os deixamos, e ao lado deles repousa o livro aberto que estávamos lendo, ou a flor que levamos ao peito no baile, ou a carta que tivemos receio de ler, ou que lemos a todo momento. Nada nos parece mudado. Das sombras irreais da noite retorna a vida real que sempre conhecemos. Temos de retomá-la no ponto em que a deixamos, e nos recobre aos poucos uma percepção terrível da necessidade de continuação da energia no mesmo ciclo enfadonho de hábitos estereotipados, ou um anseio louco, quem sabe, de que nossas pálpebras se abram certa manhã para um mundo que se remodelou no escuro para o nosso prazer, um mundo em que as coisas terão formas e cores novas, e que esteja mudado, ou contenha outros segredos, um mundo em que o passado tenha pouco ou nenhum lugar, ou no qual de todo modo não sobreviva, em nenhuma forma deliberada de obrigação ou remorso, nem sequer a lembrança de que a alegria tem suas amarguras, e de que as memórias de prazer têm sua dor.

Círio > vela.

Era a criação de mundos assim que parecia a Dorian Gray o verdadeiro objetivo, ou um dos verdadeiros objetivos, da vida; e em sua busca de sensações que fossem ao mesmo tempo novas e prazerosas, e que possuíssem aquele elemento de estranheza que é tão essencial ao romance, ele adotaria com frequência certos modos de pensamento que sabia serem realmente alheios a sua índole, render-se-ia às sutis influências deles, e então, tendo-lhes captado a tonalidade e satisfeito sua curiosidade intelectual, abandoná-los-ia com aquela curiosa indiferença que não é incompatível com um autêntico ardor de temperamento, e que na verdade, de acordo com certos psicólogos modernos, é muitas vezes uma condição para ele.

Correu certa vez o rumor de que ele estava prestes a abraçar a fé católica, e certamente o ritual romano sempre exercera uma grande atração sobre ele. O sacrifício diário, mais horroroso de fato que todos os sacrifícios do mundo antigo, excitava-o tanto por sua soberba rejeição das evidências dos sentidos como pela simplicidade primitiva de seus elementos e pelo eterno *páthos* da tragédia humana que ele almejava simbolizar. Adorava ajoelhar-se no piso frio de mármore e observar o padre, em sua engomada dalmática estampada de flores, a afastar lentamente com suas mãos brancas o véu do tabernáculo, ou a erguer bem alto o ostensório em forma de lanterna cravejada de joias, com aquela pálida hóstia que às vezes, segundo se pensa de bom grado, é de fato o *panis cœlestis*, o pão dos anjos, ou então, trajando as vestes da Paixão de Cristo, a despedaçar a hóstia dentro do cálice e a golpear o peito por seus pecados. Os incensórios fumegantes, que os meninos solenes, em suas batinas escarlate com rendas brancas, balançavam no ar como grandes flores douradas, exerciam sobre ele um fascínio sutil. Ao sair da igreja, costumava contemplar com admiração os confessionários negros e sentir o desejo de sentar-se à sombra opaca de um deles para ouvir os homens e as mulheres sussurrando através da treliça gasta a verdadeira história de sua vida.

Dalmática > túnica utilizada pelos padres para celebrar a missa.

Tabernáculo > ou sacrário, caixa onde se guardam as hóstias.

Ostensório > peça dourada que simboliza a hóstia consagrada.

Panis cœlestis > do latim, "pão celestial", simboliza o corpo de Cristo.

Mas jamais caiu no erro de aprisionar sua evolução intelectual mediante a aceitação formal de algum credo ou sistema, ou de confundir, com uma casa em que se possa morar, uma estalagem que só é apropriada para passar uma noite, ou algumas horas de uma noite em que não há estrelas e a lua se esforça para aparecer. O misticismo, com seu poder maravilhoso de tornar estranhas para nós as coisas triviais, e o antinomismo que parece sempre acompanhá-lo, comoveu-o durante uma estação; e durante uma estação ele se inclinou para as doutrinas materialistas do movimento darwinista na Alemanha, e encontrou um

Martinho Lutero (1483-1546) foi um monge alemão e figura importante no racha católico que fez surgir a Igreja Protestante. Foi ele o criador do termo **"antinomismo"**, que significa, literalmente, "sem lei". Para Lutero, não era preciso ter leis para manter as pessoas no rumo da salvação. Bastava a fé.

Na Alemanha, as ideias de **Charles Darwin** (1809-1882), autor de *A origem das espécies* e da teoria da evolução, podem ter inspirado o chamado materialismo histórico e o materialismo dialético, que são bases do marxismo.

curioso prazer em buscar a localização dos pensamentos e paixões dos homens em alguma preciosa célula do cérebro, ou em algum nervo branco do corpo, deleitando-se com a concepção da absoluta dependência do espírito em relação a certas condições físicas, doentias ou saudáveis, normais ou enfermas. No entanto, como já se disse antes a seu respeito, nenhuma teoria da vida lhe parecia de alguma importância quando comparada com a vida em si. Sentia-se agudamente consciente de como é estéril toda especulação intelectual quando separada da ação e da experiência. Sabia que os sentidos, tanto quanto a alma, têm seus mistérios espirituais a revelar.

Este trecho é a prova mais rematada de como Oscar Wilde adorava materiais exóticos e chiques. **Olíbano**, ou franquincenso, é uma resina perfumada extraída de uma árvore comum no Oriente Médio e parte da África. Já o **âmbar-gris** é uma substância produzida no estômago da baleia cachalote e era muito utilizada na produção de remédios e poções afrodisíacas. Ela custa uma fortuna e empresta seu cheirinho peculiar à perfumaria. O **almíscar**, usado em perfumes, é uma substância produzida no testículo dos cervos para atrair fêmeas e marcar território. A **magnólia-amarela**, também chamada de champaca, é uma flor; vem lá das bandas da Índia, onde é costume vê-la aos montes no chão de templos hindus e budistas. Já a fragrância destilada da raiz do **nardo-da-índia**, também chamado de espicanardo, é considerada um perfume dos melhores. A **hovênia** é encontrada nas regiões Sul e Sudeste do Brasil, onde é conhecida como uva-do-japão. Ah, o **aloés**... esta é a madeira mais cara do mundo; quando a árvore está machucada ou doente, produz uma resina cheirosa que já deu o ar da graça em remédios, incensos, ritos religiosos e, claro, perfumes.

E assim ele agora estudava perfumes, e o segredo de sua manufatura, destilando óleos de aroma intenso e queimando resinas odoríferas do Oriente. Percebeu que não havia estado de espírito que não tivesse seu correlato na vida sensorial, e dispôs-se a descobrir as verdadeiras relações entre eles. Perguntava-se o que havia no olíbano que tornava a pessoa mística, e no âmbar-gris que excitava suas paixões, e nas violetas que fazia despertar as lembranças de romances passados, e no almíscar que perturbava o cérebro, e na magnólia-amarela que tingia a imaginação; e buscava elaborar uma verdadeira psicologia dos perfumes, avaliando as várias influências das raízes de cheiro doce, das perfumadas flores carregadas de pólen, dos bálsamos aromáticos e das madeiras escuras e fragrantes, do nardo-da-índia que nauseia, da hovênia que enlouquece os homens e dos aloés que, segundo dizem, são capazes de expulsar a melancolia da alma.

Em outro período, devotou-se inteiramente à música, e numa ampla sala guarnecida de treliças, com um teto cinabre e dourado e paredes de laca verde-oliva, costumava apresentar curiosos concertos em que ciganos

Cinabre > vermelho bem forte.

malucos arrancavam uma música selvagem de pequenas cítaras, ou tunisianos solenes envoltos em xales amarelos tangiam as cordas tensas de monstruosos alaúdes, enquanto negros sorridentes batucavam monotonamente em tambores de cobre, e, sentados em esteiras escarlate, esguios indianos de turbante sopravam longas flautas de bambu ou de metal e encantavam, ou fingiam encantar, grandes najas e horrendas e chifrudas víboras-do-deserto. Os intervalos dissonantes e as desarmonias estridentes da música bárbara o excitavam nos momentos em que a graça de Schubert, os lamentos maravilhosos de Chopin e as poderosas harmonias do próprio Beethoven soavam indiferentes a seus ouvidos. Reunia de todas as partes do mundo os instrumentos mais estranhos que era capaz de encontrar, fosse nos túmulos de nações extintas, fosse entre as poucas tribos selvagens que haviam sobrevivido ao contato com as civilizações ocidentais, e gostava de manuseá-los e experimentá-los. Tinha os misteriosos juruparis dos indígenas do rio Negro, que as mulheres não estão autorizadas a olhar, e que mesmo os jovens não podem ver antes de se submeter a jejuns e flagelos, e os cântaros de barro dos peruanos que contêm os agudos gritos de pássaros, e flautas de ossos humanos como as que Alfonso de Ovalle ouviu no Chile, e os sonoros jaspes verdes encontrados perto de Cusco, que emitem uma nota de doçura singular. Tinha cabaças pintadas cheias de seixos que matraqueavam ao ser chacoalhadas; o longo *clarín* dos mexicanos, em que o instrumentista não sopra, mas, ao contrário, dele aspira o ar; o áspero toré das tribos amazônicas, que é tocado pelas sentinelas sentadas durante o dia todo no alto das árvores e pode ser ouvido, dizem, a uma distância de três léguas; o *teponaztli*, que tem duas línguas de madeira que vibram ao serem percutidas com baquetas cobertas com uma goma elástica obtida da seiva leitosa de plantas; os sinos *yotl* dos astecas, pendurados em cachos como uvas; e um enorme tambor cilíndrico, co-

A **cítara** é um instrumento de corda parecido com uma pequena harpa. Já o **alaúde** lembra o violão, mas em formato de pera.

Alonso de Ovalle (1603-1651), também grafado como Alfonso, foi um padre jesuíta chileno, autor do clássico livro *Histórica relación del reyno de Chile* [Histórica relação do reino do Chile].

Jaspe > pedra verde usada como elixir para cura de doenças.

O longo ***clarín*** dos mexicanos é o *tochacatl*, um instrumento tocado atualmente só uma vez por ano, na celebração da Quaresma, em uma vila perdida no mapa do México. Já o **toré**, além de ser o nome de um ritual comum a vários povos, também nomeia um tipo de clarinete ou trombeta (como no caso do **jurupari**). Tem um som rouco (Wilde chamou de "áspero"), meio chegado ao de uma buzina. E o mexicano ***teponaztli*** é um dos mais antigos instrumentos de percussão de que se tem notícia; feito de um pedaço de árvore oca, é tapado nas pontas, com um ou mais cortes no meio da peça.

berto com as peles de grandes serpentes, como o que Bernal Díaz viu quando entrou com Cortés no templo mexicano, e de cujo som dolente nos deixou uma descrição tão vívida. O caráter fantástico desses instrumentos o fascinava, e ele sentia um deleite singular ao pensar que a Arte, como a Natureza, tem seus monstros, coisas de formas bestiais e vozes horrendas. No entanto, depois de algum tempo, cansava-se deles e ia sentar-se em seu camarote na Ópera, sozinho ou com Lord Henry, para escutar com enlevado prazer a *Tannhäuser*, e encontrar no prelúdio àquela grande obra de arte uma apresentação da tragédia de sua própria alma.

Bernal Díaz del Castillo (1492-1584) participou como militar da criação da tal Nova Espanha no México e daí escreveu o livro *Historia verdadera de la conquista de la Nueva España* [Verdadeira história da conquista da Nova Espanha].

Quinta ópera do compositor alemão Richard Wagner (1813-1883), ***Tannhäuser*** estreou em 1845 e tem três atos; dura, no total, quatro horas e tralalá.

Em outra ocasião ele se dedicou ao estudo de joias e pedras preciosas, e apareceu num baile a fantasia caracterizado de Anne de Joyeuse, almirante francês, num traje coberto com quinhentas e sessenta pérolas. Essa propensão o cativou durante anos, e na verdade pode-se dizer que nunca o deixou. Muitas vezes passava um dia inteiro arranjando e rearranjando em suas caixas as várias pedras que colecionava, como o crisoberilo verde-oliva que fica vermelho à luz da lâmpada, o cimófano, com sua linha de prata semelhante a um fio, o peridoto cor de pistache, topázios cor-de-rosa e amarelo-vinho, granadas almandinas de um ígneo escarlate com trêmulas estrelas de quatro pontas, hessonitas de um vermelho flamejante, espinélios cor de laranja e violeta e ametistas com camadas alternadas de rubi e safira. Amava o dourado-avermelhado da pedra do sol, a brancura perolada da pedra da lua e o arco-íris quebrado da opala leitosa. Adquiriu em Amsterdã três esmeraldas de tamanho extraordinário e coloração exuberante, e tinha uma turquesa *de la vieille roche* que era objeto de inveja de todos os *connoisseurs*.

De la vieille roche > do francês, "da velha rocha". Existem duas pedras que costumam ser chamadas de turquesa: uma é a pedra preciosa e a outra é um marfim que, por sua cor, ganhou o mesmo nome. Para diferenciá-las, os franceses diziam que a pedra verdadeira era a *de la vieille roche*. A *de la nouvelle roche*, "da nova rocha", é o marfim fossilizado de mamute que fica azulado.

Connoisseur > do francês, perito, conhecedor.

Descobriu também histórias maravilhosas sobre joias. Na *Disciplina clericalis*, de Pedro Alfonso, era mencionada uma serpente com olhos de zircão verdadeiro, e na história romântica de Alexandre dizia-se que

O imperador **Alexandre**, o Grande (356 a.C.-323 a.C.), nasceu na Macedônia (ao norte da Grécia). A cidade mais importante da Macedônia era **Emátia**. Alexandre passou pelo **vale do Jordão**, atual Palestina, antes de tomar o Império Persa.

o conquistador da Emátia encontrou no vale do Jordão cobras "com colares de esmeraldas verdadeiras que nasciam nas suas costas". Havia uma gema no cérebro do dragão, segundo nos contou Filóstrato, e "mediante a exibição de letras douradas e um manto escarlate" o monstro podia cair num sono mágico e ser aniquilado. De acordo com o grande alquimista Pierre de Boniface, o diamante tornava um homem invisível, e a ágata da Índia o deixava eloquente. A cornalina amansava a raiva, a zirconita causava sono e a ametista dissipava os vapores do vinho. A granada afastava demônios e o *hydropicus* despojava a lua de sua cor. A selenita aumentava e diminuía de acordo com a lua, e o *meloceus*, que descobria ladrões, só podia ser afetado pelo sangue de cabritos. Camillus Leonardus tinha visto uma pedra branca tirada do cérebro de um sapo recém-morto que era um antídoto certeiro contra veneno. O bezoar, encontrável no coração do veado árabe, era um talismã que podia curar a peste. Nos ninhos de pássaros árabes havia o aspilates, que, de acordo com Demócrito, protegia do perigo do fogo quem o usasse.

A fileira de autores e obras citados aqui revela o interesse de Wilde pelo ocultismo.

O grego **Filóstrato** escreveu *A vida de Apolônio de Tiana*, em que fala de vários tipos de dragões da Índia e conta como o pessoal de lá os matava, retirando a tal gema que o monstro tinha no cérebro.

Camillus Leonardus foi um italiano do século XVI que escreveu livros sobre os poderes ocultos das pedras.

Bezoar > antídoto para muitos tipos de veneno. Na verdade, é um cálculo que se forma no estômago, não no coração dos animais.

O rei do Ceilão cavalgou por sua cidade com um grande rubi na mão, na cerimônia de sua coroação. Os portões do palácio do Preste João eram "feitos de sárdio incrustado com o chifre da víbora chifruda, para que nenhum homem pudesse entrar trazendo veneno". Sobre a empena ficavam "duas maçãs douradas, nas quais havia duas granadas almandinas", de modo que o ouro pudesse brilhar de dia e as granadas à noite. No estranho romance de Lodge *A Margarite of America*, declarava-se que nos aposentos da rainha era possível ver "todas as damas castas do mundo, lavradas em prata, contemplando belos espelhos de crisólitas, granadas, safiras e verdes esmeraldas". Marco Polo vira os habitantes de Zipangu (Japão) colocar pérolas róseas na boca dos mortos.

O filósofo grego **Demócrito** foi um dos primeiros a ter a ideia de que a matéria é constituída de átomos.

Dizia-se que no Oriente havia um reino cristão rico rodeado por muçulmanos e seu rei era o **Preste João**.

O nome do Japão, para os japoneses, é Nippon. Mas parece que, quando o veneziano Marco Polo visitou a China e ouviu o pessoal lá falar *nippon*, entre o sotaque deles e o do Marco o treco soou como "**zipangu**" ou coisa que o valha. Em português se dizia Cipango.

Um monstro marinho se apaixonara pela pérola que o mergulhador tinha levado ao rei Perozes, e matara o ladrão, pranteando então durante sete luas a sua perda. Quando os hunos atraíram o rei para o grande fosso, ele a arremessou longe — Procópio conta a história —, e ela nunca mais foi encontrada, embora o imperador Anastácio tenha oferecido quinhentas moedas de ouro por ela. O rei de Malabar havia mostrado a um certo veneziano um rosário de trezentas e quatro pérolas, uma para cada deus que ele idolatrava.

Henrique VIII é talvez o rei mais famoso da Inglaterra, porque se casou seis vezes, brigou com o papa e mudou a religião do seu país. Tudo começou porque o papa não queria anular o primeiro casamento dele. Aí, Henrique disse: "Tudo bem! Vou fundar a minha Igreja Anglicana, seguir muita coisa da Igreja Católica, mas mudar umas coisinhas aqui e ali, e assim posso ficar livre da minha esposa". No final, foram dois casamentos anulados, duas esposas que morreram e duas que ele mandou matar, acusando-as de traição ao trono e pulação de cerca.

Quando o duque de Valentinois, filho do papa Alexandre VI, visitou Luís XII da França, seu cavalo estava carregado de folhas de ouro, de acordo com Brantôme, e seu barrete contava com fileiras duplas de rubis que emitiam uma luz intensa. Carlos da Inglaterra cavalgara em estribos dos quais pendiam quatrocentos e vinte e um diamantes. Ricardo II tinha um casaco, avaliado em trinta mil marcos, que era coberto de rubis espinélios. Segundo a descrição de Hall, Henrique VIII, a caminho da Torre antes da coroação, vestia "um casaco de ouro em relevo, o brasão adornado de diamantes e outras pedras preciosas, e em torno do pescoço um colar de grandes espinélios". Os favoritos de Jaime I usavam brincos de esmeraldas engastadas em filigrana de ouro. Eduardo II deu a Piers Gaveston um conjunto que incluía uma armadura de ouro vermelho cravejada de zirconitas, um colar de rosas de ouro incrustado de turquesas e um capacete *parsemé* de pérolas. Henrique II calçava luvas ornadas de joias que chegavam até o cotovelo, e tinha uma luva de falcoaria cravejada com doze rubis e cinquenta e duas magníficas pérolas do Oriente. O capelo ducal de Carlos, o Audaz, o último duque da Borgonha de sua estirpe, trazia como pingentes pérolas em forma de pera, e era cravejado de safiras.

Parsemé > do francês, salpicado.

Capelo ducal > chapéu de duque (ducal).

Que requintada tinha sido a vida em outros tempos! Que deslumbrante em sua pompa e decoração! Só o fato de ler sobre o esplendor dos mortos já era maravilhoso.

Em seguida ele voltou a atenção para os bordados e para as tapeçarias que cumpriam o papel de afrescos nos cômodos frios das nações setentrionais da Europa. Ao investigar o assunto — e ele sempre teve a faculdade extraordinária de ficar absolutamente absorvido durante um tempo por aquilo a que se dedicasse —, quase se deprimiu com a constatação da ruína que o Tempo ocasionava a coisas lindas e sublimes. Ele, de todo modo, havia escapado disso. Sucederam-se os verões, e os junquilhos amarelos floresceram e morreram muitas vezes, e noites de horror repetiram a história de sua vergonha, mas ele permanecia inalterado. Nenhum inverno desfigurou seu rosto nem manchou seu viço de flor. Como tudo era diferente no tocante às coisas materiais! Para onde tinham ido? Onde estava o grande manto cor de açafrão, em que os deuses lutavam contra os gigantes, que tinha sido manufaturado por meninas morenas para o prazer de Atena? Onde o enorme toldo que Nero estendera sobre o Coliseu de Roma, aquela vela gigante na qual estavam representados o céu estrelado e Apolo conduzindo uma carruagem puxada por cavalos brancos de rédeas douradas? Quisera ver os curiosos guardanapos bordados para o Sacerdote do Sol, nos quais se representavam todas as iguarias e quitutes que se podia desejar para um banquete; a mortalha do rei Quilperico, com suas trezentas abelhas douradas; as fantásticas túnicas que provocaram a indignação do bispo do Ponto, adornadas com "leões, panteras, ursos, cães, florestas, rochas, caçadores — com tudo, na verdade, que um pintor pode copiar da natureza"; e o casaco que Carlos de Orléans um dia vestiu, em cujas mangas estavam bordados os versos de uma canção que começava com "*Madame, je suis tout joyeux*"[4],

Setentrional > a mesma coisa que do Norte.

Atena, na mitologia grega, é a deusa da sabedoria, das artes, da inteligência e da guerra.

Quase tudo aqui neste parágrafo vem de um livro que Oscar Wilde leu para fazer uma resenha: *Bordado e renda – História e manufatura desde a mais remota antiguidade até os dias de hoje*, de Ernest Lefébure. Nele a gente descobre que **Nero**, imperador romano, mandou fazer uma cobertura de pano contra o sol escaldante que batia lá no Coliseu. Que o imperador romano Heliogábalo foi **sacerdote do** deus **Sol** lá na Síria, e que **Quilperico** I foi um rei bárbaro que mandava lá nas terras do que é hoje a Bélgica.

Em 1414, **Carlos**, o duque **de Orléans**, teria comprado 960 pérolas pra fazer esse modelito aí que o Wilde descreve.

4 *Madame, je suis tout joyeux*: do francês, "Madame, eu estou muito feliz". (N. do T.)

o acompanhamento musical das palavras sendo inscrito com fio de ouro, e cada nota, de formato retilíneo naquele tempo, formada com quatro pérolas. Leu sobre o quarto preparado no palácio de Reims para uso da rainha Joana da Borgonha, decorado com "mil trezentos e vinte e um papagaios bordados e com o brasão de armas do rei, além de quinhentas e sessenta e uma borboletas, cujas asas eram similarmente ornamentadas com as armas da rainha, o conjunto lavrado em ouro". Catarina de Médici tinha uma cama de luto feita para ela em veludo preto salpicado de luas crescentes e sóis. Suas cortinas eram de damasco, com frondosas grinaldas e festões desenhados sobre um fundo de ouro e prata, e debruadas nas pontas com bordados de pérolas, num aposento em que pendiam das paredes os emblemas da rainha em veludo preto recortado sobre tecido de prata. Luís XIV tinha em seus aposentos cariátides bordadas em ouro de quase cinco metros de altura. A cama esplendidamente lavrada de Sobieski, rei da Polônia, era estofada com brocado dourado de Esmirna bordado de turquesas com versículos do Alcorão. Seus pés eram folheados de prata, magnificamente cinzelados e profusamente adornados com medalhões esmaltados e incrustados de joias. Fora trazida do acampamento turco às portas de Viena, e o estandarte de Maomé estivera estendido sob o brilho trêmulo de seu dossel.

No mesmo livro sobre bordados e rendas de Lefébure, consta que a rainha **Catarina de Médici** mandou decorar com capricho o seu quarto durante a fase de luto pela morte do seu esposo, o rei Henrique II, da França.

Damasco > tecido produzido na cidade de Damasco, na Síria, e que traz flores e outros desenhos em relevo.

Cariátides eram esculturas gregas antigas de mulheres usadas como coluna de sustentação.

Viena foi atacada pelos turcos do Império Otomano por uns dois meses. Mas, no dia 12 de setembro de 1683, **Sobieski** liderou a turma do contra na Batalha de Viena, e saiu de lá vencedor.

Dossel é aquele telhadinho de tecido que colocam em cima da cama, com o acréscimo de uma cortininha para proteger dos mosquitos.

E assim, ao longo de um ano inteiro, ele buscou acumular as amostras mais requintadas que pôde encontrar de tecidos e bordados, obtendo as delicadas musselinas de Délhi, magnificamente adornadas com palmas feitas de fio de ouro e bordadas com asas iridescentes de besouros; as gazes de Dhaka, que por sua transparência são conhecidas no Oriente como "tecido de ar", "água corrente" e "orvalho da noite"; estranhos tecidos estampados de Java; elaboradas tapeçarias chinesas amarelas; livros encadernados em cetim ocre ou em límpida seda azul, e bordados com *fleurs-de-lis*, pássaros e imagens; véus de *lacis* costurados em ponto húngaro; brocados sicilianos e espessos veludos espanhóis; bordados da Geórgia, com suas moedas douradas, e *fukusas* japoneses com seus ouros de matiz esverdeado e seus pássaros de plumagem maravilhosa.

Se é pra falar de materiais raros e chiques, Wilde sempre dá show também nisso. As ***fleurs-de-lis*** são "flores de lis" em português, mas Wilde escreveu aí em francês porque é um símbolo não oficial da França e muito ligado aos tempos da monarquia. Na Igreja Católica simboliza pureza associada à Virgem Maria.

Já o ***lacis*** é um tipo de bordado que no Brasil é conhecido como "filé" ou "renda filé".

E ***fukusa*** é um tecido típico do Japão que lembra a seda, muito usado em cerimônias de chá e como embrulho de presente.

Tinha uma paixão especial também por vestimentas eclesiásticas, como aliás por tudo o que se relacionava aos rituais da Igreja. Nos compridos baús que se enfileiravam na galeria oeste de sua casa, ele guardava muitos exemplares raros e belos do que são de fato os trajes da Noiva de Cristo, que deve vestir púrpura e joias e linho delicado para poder esconder o corpo pálido e macerado que se consome no sofrimento buscado por ela mesma e se machuca na punição autoinfligida. Ele possuía uma suntuosa veste sacerdotal de seda carmesim e damasco com fios de ouro adornada com um padrão repetido de romãs douradas dispostas sobre flores estilizadas de seis pétalas, tendo em cada lado o desenho de um ananás bordado com pequenas pérolas. As casulas se bifurcavam em barras que representavam cenas da vida da Virgem, e a sua coroação figurava em sedas coloridas sobre o capelo. Era arte italiana do século quinze. Outra vestimenta sacerdotal era de veludo verde, bordada com grupos de folhas de acanto em forma de coração, das quais saíam flores brancas de caules compridos, cujos detalhes eram realçados com fios de prata e cristais coloridos. A fivela ostentava a cabeça de um serafim em fio de ouro bordado em relevo. As casulas eram tecidas em motivos geométricos de seda vermelha e dourada, ornamentadas com medalhões de muitos santos e mártires, entre eles São Sebastião. Possuía também casulas de seda cor de âmbar, de seda azul e brocado dourado, e de damasco amarelo e tecido de ouro, ilustradas com representações

Noiva de Cristo é uma expressão usada para se referir às freiras.

Casula > túnica usada por padres e bispos em celebrações.

Sebastião foi um soldado romano que nasceu em Narbonne, na França. Um dia um traíra dedou pro imperador Maximiano que ele era cristão. Aí Max mandou despir o cara e amarrá-lo num poste para que seus arqueiros fossem dando flechadas nele. E Sebastião sofreu horrores, mas não morreu. Ele se recuperou e foi falar com o imperador de novo, pedindo pra ele parar de perseguir cristãos. Mas deu ruim. Dessa vez Max mandou açoitá-lo até a morte e depois ser atirado numa fossa.

Sudário era um lenço para limpar o rosto do suor. Pode ser também mortalha, aquele tecido para enrolar cadáver. Aqui, no entanto, é um pano que mimetiza o lençol enrolado no corpo de Cristo morto.

da Paixão e da Crucificação de Cristo e bordadas com leões, pavões e outros emblemas; dalmáticas de cetim branco e damasco cor-de-rosa, decoradas com tulipas, delfins e *fleurs-de-lis*; frontais de altar de veludo carmesim e linho azul; e muitos panos de altar, véus de cálice e sudários. Nos rituais místicos em que tais coisas eram usadas havia algo que excitava sua imaginação.

Pois esses tesouros, e tudo o que colecionava em sua casa adorável, seriam para ele meios de esquecimento, modos de escapar, durante uma temporada, do temor que às vezes lhe parecia grande demais para suportar. Na parede do quarto solitário em que havia passado uma parte tão grande da sua meninice, pendurara com as próprias mãos o terrível retrato cujas feições cambiantes lhe mostravam a verdadeira degradação da sua vida, e diante dele estendera como uma cortina a mortalha púrpura e dourada. Passava semanas sem entrar ali, esquecendo-se da pintura medonha, e recuperava sua leveza de temperamento, sua maravilhosa jovialidade, sua absorção apaixonada na mera existência. Então, de repente, numa noite qualquer ele saía sorrateiramente da casa, ia a locais abomináveis perto dos Blue Gate Fields e lá ficava, dia após dia, até ser expulso. Ao voltar para casa, sentava-se diante do quadro, às vezes abominando-o — e a si próprio —, e outras vezes, com aquele orgulho individualista que representa metade do fascínio do pecado, sorria com secreto prazer para a sombra disforme fadada a suportar o fardo que deveria ter sido dele.

Blue Gate Fields era uma quebrada na zona leste de Londres, cheia de casas de ópio, pontos de prostituição, vaivém de marinheiros, trombadinhas e tudo o mais.

Depois de alguns anos, não conseguia mais ficar muito tempo longe da Inglaterra, e abriu mão da *villa* que havia compartilhado com Lord Henry em Trouville, bem como da pequena casa branca murada em Argel onde eles haviam passado mais de um inverno. Detestava se separar do retrato que era uma parte tão importante da sua vida, e temia também que durante sua ausência alguém tivesse acesso ao quarto, a despeito das elaboradas trancas que mandara colocar na porta.

Villa > casa de campo ou de praia.

Trouville é uma cidade de praia no norte da França.

Argel é a capital da Argélia, país do norte da África.

Estava bem consciente de que aquilo não diria nada a eventuais invasores. Era verdade que o retrato ainda preservava, sob a infâmia e a feiura do rosto, uma marcada semelhança com ele; mas o que poderiam depreender disso? Ele riria de qualquer pessoa que tentasse interpelá-lo. Não era ele o autor da obra. O que tinha a ver com a vileza e a vergonha que ela estampava? E, mesmo que contasse a verdade, será que acreditariam?

No entanto, tinha medo. Às vezes, quando estava em sua grande casa em Nottinghamshire, entretendo os rapazes elegantes de sua categoria que eram suas principais companhias, e assombrando o país com o luxo libertino e o esplendor deslumbrante de seu modo de vida, ele abandonava repentinamente os hóspedes e corria de volta à cidade para verificar se a porta não havia sido forçada e se o quadro ainda estava lá. E se fosse roubado? Só de pensar nisso ficava paralisado de horror. Com certeza o mundo então conheceria seu segredo. Talvez o mundo já o suspeitasse.

Pois, se fascinava a muitos, não eram poucos os que dele desconfiavam. Por pouco não foi excluído de um clube no West End do qual seu berço e sua condição social o credenciavam plenamente a ser membro, e contava-se que em certa ocasião, quando entrou com um amigo na sala para fumantes do Churchill Club, o duque de Berwick e outro cavalheiro levantaram-se de modo ostensivo e saíram. Histórias estranhas a seu respeito se tornaram moeda corrente depois que ele passou dos vinte e cinco anos. Corria o rumor de que fora visto discutindo em altos brados com marinheiros estrangeiros num antro vulgar nas áreas mais distantes de Whitechapel, e que se relacionava com ladrões e falsários, chegando a conhecer os mistérios de seu ofício. Suas ausências extraordinárias se tornaram notórias, e, quando reaparecia de novo na sociedade, os homens trocavam sussurros pelos cantos, ou passavam por ele com um sorriso de escárnio, ou o encaravam com olhos frios e inquisidores, como se estivessem determinados a descobrir seu segredo.

De tais insolências e tentativas de menosprezo ele, evidentemente, não tomava conhecimento, e na opinião da maioria das pessoas seus modos francamente afáveis, seu encantador sorriso juvenil e a graça infinita daquela maravilhosa juventude que parecia jamais o abandonar eram por si sós uma resposta suficiente às calúnias, pois assim as qualificavam, que circulavam a respeito dele. Comentava-se, porém, que alguns daqueles que tinham sido mais íntimos dele pareciam, depois de um tempo, evitá-lo. Mulheres que o haviam adorado loucamente, e que por ele desafiaram a censura social e as convenções, eram vistas empalidecer de vergonha ou horror quando Dorian Gray entrava no recinto.

No entanto, esses escândalos sussurrados só faziam aumentar, aos olhos de muitos, seu estranho e perigoso encanto. Sua grande fortuna era um certo elemento de proteção. A sociedade, ou pelo menos a sociedade civilizada, nunca está muito disposta a acreditar em algo que deponha contra aqueles que nasceram tão ricos como fascinantes. Ela sente instintivamente que o estilo é mais importante que a moral, e, em sua opinião, a mais elevada respeitabilidade vale muito menos que ter um bom *chef* à disposição. E afinal de contas é um pobre consolo ficar sabendo que o homem que nos deu um mau jantar, ou um vinho ruim, é irrepreensível em sua vida privada. Mesmo as virtudes cardinais não servem de compensação para *entrées* meio frias, como Lord Henry comentou certa vez numa discussão sobre o assunto; e há possivelmente muito a ser dito em defesa de seu ponto de vista. Pois os critérios para a boa sociedade são, ou deveriam ser, os mesmos da arte. A forma lhe é absolutamente essencial. Ela deve ter a dignidade de uma cerimônia, bem como sua irrealidade, e deve combinar o caráter insincero de uma peça teatral romântica com a sagacidade e a beleza que tornam tais peças deliciosas para nós. A insinceridade é uma coisa assim tão terrível? Penso que não. É meramente um método pelo qual podemos multiplicar nossas personalidades.

Entrée > do francês, "prato principal".

Tal era, de todo modo, a opinião de Dorian Gray. Ele costumava se espantar com a rasa psicologia dos que concebiam o ego do homem como uma coisa simples, permanente, confiável e com uma essência única. Para ele, o homem era um ser com miríades de vidas e miríades de sensações, uma criatura complexa e multiforme que carregava em si estranhos legados de pensamento e paixão, e cuja própria carne estava contaminada pelas monstruosas enfermidades dos mortos. Amava perambular pela desolada e fria galeria de arte de sua casa de campo e contemplar os vários retratos daqueles cujo sangue corria em suas próprias veias. Ali estava Philip Herbert, descrito por Francis Osborne em suas *Memórias dos reinados da rainha Elizabeth e do rei Jaime* como alguém que era "afagado pela corte graças a seu belo rosto, que não o acompanhou por muito tempo". Seria a vida do jovem Herbert a que ele às vezes levava? Teria algum estranho germe venenoso passado de um corpo a outro até chegar ao seu? Teria sido uma obscura percepção daquela beleza arruinada que o fizera, de modo súbito e aparentemente sem motivação, dar vazão, no ateliê de Basil Hallward, à louca súplica que mudara tão profundamente sua vida? Ali estava, num gibão vermelho bordado de dourado, sobrecasaca adornada de joias, rufo e punhos com barras douradas, Sir Anthony Sherard, com a armadura prateada e negra depositada a seus pés. Qual tinha sido o legado daquele homem? Teria o amante de Joana de Nápoles legado a ele alguma herança de pecado e infâmia? Seriam suas próprias ações meramente os sonhos que o finado não ousara realizar? Mais adiante, da tela que desbotava, sorria Lady Elizabeth Devereux, com seu capuz de gaze, seu corpete de pérolas e suas mangas bufantes cor-de-rosa. A mão direita segurava uma flor, e a esquerda apertava um colar laqueado de rosas brancas e cor de damasco. Numa mesa ao lado repousavam um bandolim e uma maçã. Havia grandes rosetas sobre seus sapatinhos de bico fino. Dorian conhecia a vida dela, bem como as estranhas histórias que eram contadas sobre seus amantes. Será que tinha em si alguma coisa do temperamento dela? Aqueles olhos ovais de pálpebras pesadas pareciam fitá-lo com curiosidade. O que dizer de George Willoughby, com sua cabeleira empoada e suas fantásticas pintas artificiais no rosto?

Miríade > quantidade imensa; do numeral grego correspondente a 10 mil.

Rufo é uma gola bem grande, plissada e engomada, criada no século XVI e usada por nobres e membros da alta sociedade.

Os italianos usavam a palavra ***macaroni*** como gíria para tudo que fosse mara, legal, super. Uns ricos jovens britânicos se autointitularam *macaronis*, por se acharem elegantes, lindos, inovadores, lançadores de tendências — uns *influencers* do século XVIII. A marca registrada dessa turma era o exagero de cores, perucas e gestos...

Que aspecto malévolo tinha! O rosto era melancólico e sombrio, e os lábios sensuais pareciam retorcidos de desdém. Delicados rufos de renda caíam sobre as magras mãos amareladas sobrecarregadas de anéis. Ele havia sido um *macaroni* do século dezoito, amigo, na juventude, de Lord Ferrars. E o que dizer também do segundo Lord Beckenham, companheiro do príncipe regente em seus dias mais desregrados e uma das testemunhas do casamento secreto com a senhora Fitzherbert? Como ele estava orgulhoso e belo, com seu cabelo castanho encaracolado e sua pose insolente! Que paixões teria deixado de herança? O mundo o tivera na conta de infame. Ele comandara as orgias na Carlton House. A estrela da Ordem da Jarreteira cintilava em seu peito. Ao lado dele pendia o retrato de sua esposa, uma mulher pálida, de lábios finos, vestida de preto. Também o sangue dela circulava por suas veias. Como tudo aquilo parecia curioso! E sua própria mãe, com seu rosto de Lady Hamilton e seus lábios úmidos de vinho — ele sabia o que herdara dela. Herdara sua beleza e sua paixão pela beleza dos outros. Em seu vestido solto de bacante ela lhe sorria. Havia folhas de parreira em seus cabelos. A cor púrpura transbordava da taça que ela estava segurando. As carnações da pintura tinham desbotado, mas os olhos ainda eram magníficos em sua profundidade e luminosidade cromática. Pareciam segui-lo aonde quer que fosse.

Criada em 1348, a **Ordem da Jarreteira** é hoje a mais alta distinção militar da cavalaria britânica.

Emma **Hamilton** (1761-1815) foi uma atriz e modelo, amante do herói naval da Inglaterra, Sir Horatio Nelson, com quem teve uma filha ilegítima batizada como Horatia.

No entanto, tinha ancestrais também na literatura, não só na própria linhagem, muitos deles mais próximos talvez em tipo e temperamento, e certamente com uma influência da qual ele era absolutamente consciente. Havia épocas em que parecia a Dorian Gray que a história como um todo era meramente o registro de sua própria vida, não tal como ele a vivera em ato e circunstância, mas tal como sua imaginação criara para si, como havia ocorrido em seu cérebro e em suas paixões. Sentia que conhecera todos eles, todas aquelas figuras estranhas e terríveis que haviam passado pelo palco do mundo e tornado o pecado tão maravilhoso e o mal tão cheio de sutileza. Parecia-lhe que de algum modo misterioso suas vidas tinham sido dele próprio.

O tal **romance prodigioso** foi escrito pelo francês Joris-Karl Huysmans (1848-1907): *À rebours* foi publicado em 1884. Nele, o aristocrata Des Esseintes se recolhe da esfera social para se concentrar em descobertas de sensações e mais sensações no seu mundinho privado. O livro se tornou importante no movimento chamado Decadentismo, do final do século XIX, e exerceu forte impacto em Oscar Wilde.

O herói do romance prodigioso que tanto influenciara sua vida havia experimentado, ele próprio, essa curiosa fantasia. No capítulo dezessete ele conta que, como Tibério, sentara-se num jardim em Capri, coroado de louros para que um raio não o atingisse, lendo os livros indecentes de Elephantis, enquanto anões e pavões vagavam ao redor e o flautista zombava de quem sacudia o incensório; como Calígula, embebedara-se com ginetes de camisas verdes em seus estábulos e jantara numa manjedoura de marfim com um cavalo ajaezado de pedras preciosas; como Domiciano, vagara por um corredor ladeado de espelhos de mármore, procurando em volta com olhos selvagens o reflexo da adaga destinada a pôr fim a seus dias, nauseado por aquele enfado, o terrível *tædium vitaæ* que acomete aqueles a quem a vida nada nega; e espiara através de uma esmeralda transparente o rubro campo de batalha da arena romana, e depois, numa liteira cor de pérola e púrpura puxada por mulas de cascos de prata, fora transportado pela Rua das Romãs para uma Casa de Ouro, e ouvira homens gritando Nero César à sua passagem; e, como Heliogábalo, pintara o rosto de várias cores, e manuseara com destreza a roca de fiar entre as mulheres, e trouxera a Lua de Cartago e a entregara ao Sol num místico casamento.

Ginete > cavaleiro.

Ajaezado > enfeitado.

Tædium vitaæ > do latim, tédio vital.

Tibério, **Calígula**, **Domiciano**, **Nero** e **Heliogábalo** foram, todos, imperadores romanos conhecidos pela perversidade.

Repetidas vezes Dorian costumava ler aquele capítulo fantástico e os dois imediatamente seguintes, nos quais, como em curiosas tapeçarias ou em esmaltes elaboradamente trabalhados, eram retratadas as formas horrendas e lindas daqueles a quem o Vício, o Sangue e o Cansaço haviam tornado monstruosos ou loucos: Filippo, duque de Milão, que assassinou a esposa e pintou-lhe os lábios com um veneno escarlate para que seu amante encontrasse a morte ao beijar a coisa morta que ele amava; Pietro Barbo, o veneziano, conhecido como Paulo II, que em sua vaida-

Esmalte é o objeto que passa pela esmaltação, uma técnica em que peças de cerâmica, metal ou porcelana são pintadas com um tipo de tinta à base do pó do vidro que, depois de levadas ao forno, ficam com uma camada vítrea e brilhante.

O primeiro marido de Lucrécia Bórgia espalhou um rumor de que ela tinha um caso com o irmão **César Bórgia**. Para anular o casamento, o papa, que era pai de Lu e César, registrou em papel que o marido da filha era impotente. Lucrécia teve um bebê. Seria do irmão? Ou de um caso dela com um tal de **Perotto**, que apareceu logo depois boiando num rio? Também correu a notícia de que César teria assassinado seu irmão Alexandre pela disputa de poder e que, portanto, seria um **fratricida**.

de buscou assumir o nome de Formoso, e cuja tiara papal, avaliada em duzentos mil florins, foi comprada ao preço de um terrível pecado; Gian Maria Visconti, que usava cães para caçar homens vivos, e cujo corpo assassinado foi coberto de rosas por uma meretriz que o amara; o Bórgia em seu cavalo branco, com o fratricida cavalgando a seu lado, e sua capa manchada com o sangue de Perotto; Pietro Riario, o jovem cardeal-arcebispo de Florença, filho e subordinado de Sisto IV, cuja beleza só era equiparável a sua devassidão, e que recebeu Leonor de Aragão numa tenda de seda branca e carmesim, repleta de ninfas e centauros, e pintou de ouro um garoto para servir as iguarias no banquete como Ganímedes ou Hilas; Ezzelino, cuja melancolia só podia ser curada pelo espetáculo da morte, e que tinha uma paixão pelo sangue vermelho análoga à que outros homens têm pelo vinho tinto — o filho do Demônio, como era mencionado, e filho que havia tapeado o pai nos dados ao jogar com ele por sua própria alma; Giambattista Cibo, que por zombaria adotou o nome de Inocêncio, em cujas veias entorpecidas foi injetado o sangue de três rapazes por um médico judeu; Sigismondo Malatesta, o amante de Isotta e senhor de Rímini, que teve sua efígie queimada em Roma como inimigo de Deus e do homem, que estrangulou Polissena com um guardanapo e deu veneno a Ginevra d'Este numa taça de esmeralda, e que em honra de uma paixão indecente ergueu uma igreja pagã para o culto cristão; Carlos VI, que adorava tão loucamente a esposa de seu irmão que um leproso o advertira sobre a insanidade que o acometeria, e que, quando seu cérebro adoeceu e ficou esquisito, só podia ser acalmado por cartas de tarô pintadas com as imagens do Amor e da Morte e da Loucura; e, com seu colete enfeitado, seu barrete adornado de joias e os cachos que lembravam acantos, Grifonetto Baglioni,

Também conhecido como **papa Inocêncio VIII** (mas que de inocente não tinha lá muita coisa), fez uma caça às "bruxas" na segunda metade do século XV. E, à beira da morte, contam que um médico tentou fazer uma transfusão de sangue para salvar o cabra, mas a tentativa não teve final feliz.

que assassinou Astorre com a noiva e Simonetto com seu pajem, e cuja beleza era tamanha que, quando jazia agonizante na *piazza* amarela de Perúgia, aqueles que o haviam odiado não puderam deixar de chorar, e Atalanta, que o amaldiçoara, chegou a abençoá-lo.

Havia um horrível fascínio neles todos. Ele os via à noite, e eles perturbavam sua imaginação durante o dia. A Renascença conhecia maneiras estranhas de envenenamento — envenenamento por um capacete e uma tocha acesa, por uma luva bordada e um leque adornado de joias, por uma caixinha dourada de perfume e por uma corrente de âmbar. Dorian Gray tinha sido envenenado por um livro. Havia momentos em que encarava o mal simplesmente como um modo pelo qual poderia realizar sua concepção do belo.

XII

FOI NO DIA NOVE DE NOVEMBRO, véspera de seu aniversário de trinta e oito anos, como ele muitas vezes relembraria depois.

Voltava a pé para casa por volta das onze da noite, depois de ter jantado na residência de Lord Henry, e estava envolto em pesadas peles, pois a noite era fria e brumosa. Na esquina da Grosvenor Square com a South Audley Street um homem passou por ele no nevoeiro, caminhando muito rápido e com a gola do sobretudo cinza virada para cima. Trazia na mão uma valise. Dorian o reconheceu. Era Basil Hallward. Uma estranha sensação de medo, que não saberia explicar, apossou-se dele. Não deu sinal algum de tê-lo reconhecido e seguiu em frente, com passos rápidos, na direção de casa.

Mas Hallward o havia visto. Dorian primeiro ouviu-o parar na calçada, em seguida apressar o passo ao seu encalço. Em poucos instantes a mão do pintor estava segurando seu braço.

— Dorian! Que extraordinário lance de sorte! Estive à sua espera na sua biblioteca desde as nove horas. Por fim, fiquei com pena do seu criado exausto e disse-lhe que fosse dormir, e ele me levou até a porta. Vou para Paris no trem da meia-noite e queria muito vê-lo antes de partir. Achei que fosse você, ou antes seu casaco de peles, quando passou por mim. Mas não tinha certeza. Você não me reconheceu?

— Nesta névoa, meu caro Basil? Ora, não consigo reconhecer nem sequer a Grosvenor Square. Acho que minha casa fica em algum lugar por aqui, mas não tenho bem certeza. Lamento que esteja saindo de viagem, já que não nos vemos há séculos. Mas suponho que volte logo, não?

— Não; ficarei fora da Inglaterra por seis meses. Pretendo montar um ateliê em Paris e me enfurnar até terminar um grande quadro que tenho em mente. Porém não era sobre mim que eu queria conversar. Eis que chegamos à sua porta. Deixe-me entrar por um momento. Tenho algo a lhe dizer.

— Será um prazer. Mas não vai perder seu trem? — perguntou Dorian Gray languidamente, enquanto subia os degraus da entrada e abria a porta com sua chave de aldrava.

Aldrava > mecanismo especial de fechamento de porta.

De dentro da casa, a luz da lâmpada atravessou com esforço a névoa, e Hallward consultou seu relógio. — Tenho tempo de sobra — respondeu. — O trem não sai antes de meia-noite e quinze, e ainda são onze horas. Na verdade, eu estava a caminho do clube para procurar você quando nos cruzamos. Veja, não terei nenhum atraso por causa da bagagem, pois já despachei minhas coisas mais pesadas. Tudo o que tenho comigo é esta valise, e posso chegar facilmente à Estação Victoria em vinte minutos.

Dorian olhou-o e sorriu. — Que modo de um pintor festejado viajar! Uma valise Gladstone e um sobretudo! Entre, senão o nevoeiro vai invadir a casa. E trate de não abordar nenhum assunto sério. Nada é sério hoje em dia. Pelo menos, não deveria ser.

O nome **Gladstone** era em homenagem a William Ewart Gladstone (1809-1898), primeiro-ministro britânico que adorava usar essa maleta em suas viagens.

Hallward balançou negativamente a cabeça, entrou e seguiu Dorian até a biblioteca. Um fogo vívido ardia na grande lareira aberta. As lâmpadas estavam acesas, e sobre uma mesinha de madeira marchetada repousava uma caixa de bebidas holandesa, de prata, com alguns sifões de água gasosa e grandes copos de vidro lapidado.

Não havia água com gás engarrafada à venda naquela época. O que existia era o **sifão**: uma garrafa com duas bolas de vidro, uma em cima da outra. Na parte mais embaixo, ia a bebida a ser **gaseificada**. Em cima, colocava-se bicarbonato de sódio e ácido tartárico, que reagem e assim produzem gás carbônico. No topo, uma espécie de válvula para acionar o mecanismo e se servir. Ah, e, ao redor da garrafa, uma proteção em forma de malha, porque o equipamento costumava explodir.

— Veja como seu criado me deixou bem à vontade, Dorian. Ele me deu tudo o que eu queria, inclusive seus melhores cigarros de ponta dourada. É uma criatura muito hospitaleira. Gosto muito mais dele do que do francês que você tinha antes. O que foi feito do francês, a propósito?

Dorian encolheu os ombros. — Acho que se casou com a criada de Lady Radley e a instalou em Paris como costureira inglesa. A *anglomanie* está na moda lá nos dias de hoje, pelo que ouvi dizer. Parece tolo da parte dos franceses, não é mesmo? Mas sabe que ele não era de modo algum um mau empregado? Jamais gostei dele, mas não tenho do que me queixar. A gente muitas vezes imagina coisas que são bastante absurdas. Ele era de fato muito dedicado a mim, e pareceu lamentar muito quando foi embora. Quer tomar outro conhaque com soda? Ou prefere vinho branco alemão com água gasosa? Eu mesmo prefiro isso. Com certeza deve haver um pouco na outra sala.

Anglomanie **>** do francês, anglomania. Tudo o que vinha do Reino Unido era considerado do bom e do melhor.

No final do século XVIII, uns apotecários (espécie de farmacêuticos) começaram a vender em Londres uma água gaseificada que foi a base para a invenção dos refrigerantes (as tais sodas) mais tarde. Na língua inglesa, aliás, muita gente ainda chama qualquer refrigerante de **soda**.

— Obrigado, não vou beber mais nada — disse o pintor, tirando a boina e o casaco e jogando os sobre a valise que pousara no canto. — E agora, meu querido amigo, quero falar sério com você. Não faça essa careta. Você deixa as coisas mais difíceis para mim.

— De que se trata, afinal? — exclamou Dorian com seu jeito petulante, deixando-se cair no sofá. — Espero que não seja a meu respeito. Estou cansado de mim mesmo esta noite. Quisera ser outra pessoa.

— É mesmo sobre você — respondeu Hallward com sua voz grave e profunda —, e preciso lhe dizer. Só vou prendê-lo por meia hora.

Dorian suspirou e acendeu um cigarro. — Meia hora! — murmurou.

— Não estou pedindo muito, Dorian, e é para o seu próprio bem que estou falando. Acho justo que você saiba que as coisas mais pavorosas estão sendo ditas contra você em Londres.

— Não quero saber nada sobre isso. Adoro escândalos envolvendo outras pessoas, mas escândalos a meu respeito não me interessam. Não têm o encanto da novidade.

— Mas eles têm que interessar a você, Dorian. Todo cavalheiro se interessa por sua reputação. Não vai querer que as pessoas saiam falando de você como alguém vil e degenerado. Claro que você tem sua posição, sua fortuna e coisas do tipo. Mas posição e fortuna não são tudo. Veja bem, não acredito de modo algum nesses rumores. Pelo menos, não posso acreditar neles quando o vejo. O pecado é algo que se inscreve no rosto de um homem. Não pode ser escondido. As pessoas às vezes falam de vícios secretos. Mas não existe isso. Se um homem desprezível tem um vício, ele se mostra nas linhas de sua boca, na inclinação das pálpebras, até mesmo no formato das mãos. Alguém (não vou dizer o nome, mas você o conhece) me procurou no ano passado para que eu lhe fizesse o retrato. Eu nunca o havia visto antes, nem escutara nada a seu respeito na época, embora tenha escutado muito desde então. Ele ofereceu um pagamento extravagante. Recusei o homem. Havia algo na forma de seus dedos que detestei. Hoje sei que eu estava certo naquilo que desconfiei a respeito dele. Sua vida é horrenda. Mas você, Dorian, com seu rosto puro, luminoso, inocente, com sua maravilhosa juventude intacta... não posso acreditar em coisa alguma contra você. No entanto, eu o vejo muito raramente, você agora nunca vem ao meu ateliê, e quando estou longe de você e ouço todas essas coisas medonhas que as pessoas estão sussurrando a seu respeito, não sei mais o que dizer. Por que motivo, Dorian, um homem como o duque de Berwick deixa o salão de um clube quando você entra? Por que é que tantos cavalheiros de Londres nem vêm à sua casa nem o convidam para ir às deles? Você era amigo de Lord Staveley. Encontrei-o num jantar a semana passada. Seu nome aflorou por acaso na conversa, em conexão com as miniaturas que você emprestou para a exposição na Dudley. Staveley torceu o lábio e disse que você podia ter os gostos artísticos mais refinados, mas era um homem que nenhuma moça de espírito puro deveria ter permissão de conhecer, e com quem nenhuma mulher direita deveria se sentar na mesma sala. Lembrei a ele que eu era seu amigo, e perguntei-lhe o que estava querendo dizer. Ele me contou. Contou ali, bem na frente de todo mundo. Foi horrível! Por que sua amizade é tão fatal para os rapazes? Houve aquele garoto infeliz da cavalaria real que se suicidou. Você era seu grande amigo. Houve Sir Henry Ashton, que precisou abandonar a Inglaterra, com o nome manchado. Você e ele

A **Dudley** era uma galeria de arte na área nobre da Londres do século XIX, famosa por seu papel no início do movimento estético (ou Esteticismo), do qual Oscar Wilde fazia parte.

eram inseparáveis. E o que dizer de Adrian Singleton e seu fim horrível? E do filho único de Lord Kent e sua carreira? Encontrei o pai dele ontem na St. James's Street. Parecia arrasado pela vergonha e pela dor. E o que dizer do jovem duque de Perth? Que tipo de vida ele leva hoje? Que cavalheiro se aproximaria dele?

— Chega, Basil. Está falando de coisas sobre as quais nada sabe — disse Dorian Gray, mordendo o lábio e com um tom de infinito desprezo na voz. — Você me pergunta por que Berwick sai de uma sala quando eu entro. É porque sei tudo sobre a vida dele, não porque ele saiba alguma coisa sobre a minha. Com o sangue que corre em suas veias, como é que o histórico dele poderia ser limpo? Você me pergunta sobre Henry Ashton e sobre o jovem Perth. Por acaso fui eu que ensinei a um os seus vícios e ao outro sua devassidão? Se o tolo filho de Kent foi arranjar uma esposa na rua, o que eu tenho com isso? Se Adrian Singleton assina uma promissória usando o nome do amigo, sou eu o responsável? Sei como as pessoas tagarelam na Inglaterra. As pessoas das classes médias propalam seus preconceitos morais em torno de suas vulgares mesas de jantar, e sussurram sobre o que chamam de desregramentos de seus superiores com o intuito de fazer de conta que pertencem à sociedade elegante e que são íntimas daqueles a quem elas caluniam. Neste país basta que um homem tenha distinção e inteligência para que todas as línguas vulgares se voltem contra ele. E que tipo de vida levam essas pessoas que posam como seres virtuosos? Meu querido amigo, você esquece que estamos na terra natal da hipocrisia.

— Dorian — protestou Hallward —, não é essa a questão. A Inglaterra é bem ruim, eu sei, e a sociedade inglesa está toda errada. É por essa razão que eu quero que você seja distinto. E você não tem sido. Temos o direito de julgar um homem pelo efeito que ele exerce sobre seus amigos. Os seus parecem perder todo senso de honra, de bondade, de pureza. Você lhes infunde uma avidez louca pelo prazer. Eles têm descido aos abismos. Você os levou para lá. Sim:

você os levou para lá, e no entanto é capaz de sorrir, e está sorrindo agora. E há algo ainda pior por trás disso. Eu sei que você e Harry são inseparáveis. Exatamente por isso, se não por outro motivo, você não devia ter transformado o nome da irmã dele num palavrão.

— Cuidado, Basil. Está indo longe demais.

— Preciso falar, e você precisa ouvir. E vai ouvir. Antes de você conhecer Lady Gwendolen, nenhuma sombra de escândalo jamais a havia tocado. Existe hoje uma única mulher decente em Londres que passearia de charrete com ela pelo Parque? Ora, nem seus filhos têm permissão de morar com ela. E há outras histórias... histórias de que você foi visto saindo sorrateiramente ao amanhecer de casas de má reputação ou entrando disfarçado nos antros mais sórdidos de Londres. São verdadeiras? Podem ser verdadeiras? Quando as escutei pela primeira vez, dei risada. Eu as ouço agora e elas me fazem estremecer. E o que me diz de sua casa de campo, e da vida que se leva lá? Dorian, você não tem ideia do que se diz a seu respeito. Não vou lhe dizer que não quero lhe passar um sermão. Lembro-me de Harry dizendo uma vez que todo homem que se transforma num pároco amador por um momento começa dizendo isso, e em seguida quebra sua palavra. Eu quero sim lhe passar um sermão. Quero que leve uma vida que faça o mundo respeitá-lo. Quero que tenha um nome limpo e um histórico íntegro. Quero que se livre das pessoas nefastas com que está associado. Não dê de ombros desse jeito. Não seja tão *blasé*. Você exerce uma tremenda influência. Que ela seja para o bem, não para o mal. Dizem que você corrompe todos aqueles de que se torna íntimo, e que basta entrar numa casa para que sobrevenha em seguida algum tipo de desonra. Não sei se é de fato assim ou não. Como poderia saber? Mas é o que se diz de você. Contaram-me coisas das quais parece impossível duvidar. Lord Gloucester era um dos meus maiores amigos em Oxford. Ele me mostrou uma carta que sua esposa lhe escrevera quando estava morrendo sozinha em sua *villa* em Menton. Seu nome, Dorian, estava envolvido na confissão

Blasé > do francês, atitude esnobe ou que não demonstra interesse no que os outros dizem ou fazem.

Cidade da Costa Azul (Côte d'Azur) francesa, **Menton** fica perto da fronteira com a Itália, à beira do mar Mediterrâneo.

mais terrível que já li. Eu disse a ele que era absurdo: que eu o conhecia muito bem e que você era incapaz de uma coisa daquele tipo. Eu conhecia você? Eu me pergunto se conhecia mesmo. Antes de poder responder a isso, eu teria de ver sua alma.

— Ver minha alma! — resmungou Dorian Gray, levantando-se de um salto do sofá e voltando-se para ele quase branco de medo.

— Sim — respondeu Hallward, sério, com um tom profundo de pesar na voz —, ver sua alma. Mas só Deus pode fazer isso.

Uma risada amarga de zombaria brotou dos lábios do homem mais jovem. — Você vai ver por conta própria esta noite! — bradou, apanhando uma lâmpada que estava em cima da mesa. — Venha: é produto do seu trabalho. Por que você não deveria contemplá-lo? Depois poderá contar ao mundo a respeito, se quiser. Ninguém acreditará em você. Se acreditassem, iriam gostar mais ainda de mim por isso. Eu conheço nossa época melhor do que você, embora você tagarele sobre ela de modo bastante enfadonho. Venha, estou dizendo. Você matraqueou bastante sobre corrupção. Agora deve contemplá-la cara a cara.

Na época em que se passa este enredo (período vitoriano), as casas sofreram uma revolução, ganhando privadas com descarga, luzes no teto, eletricidade e muito mais. Mas na trama aqui os personagens ainda vivem sob a iluminação de lampiões queimadores de óleos variados (chamados de "**lâmpadas**"), do poder de fogo de muitas velas e do brilho das lareiras.

A loucura do orgulho estava em cada palavra que ele pronunciava. Andava pisando firme daquele seu jeito juvenil e insolente. Sentia uma alegria tremenda ao pensar que outra pessoa iria compartilhar seu segredo, e que o homem que pintara o retrato que estava na origem de toda a sua vergonha carregaria pelo resto de seus dias o fardo da horrenda lembrança do que havia feito.

— Sim — prosseguiu, chegando perto do pintor e fitando-o firmemente nos olhos duros. — Vou lhe mostrar minha alma. Você verá aquilo que imagina que só Deus seja capaz de ver.

Hallward recuou, espantado. — Isso é blasfêmia, Dorian! — exclamou. — Você não devia dizer essas coisas. São horríveis, e não querem dizer nada.

— Acha mesmo? — Voltou a rir.

— Não acho, eu sei. Quanto ao que lhe disse esta noite, foi para o seu bem. Você sabe que sempre fui para você um amigo leal.

— Não me toque. Termine o que tem a dizer.

Um lampejo contorcido de dor atravessou o rosto do pintor. Silenciou por um momento, e um violento sentimento de compaixão o dominou. Afinal de contas, que direito tinha ele de se intrometer na vida de Dorian Gray? Se ele tivesse feito um décimo do que se dizia a seu respeito, quanto devia ter sofrido! Então se endireitou, andou até a lareira e ficou parado ali, observando as toras em brasa, com suas cinzas que pareciam geada e os focos pulsantes de suas chamas.

— Estou esperando, Basil — disse o jovem, numa voz dura e clara.

Ele se virou. — O que eu tenho a dizer é o seguinte — anunciou. — Você deve me dar alguma resposta quanto a essas acusações terríveis que lhe são feitas. Se me disser que são absolutamente falsas do começo ao fim, acreditarei em você. Negue-as, Dorian, negue-as! Será que você não percebe como estou sofrendo? Meu Deus! Não me diga que você é mau, corrupto, infame.

Esgar > trejeito, careta.

Dorian Gray sorriu. Havia um esgar de desprezo em seus lábios. — Vamos lá em cima, Basil — disse, calmamente. — Mantenho um diário da minha vida, e ele jamais deixa o quarto em que é escrito. Vou mostrá-lo a você se vier comigo.

— Vou com você, Dorian, se é esse o seu desejo. Vejo que perdi meu trem. Não tem importância. Posso ir amanhã. Mas não me peça para ler coisa alguma esta noite. Tudo o que eu quero é uma resposta clara a minha pergunta.

— Ela lhe será dada no andar de cima. Não posso dá-la aqui. Você não terá que ler muito.

XIII

SAIU DA SALA e começou a subir a escada, com Basil Hallward logo atrás. Andavam com leveza, como se faz instintivamente à noite. A lâmpada projetava sombras fantásticas na parede e na escada. Um vento ascendente fazia as janelas chacoalharem.

Quando chegaram ao andar superior, Dorian pousou a lâmpada no chão e girou a chave na tranca. — Insiste em saber, Basil? — perguntou, em voz baixa.

— Sim.

— O prazer é todo meu — respondeu, sorrindo. Em seguida acrescentou, de modo um tanto áspero: — Você é o único homem no mundo que tem o direito de saber tudo sobre mim. Você teve mais a ver com minha vida do que imagina. — E, erguendo a lâmpada, abriu a porta e entrou. Uma corrente de ar frio passou por eles, e a luz se avivou por um momento numa chama alaranjada e turva. Ele estremeceu. — Feche a porta — sussurrou, enquanto pousava a lâmpada na mesa.

Hallward olhou em volta com uma expressão de desconcerto. O quarto lhe dava a impressão de estar abandonado havia séculos. Uma desbotada tapeçaria flamenga, um quadro coberto por uma cortina, um velho *cassone* italiano e uma estante de livros quase vazia — era tudo o que o lugar parecia conter, além de uma cadeira e uma mesa. Quando Dorian Gray acendeu uma vela consumida pela metade que estava sobre uma prateleira, ele viu que o cômodo inteiro estava coberto de poeira e que o tapete estava todo furado. Um camundongo correu para se esconder num buraco do rodapé. Havia um cheiro úmido de mofo.

— Então você acha que é só Deus que vê a alma, Basil? Afaste a cortina e verá a minha.

A voz que falava era fria e cruel. — Você está louco, Dorian, ou representando um papel — murmurou Hallward, franzindo o cenho.

— Não vai afastar a cortina? Então eu mesmo afasto — disse o jovem; arrancou a cortina de seu trilho e a jogou no chão.

Uma exclamação de horror brotou dos lábios do pintor quando, à luz baça, viu o rosto medonho na tela, sorrindo para ele. Algo em sua expressão inundou-o de náusea e repugnância. Santo Deus! Era o rosto do próprio Dorian Gray que ele estava contemplando! O horror, qualquer que fosse ele, não havia estragado por completo aquela beleza prodigiosa. Havia ainda algum ouro no cabelo brilhante e algum escarlate na boca sensual. Os olhos pesados de umidade conservavam algo do encanto de seu azul, as curvas não haviam ainda abandonado inteiramente as narinas bem formadas e o pescoço maleável. Sim, era o próprio Dorian. Mas quem fizera o retrato? Ele pareceu reconhecer seu próprio estilo de pincelada, e a moldura era criação sua. A ideia era monstruosa, no entanto ele teve medo. Apanhou a vela acesa e levou-a para perto do quadro. No canto esquerdo estava seu próprio nome, traçado em longas letras de vermelho vivo.

Era algum tipo de paródia sórdida, uma sátira infame, ignóbil. Ele jamais produzira aquilo. No entanto, era seu próprio quadro. Sabia disso, e sentia-se como se de uma hora para outra seu sangue se tivesse transformado de fogo em gelo inerte. Seu próprio quadro! O que aquilo significava? Por que ele se modificara? Virou-se e fitou Dorian Gray com os olhos de um homem doente. Sua boca se contraiu, e sua língua ressecada parecia incapaz de proferir palavras articuladas. Passou as mãos pela testa. Estava úmida de suor frio e pegajoso.

O jovem estava apoiado na prateleira, observando-o com aquela expressão estranha que vemos no rosto dos espectadores absorvidos numa peça teatral quando um grande artista está atuando. Não havia nela nem tristeza nem alegria verdadeiras. Havia simplesmente a paixão do espectador, talvez com um lampejo de triunfo nos olhos. Ele havia tirado a flor da lapela e a estava cheirando, ou fingindo que o fazia.

— O que significa isso? — exclamou Hallward, por fim. Sua voz soou estridente e estranha a seus próprios ouvidos.

— Anos atrás, quando eu era um menino — disse Dorian Gray, esmagando a flor na mão —, você me conheceu, me incensou e me ensinou a ser vaidoso da minha boa aparência. Um dia me apresentou a um amigo seu, que me explicou a maravilha da juventude, e você concluiu um retrato meu que me revelou a maravilha da beleza. Num momento de loucura do qual, ainda hoje, não sei se me arrependo ou não, manifestei um desejo, que talvez você chame de súplica...

Incensar > elogiar, bajular.

— Eu me lembro! Oh, como eu me lembro! Não! Isso é impossível. O quarto é úmido. O fungo se instalou na tela. As tintas que eu usei continham algum veneno mineral. Estou lhe dizendo que é impossível.

— Ah, o que é impossível? — murmurou o jovem, indo até a janela e apoiando a testa no vidro frio e embaçado.

— Você me disse que o tinha destruído.

— Eu estava errado. Foi ele que me destruiu.

— Não acredito que esse seja o meu quadro.

— Não consegue ver seu ideal nele? — perguntou Dorian, com amargura.

— Meu ideal, como você o chama...

— Como você mesmo o chamou.

— Não havia mal algum nele, nada de vergonhoso. Você era para mim um ideal tal como nunca encontrarei de novo. Mas esse é o rosto de um sátiro.

— É o rosto da minha alma.

— Jesus Cristo! Que coisa eu fui idolatrar! Tem os olhos de um demônio.

— Cada um de nós tem o Paraíso e o Inferno dentro de si, Basil — bradou Dorian, com um gesto violento de desespero.

É uma referência ao trecho de um poema épico escrito por John Milton (1608-1674) que diz assim: "A mente é, em si mesma, um lugar, e em si mesma pode fazer do **inferno** um **paraíso** e do paraíso um inferno". A frase está no livro *Paraíso perdido*, um clássico mundial publicado pela primeira vez em 1667.

Hallward voltou-se de novo para o retrato e fixou seus olhos nele. — Meu Deus! Se isso é verdade — exclamou —, e se é isso o que tem feito com sua vida, então você deve ser ainda pior do que imaginam os seus difamadores! — Aproximou de novo a luz da tela e a examinou. A superfície parecia perfeitamente intocada, tal como a deixara. Era de dentro, aparentemente, que haviam emergido a infâmia e o horror. Por meio de alguma estranha exacerbação da vida interior, a lepra do pecado consumia lentamente a coisa de dentro para fora. A putrefação de um cadáver numa sepultura úmida não seria tão pavorosa.

Sua mão tremia, e a vela se soltou do suporte e caiu no chão, onde ficou crepitando. Pisou nela para apagá-la. Desabou então na instável cadeira junto à mesa e afundou o rosto nas mãos.

— Deus do céu, Dorian, que lição! Que terrível lição! — Não houve resposta, mas ele podia ouvir os soluços do jovem junto à janela. — Reze, Dorian, reze — murmurou. — O que é que aprendemos a dizer quando éramos crianças? "Não nos deixeis cair em tentação. Perdoai os nossos pecados. Apagai as nossas iniquidades." Vamos dizer isso juntos. A súplica do seu orgulho foi atendida. A prece do seu arrependimento também será atendida. Eu o idolatrei demais. Fui punido por isso. Você se idolatrou demais. Ambos fomos punidos.

Dorian Gray virou-se bem devagar e encarou-o com olhos turvos de lágrimas. — Tarde demais, Basil — balbuciou.

— Nunca é tarde demais, Dorian. Vamos nos ajoelhar e ver se conseguimos nos lembrar de uma oração. Não existe em algum lugar um versículo que diz: "Ainda que teus pecados sejam vermelhos, vou deixá-los brancos como a neve"?

— Essas palavras nada significam para mim agora.

— Quieto! Não diga isso. Você já fez muito mal na sua vida. Meu Deus! Não está vendo aquela coisa maldita nos olhando de soslaio?

Dorian olhou para o quadro, e subitamente um sentimento incontrolável de ódio a Basil Hallward o dominou, como se lhe tivesse sido sugerido pela imagem na tela, sussurrado em seus ouvidos por aqueles lábios de escárnio. As paixões loucas de um animal acuado agitavam-se em seu interior, e ele odiou o homem sentado à mesa mais do que jamais odiara qualquer pessoa em toda a sua vida. Olhou ferozmente em volta. Algo cintilou em cima do baú pintado que estava à sua frente. Seus olhos pousaram ali. Sabia o que era. Era uma faca que havia trazido para cima alguns dias antes para cortar um pedaço de corda e se esquecera de levar de volta. Dirigiu-se lentamente até ela, passando por Hallward no caminho. Tão logo chegou atrás dele, apanhou a faca e se virou. Hallward se mexeu na cadeira como se fosse ficar de pé. Dorian correu até ele e enterrou a faca na grande veia que fica atrás da orelha, espremendo a cabeça do homem contra o tampo da mesa, e esfaqueou de novo e de novo.

Houve um gemido abafado, e o som horrível de alguém se afogando em sangue. Por três vezes os braços estendidos se ergueram convulsivamente, agitando no ar as mãos grotescas de dedos enrijecidos. Ele o apunhalou mais duas vezes, mas o homem não se mexeu. Alguma coisa começou a gotejar no chão. Esperou por um momento, ainda empurrando a cabeça para baixo. Então jogou a faca sobre a mesa e ficou à escuta.

Não ouvia nada, exceto o gotejar sobre o tapete puído. Abriu a porta e saiu para o patamar da escada. A casa estava em absoluto silêncio. Não havia ninguém por perto. Durante alguns segundos, ficou debruçado na balaustrada, espiando de cima para baixo o poço pulsante de escuridão. Depois apanhou a chave e voltou para o quarto, trancando-se do lado de dentro.

Aquilo continuava ali, sentado na cadeira, caído sobre a mesa com a cabeça curvada, as costas corcundas, os braços compridos e fantasmagóricos. Se não fosse pelo rasgo vermelho talhado no pescoço e pela espessa poça escura que se alargava lentamente sobre a mesa, dir-se-ia simplesmente que estava dormindo.

Com que rapidez aquilo tudo tinha sido feito! Sentiu-se estranhamente calmo e, andando até a janela, abriu-a e saiu para a sacada. O vento dissipara o nevoeiro, e o céu era como uma monstruosa cauda de pavão, estrelada por miríades de olhos dourados. Olhou para baixo e viu o policial fazendo sua ronda e projetando o longo feixe de luz de sua lanterna sobre as portas das casas silenciosas. O borrão carmesim de uma charrete cintilou na esquina e depois desapareceu. Uma mulher com um xale esvoaçante caminhava lentamente junto às grades, cambaleando a cada passo. De quando em quando parava e dava uma olhada para trás. A certa altura, começou a cantar com voz rouca. O policial caminhou até ela e lhe disse alguma coisa. Ela se afastou com seu passo trôpego, rindo. Uma rajada cortante de vento varreu a praça. As lâmpadas a gás tremeluziram, ficaram azuis, e as árvores sem folhas balançaram de um lado para outro seus galhos pretos de ferro. Sentiu um calafrio e voltou para dentro, fechando a janela atrás de si.

Tendo chegado à porta, girou a chave e a abriu. Nem sequer olhou de relance para o homem assassinado. Sentia que o segredo daquilo tudo era não tomar consciência da situação. O amigo que pintara o retrato fatal a que se devia todo o seu infortúnio havia saído de sua vida. Isso bastava.

Então se lembrou da lâmpada. Era uma lamparina curiosa, de artesanato mourisco, feita de prata fosca lavrada com arabescos de aço polido e cravejada de turquesas brutas. Talvez seu criado desse pela falta dela e fizesse perguntas. Hesitou por um momento, depois voltou e a tirou de cima da mesa. Não teve como deixar de ver aquela coisa morta. Como estava imóvel! Como as longas mãos estavam horrivelmente brancas! Era como uma horrenda figura de cera.

No século VIII, a península Ibérica — onde hoje ficam Portugal e a Espanha — foi invadida por árabes e berberes (um povo do norte da África). Esse pessoal dominou a área por setecentos anos e é conhecido como "os mouros". Em 1492, os mouros perderam o espaço para reis católicos e quase todos foram expulsos. Os que ficaram por lá são chamados de "**mouriscos**". No século XVII, essa turma também foi expulsa da região. E se assentou no litoral de onde hoje ficam o Marrocos e a Argélia.

Arabesco é um estilo de decoração típico árabe que traz formas geométricas cheias de curvas como adorno, remetendo a folhas e plantas.

Tendo trancado a porta atrás de si, esgueirou-se em silêncio escada abaixo. As tábuas do assoalho rangiam, dando a impressão de chorar de dor. Ele parou várias vezes e ficou à escuta. Não; estava tudo quieto. Era meramente o som de seus próprios passos.

Quando chegou à biblioteca, viu a valise e o casaco no canto. Precisava escondê-los em algum lugar. Destrancou um armário secreto oculto no lambri, um armário em que guardava seus próprios disfarces estranhos, e os colocou lá dentro. Poderia queimá-los facilmente depois. Consultou então o relógio. Faltavam vinte para as duas.

Sentou-se e começou a pensar. Todo ano — todo mês, quase — homens eram enforcados na Inglaterra por aquilo que ele havia feito. Uma loucura de assassinatos impregnara o ar. Alguma estrela vermelha se aproximara demais da Terra... E no entanto que prova havia contra ele? Basil Hallward deixara a casa às onze. Ninguém o vira entrar de novo. A maioria dos criados estava em Selby Royal. Seu pajem tinha ido dormir... Paris! Sim. Era para Paris que Basil tinha ido, pelo trem da meia-noite, como planejara. Com seus curiosos hábitos reservados, meses transcorreriam até que alguma suspeita fosse levantada. Meses! Tudo poderia ser destruído muito antes disso.

Enforcar foi durante séculos o método preferido dos ingleses para os casos de pena de morte. E houve época em que as leis de lá condenavam à forca qualquer trombadinha. A execução, inclusive, rolava em clima de espetáculo, na rua, com multidão comemorando e tudo o mais. Em 1861, no entanto, as coisas mudaram, e só assassinos, grandes traidores da pátria, piratas violentos e gente que tacasse fogo nas docas poderiam ser condenados à morte. Sete anos depois, as execuções deixaram de ser show, mas só mesmo em 1965 a pena capital foi abolida de vez.

Um pensamento súbito o fulminou. Vestiu o casaco de pele e o chapéu e foi para o salão. Ali fez uma pausa, escutando os passos lentos do policial na calçada do lado de fora e vendo o lampejo de sua lanterna refletido na janela. Esperou, com a respiração suspensa.

Depois de alguns momentos, abriu a tranca e esgueirou-se para fora, fechando a porta com muita delicadeza atrás de si. Então começou a tocar a campainha. Depois de uns cinco minutos seu pajem apareceu, vestindo-se às pressas e aparentando muita sonolência.

— Desculpe por tê-lo acordado, Francis — disse ele, entrando em casa; — mas esqueci minha chave de aldraba. Que horas são?

— Duas e dez, Sir — respondeu o homem, olhando para o relógio e pestanejando.

— Duas e dez? Que horror, que tarde! Acorde-me às nove amanhã. Tenho trabalho a fazer.

— Perfeitamente, Sir.

— Alguma visita apareceu esta noite?

— O senhor Hallward, Sir. Ficou até as onze, depois foi embora para tomar seu trem.

— Oh! Que pena que não o encontrei. Deixou algum recado?

— Não, Sir, só disse que lhe escreveria de Paris se não o encontrasse no clube.

— Era só isso, Francis. Não se esqueça de me chamar amanhã às nove.

— Não me esquecerei, Sir.

O homem se afastou cambaleando pelo corredor com seus chinelos.

Dorian Gray jogou o chapéu e o casaco sobre a mesa e passou para a biblioteca. Por um quarto de hora andou de um lado para o outro da sala, mordendo o lábio e pensando. Então sacou de uma das estantes o Livro Azul de endereços e começou a folhear as páginas. "Alan Campbell, 152, Hertford Street, Mayfair". Sim; esse era o homem que ele queria.

XIV

ÀS NOVE HORAS DA MANHÃ seguinte o criado entrou com uma xícara de chocolate numa bandeja e abriu as persianas. Dorian estava dormindo em perfeita paz, deitado sobre o flanco direito, com uma das mãos embaixo do rosto. Parecia um menino que estivesse exausto de tanto brincar ou estudar.

Precisou ser tocado duas vezes no ombro para despertar, e ao abrir os olhos um leve sorriso atravessou seus lábios, como se ele tivesse estado perdido num sonho aprazível. No entanto, não tivera sonho algum. Sua noite não havia sido perturbada por imagem nenhuma de prazer ou dor. Mas os jovens sorriem sem motivo. É um de seus maiores encantos.

Virou-se na cama e, apoiando-se nos cotovelos, começou a bebericar seu chocolate. O frágil sol de novembro avançava pelo aposento. O céu estava claro e havia uma tepidez amena no ar. Era quase como uma manhã de maio.

Aos poucos os acontecimentos da noite anterior foram entrando em seu cérebro com pés silenciosos e manchados de sangue, e reconstruindo-se com terrível nitidez. Estremeceu ao relembrar tudo o que havia sofrido, e por um momento o mesmo sentimento estranho de ódio a Basil Hallward que o levara a matá-lo ali na cadeira voltou com força, e a cólera o deixou gelado. O morto ainda estava sentado lá, também, e agora à luz do sol. Que horrível era aquilo! Coisas medonhas assim eram para a escuridão, não para o dia.

Sentiu que se ficasse pensando no que havia vivenciado ficaria doente ou enlouqueceria. Havia pecados cujo fascínio estava mais na lembrança do que na sua realização, estranhos triunfos que gratificavam o orgulho mais do que as paixões e davam ao intelecto uma sensação intensificada de alegria, maior do que qualquer alegria que pudessem proporcionar aos sentidos. Mas aquele pecado não era um deles. Era algo a ser removido da mente, a ser drogado com ópios, a ser sufocado antes que sufocasse a própria pessoa.

Quando bateu a meia-hora, ele passou a mão pela testa, levantou-se rapidamente e começou a se vestir com ainda mais apuro que de costume, dando especial atenção à escolha da gravata e do alfinete de echarpe e trocando de anéis mais de uma vez. Demorou-se também um bom tempo no café da manhã, saboreando os vários pratos, conversando com seu pajem sobre os novos uniformes que estava pensando em mandar fazer para os criados em Selby, e folheando sua correspondência. Algumas cartas o fizeram sorrir. Três delas o entediaram. Uma ele leu e releu várias vezes e depois rasgou com uma leve expressão de aborrecimento no rosto. "Que coisa horrível, a memória de uma mulher!", como Lord Henry havia dito uma vez.

Depois de tomar sua xícara de café preto, limpou devagar os lábios com um guardanapo, acenou ao criado para que esperasse, foi até a mesa e sentou-se para escrever duas cartas. Uma delas ele enfiou no bolso, a outra entregou ao pajem.

— Leve isto à Hertford Street, número 152, Francis, e se o senhor Campbell estiver fora da cidade tente encontrá-lo.

Tão logo se viu sozinho acendeu um cigarro e começou a rabiscar um papel, primeiro desenhando flores, depois detalhes de arquitetura e por fim rostos humanos. De repente observou que todos os rostos que desenhava pareciam ter uma semelhança fantástica com Basil Hallward. Franziu o cenho, levantou-se, foi até a estante e apanhou um volume ao acaso. Estava decidido a não pensar sobre o que tinha acontecido antes que isso se tornasse absolutamente necessário.

Depois de se estender no sofá, olhou para a página de rosto do livro. Era *Émaux et camées*, de Gautier, numa edição Charpentier em papel japonês, com águas-fortes de Jacquemart. A capa era de couro verde-limão, com um desenho de treliça dourada e romãs mosqueadas. Fora-lhe presenteado por Adrian Singleton. Ao folhear as páginas, seu olhar se deteve no poema sobre a mão de Lancenaire, a fria mão amarela "*du supplice encore mal lavée*", com seus pelos ruivos e seus "*doigts de faune*". Olhou para seus próprios dedos brancos como cera, estremecendo a despeito de si mesmo, e seguiu folheando, até se deparar com aquelas estrofes adoráveis sobre Veneza:

Sur une gamme chromatique,
Le sein de perles ruisselant,
La Vénus de l'Adriatique
Sort de l'eau son corps rose et blanc.

Les dômes, sur l'azur des ondes
Suivant la frase au pur contour,
S'enflent comme des gorges rondes
Que soulève un soupir d'amour.

L'esquif aborde et me dépose,
Jetant son amarre au pilier,
Devant une façade rose,
Sur le marbre d'un escalier.[5]

O francês Georges **Charpentier** (1846-1905) foi um famoso editor de livros, tendo publicado obras de **Théophile Gautier**, Émile Zola e Gustave Flaubert. No século XIX, houve uma onda de admiração por tudo o que era japonês, com forte influência no mundo das artes. O livro de Gautier foi publicado em *washi*, **papel artesanal japonês**, muito resistente e usado também em biombos, portas, luminárias e restauro de livros. As ilustrações foram feitas com a técnica de gravura sobre metal, que depois recebe um ácido que ajuda a corroer os sulcos desenhados (daí o nome **água-forte**), ficando pronto para o recebimento da tinta para gravação no papel. Jules-Ferdinand **Jacquemart** (1837-1880) foi um artista francês famoso por suas gravuras em água-forte e por suas aquarelas.

Mosqueado > com pintas, manchas.

Pierre François **Lancenaire** (1803-1836), ou Lacenaire, foi um quase poeta e também bandido com extensa ficha criminal. Enfim, acabou condenado à guilhotina. Sua mão direita foi cortada e embalsamada. Há dois filmes sobre ele: *O boulevard do crime* (1945) e *Lacenaire* (1990).

Du supplice encore mal lavée e ***doigts de faune*** > do francês, "do suplício ainda mal apagado" e "dedos do fauno".

5 Tradução literal, presa apenas ao sentido, sem preocupação com ritmo e rima: "Sobre uma escala cromática/ O seio gotejante de pérolas,/ A Vênus do Adriático/ Emerge da água com seu corpo rosa e branco.// As cúpulas, sobre o azul das ondas/ Seguindo a frase de contorno puro,/ Inflam como gargantas redondas/ Que um suspiro de amor soergue.// O bote aporta e me desembarca/ Lançando sua amarra num pilar,/ Diante de uma fachada rosa,/ Sobre o mármore de uma escada". (N. do T.)

Que versos primorosos! Quando os lemos, sentimo--nos flutuar pelos canais verdes da cidade rosa e pérola, sentados numa gôndola negra com proa de prata e cortinas tremulantes. As meras linhas dos versos lhe pareciam as linhas retas de azul-turquesa que nos seguem quando navegamos para o Lido. Os súbitos lampejos de cor lhe recordavam a cintilação dos pássaros de pescoço cor de opala e íris que revoam em torno do alto Campanile em forma de favo de mel, ou andam à espreita, com graça imponente, sob as arcadas sombrias e manchadas de poeira. Recostando-se com os olhos semicerrados, ele seguia dizendo repetidamente para si mesmo:

O **Lido** é uma ilha do ladinho de Veneza, na Itália, ponto turístico e estância balneária.

Campanile > do italiano, sino ou campanário. Aqui refere--se à torre dos sinos diante da Basílica de São Marcos, em Veneza.

— Devant une façade rose,
Sur le marbre d'un escalier.

Veneza inteira estava naqueles dois versos. Lembrou--se do outono que havia passado lá, e de um amor maravilhoso que o precipitara em extravagâncias loucas, deliciosas. Havia romance em qualquer lugar. Mas Veneza, como Oxford, tinha preservado o cenário de romance, e para o verdadeiro romântico o cenário era tudo, ou quase tudo. Basil estivera com ele uma parte do tempo, e enlouquecera com Tintoretto. Pobre Basil! Que modo horrível de morrer!

Jacopo Robusti (1518-1594), conhecido pelo nome artístico de **Tintoretto**, foi um dos grandes artistas da Renascença italiana. Sua obra mais famosa é *A última ceia*, que fica na Igreja de San Giorgio Maggiore, em Veneza.

Suspirou e ergueu de novo o livro, tentando esquecer. Leu sobre as andorinhas que voam para dentro e para fora do pequeno café de Esmirna, onde os *hadjis* se sentam para computar suas contas de âmbar e os mercadores de turbante com longos cachimbos trabalhados conversam seriamente entre si; leu sobre o obelisco na Place de La Concorde que chora lágrimas de granito em seu solitário exílio sem sol e anseia voltar para junto de seu quente Nilo coberto de lótus, onde há Esfinges, e íbis róseo-avermelhadas, e abutres brancos de garras douradas, e crocodilos com olhinhos

Hadji > muçulmano que fez peregrinação a Meca.

Esse é um **obelisco** superantigão que ficava no templo de Lúxor, no Egito, e que um dia foi dado de presente pelo governo egípcio para os franceses. O negócio pesa umas 230 toneladas, sobe 23 metros rumo ao céu e está fincado na **Praça da Concórdia** em Paris desde 1836.

de berilo, que se arrastam pela fervente lama verde; passou a meditar sobre aqueles versos que, extraindo música do mármore manchado de beijos, falam daquela curiosa estátua que Gautier compara a uma voz de contralto, o "*monstre charmant*" que repousa no salão de pórfiro do Louvre. Mas depois de um tempo o livro caiu de suas mãos. Ele ficou nervoso, e um horrível acesso de terror o dominou. E se Alan Campbell estivesse fora da Inglaterra? Levaria dias até que pudesse voltar. Talvez se recusasse a vir. Nesse caso, o que ele faria? Cada instante era de importância vital.

Berilo > esmeralda.

***Monstre charmant* >** do francês, "monstro charmoso". Trata-se da escultura *Hermafrodita dormindo*, que está no salão de pedras (**pórfiro**) do Museu do Louvre, em Paris.

Tinham sido grandes amigos, cinco anos antes — quase inseparáveis, na verdade. Então a intimidade subitamente chegara ao fim. Quando se encontravam em público, agora, era apenas Dorian Gray que sorria: Alan Campbell nunca o fazia.

Era um jovem extremamente sagaz, embora não apreciasse de fato as artes visuais, e sua sensibilidade para a beleza da poesia, por menor que fosse, provinha inteiramente de Dorian. Sua paixão intelectual dominante era pela ciência. Em Cambridge ele passara boa parte do tempo trabalhando no laboratório, e tivera um bom desempenho em Ciência Natural no seu curso. Com efeito, devotava-se ainda ao estudo da química e dispunha de um laboratório próprio, no qual costumava se trancar durante o dia todo, para grande desgosto de sua mãe, que se afeiçoara à ideia de vê-lo concorrer ao Parlamento e tinha uma vaga ideia de que um químico era alguém que aviava receitas. Era, contudo, um músico excelente também; tocava violino e piano melhor do que a maioria dos amadores. Na verdade, foi a música que primeiro o aproximou de Dorian Gray — a música e aquela atração indefinível que Dorian parecia exercer sempre que desejava, e até mesmo, com muita frequência, quando não tinha consciência dela. Haviam se conhecido em casa de Lady Berkshire na noite em que Rubinstein tocou lá, e depois disso costumavam ser vistos sempre juntos na Ópera e onde quer que estivesse sendo apresentada boa música. A intimidade entre os dois durou dezoito meses. Campbell estava sempre em Selby Royal ou na Grosvenor

Aviar > preparar, prescrever.

O russo Anton Grigorievitch **Rubinstein** (1829-1894) foi um importante e talentoso pianista, compositor e maestro.

Square. Para ele, assim como para muitos outros, Dorian Gray era o modelo de tudo o que era maravilhoso e fascinante na vida. Se houve ou não uma desavença entre eles, ninguém jamais soube. Mas de uma hora para outra as pessoas passaram a notar que quase não falavam um com o outro quando se encontravam, e que Campbell parecia sempre sair cedo de qualquer festa ou reunião a que Dorian Gray estivesse presente. Ele havia mudado também — estava estranhamente melancólico às vezes, parecia quase desgostar de ouvir música, e pessoalmente já não tocava mais, dando como desculpa, quando era questionado, que estava tão absorvido na ciência que não tinha tempo para praticar. E isso era mesmo verdade. A cada dia ele parecia mais interessado em biologia, e seu nome apareceu uma ou duas vezes em alguma revista científica em conexão com certos experimentos curiosos.

Era esse o homem que Dorian Gray estava esperando. A cada segundo ele consultava de novo o relógio. À medida que os minutos passavam ele foi ficando horrivelmente agitado. Por fim se levantou e começou a andar de um lado para o outro da sala, parecendo um lindo animal enjaulado. Dava passos largos e silenciosos. Suas mãos estavam estranhamente frias.

O suspense se tornou insuportável. O tempo parecia estar se arrastando com pés de chumbo, enquanto ele era empurrado por ventos monstruosos em direção à beira abrupta de uma fenda escura ou um precipício. Sabia o que o aguardava ali; chegava a enxergá-lo, e, estremecendo, apertava com mãos úmidas suas pálpebras ardentes, como se tivesse roubado do próprio cérebro a faculdade da visão e devolvido os globos oculares a suas cavidades. Era inútil. O cérebro tinha seu próprio alimento, e a imaginação, tornada grotesca pelo terror, serpenteava e se distorcia de dor como uma coisa viva, dançava como uma torpe marionete numa barraca de feira e sorria arreganhando os dentes através de máscaras móveis. Então, de repente, o Tempo parou para ele. Sim: aquela coisa cega, de respiração lenta, não se arrastava mais, e pensamentos tenebrosos, estando o Tempo morto, passaram velozes à sua frente, desenterrando de seu túmulo um futuro horrendo e mostrando-o a ele. Encarou esse futuro. O horror daquilo o petrificou.

Por fim a porta se abriu e o criado entrou. Voltou para ele seus olhos vidrados.

— O senhor Campbell, Sir — disse o homem.

Um suspiro de alívio escapou de seus lábios ressecados, e a cor voltou a suas faces.

— Diga-lhe que entre agora mesmo, Francis. — Sentia que voltava a ser ele mesmo. Sua disposição covarde tinha passado.

O homem fez uma reverência e se retirou. Em poucos instantes Alan Campbell entrou, com fisionomia austera e bastante pálido, sua palidez sendo realçada pelo cabelo preto como carvão e pelas sobrancelhas escuras.

— Alan! Muita gentileza sua. Agradeço-lhe por ter vindo.

— Eu pretendia nunca mais entrar em sua casa, Gray. Mas você disse que era um caso de vida ou morte. — Sua voz era dura e fria. Falava com lenta determinação. Havia uma expressão de desprezo no olhar firme e penetrante que lançou a Dorian. Manteve as mãos nos bolsos do casaco de astracã e pareceu não ter notado o gesto com que tinha sido saudado.

Astracã é pele de cordeiro bebê muito apreciada no século XIX para a confecção de casacos e gorros. Astracã também é o nome da região na Rússia famosa por essa pele.

— Sim: é um caso de vida ou morte, Alan, e para mais de uma pessoa. Sente-se.

Campbell ocupou uma cadeira junto à mesa e Dorian sentou-se à sua frente. Os olhos dos dois homens se encontraram. Nos de Dorian havia um pesar infinito. Ele sabia que o que iria fazer era horrível.

Depois de um momento tenso de silêncio, debruçou-se sobre a mesa e disse, em voz bem baixa, mas observando o efeito de cada palavra no rosto daquele que mandara chamar: — Alan, num quarto trancado no alto desta casa, um quarto ao qual ninguém além de mim tem acesso, um homem morto está sentado junto a uma mesa. Faz dez horas que ele foi morto. Não se agite, e não me olhe desse jeito. Quem é o homem, por que morreu, como morreu, são assuntos que não lhe dizem respeito. O que você precisa fazer é...

— Pode parar, Gray. Não quero saber mais nada. Se o que está me dizendo é verdade ou não, não é da minha conta. Eu me recuso terminantemente a ser envolvido em sua vida. Guarde para si seus segredos horríveis. Eles não me interessam mais.

— Alan, eles terão de lhe interessar. Este terá de lhe interessar. Sinto muito por você, Alan, mas não posso evitar. Você é o único homem capaz de me salvar. Sou obrigado a envolvê-lo no caso. Não tenho escolha. Alan, você é cientista. Conhece química e coisas do tipo. Faz experimentos. O que você tem a fazer é destruir aquela coisa lá em cima... destruí-la de modo a não deixar nem sequer um vestígio. Ninguém viu aquele indivíduo entrar na casa. Aliás, neste momento supõe-se que ele esteja em Paris. Sua ausência não será sentida durante meses. Quando derem pela sua falta, não haverá traço algum dele a ser descoberto aqui. Você, Alan, você precisa fazer dele, e de tudo o que pertence a ele, um punhado de cinzas que eu possa espalhar no ar.

— Você está louco, Dorian.

— Ah! Eu estava esperando você me chamar de Dorian.

— Você está louco, estou dizendo: louco ao imaginar que eu moveria um dedo para ajudá-lo, louco ao fazer essa confissão monstruosa. Não terei nada a ver com esse caso, qualquer que seja ele. Acha que vou arriscar minha reputação por você? O que me importa a obra demoníaca que você esteja disposto a fazer?

— Foi suicídio, Alan.

— Fico contente. Mas quem o levou a esse ponto? Você, posso imaginar.

— Continua se recusando a fazer isso por mim?

— Claro que me recuso. Não quero ter absolutamente nada a ver com isso. Não me importo com a desonra que possa se abater sobre você. Você merece tudo o que vier. Não ficarei triste ao vê-lo cair em desgraça, em desgraça pública. Como ousa pedir a mim, entre todos os homens do mundo, que me misture com esse horror? Pensei que você conhecesse melhor o caráter das pessoas. Seu amigo Lord Henry Wotton não deve ter-lhe ensinado muita coisa sobre psicologia, quaisquer que tenham sido seus outros ensinamentos. Nada vai me induzir a dar um passo para ajudar você. Procurou o homem errado. Tente algum de seus amigos. Não conte comigo.

— Alan, foi assassinato. Eu o matei. Você não imagina o que ele me fez sofrer. Seja a minha vida o que for, ele teve mais a ver com a desfiguração dela do que o pobre Harry. Ele pode não ter pretendido isso, mas o resultado foi o mesmo.

— Assassinato! Deus do céu, Dorian, é esse o ponto a que você chegou? Não vou denunciá-lo. Não é problema meu. Além do mais, mesmo sem eu tocar no assunto, você certamente será preso. Ninguém jamais comete um crime sem fazer alguma coisa estúpida. Mas eu não terei nada a ver com isso.

— Você precisa ter algo a ver com isso. Espere, espere um momento; ouça-me. Só ouça, Alan. Tudo o que lhe peço é que realize um experimento científico. Você costuma ir a hospitais e necrotérios, e os horrores que presencia ali não o abalam. Se em alguma pavorosa sala de dissecação ou laboratório fétido encontrasse esse morto estendido numa mesa de metal com canaletas vermelhas escavadas para deixar escorrer o sangue, você simplesmente o veria como um admirável objeto de estudo. Não pestanejaria. Não julgaria estar fazendo alguma coisa errada. Pelo contrário, provavelmente sentiria que estava beneficiando a espécie humana, ou aumentando a soma de conhecimento do mundo, ou satisfazendo a curiosidade intelectual, ou qualquer coisa do tipo. O que quero de você é meramente o que fez muitas vezes antes. Na verdade, destruir um corpo deve ser muito menos horrível do que outras coisas com as quais está acostumado a trabalhar. E lembre-se: é o único elemento de prova contra mim. Se for descoberto, estou perdido; e com certeza será descoberto a menos que você me ajude.

— Não tenho desejo algum de ajudá-lo. Esqueça. Sou simplesmente indiferente à história toda. Não tem coisa alguma a ver comigo.

— Alan, eu lhe suplico. Pense na situação em que estou. Pouco antes de você chegar, quase desmaiei de terror. Você mesmo pode conhecer o terror algum dia. Não! Nem pense nisso. Observe a questão de um ponto de vista puramente científico. Você não investiga de onde vêm as coisas mortas com as quais realiza seus experimentos. Então não investigue agora. Já lhe contei demais. Mas imploro que faça o que estou pedindo. Fomos amigos em outros tempos, Alan.

— Não fale sobre aqueles tempos, Dorian; estão mortos.

— Os mortos às vezes se demoram. O homem no andar de cima não vai embora. Está sentado à mesa com a cabeça caída e os braços estendidos. Alan! Alan! Se você não vier em meu auxílio, estarei arruinado. Ora, vão me mandar para a forca, Alan! Você não entende? Vão me enforcar pelo que eu fiz.

— Não adianta ficar prolongando esta cena. Eu me recuso terminantemente a fazer o que quer que seja na questão. É uma loucura de sua parte me pedir isso.

— Você se recusa?

— Sim.

— Eu lhe suplico, Alan.

— É inútil.

A mesma expressão de pesar dominou os olhos de Dorian Gray. Então ele estendeu a mão, pegou uma folha de papel e escreveu alguma coisa nela. Leu e releu em silêncio o que havia escrito, dobrou a folha com cuidado e empurrou-a por cima da mesa. Tendo feito isso, levantou-se e foi até a janela.

Campbell encarou-o com surpresa e então apanhou a folha de papel e a abriu. Enquanto lia, seu rosto foi ficando pálido como o de um fantasma, e ele afundou na cadeira. Uma horrível sensação de náusea o invadiu. Sentia-se como se o coração batesse até a morte num espaço vazio.

Depois de dois ou três minutos de silêncio terrível, Dorian deu meia-volta e veio se postar atrás dele, pousando a mão em seu ombro.

— Sinto muitíssimo por você, Alan — murmurou —, mas não me deixa alternativa. Já tenho uma carta escrita. Aqui está. Veja o endereço. Se você não me ajudar, serei obrigado a enviá-la. Se não me ajudar, eu a enviarei. Você sabe qual será o resultado. Mas você vai me ajudar.

É impossível que recuse. Tentei poupá-lo. Você precisa me fazer a justiça de admitir isso. Você foi severo, rude, ofensivo. Tratou-me como nenhum homem jamais ousou me tratar... nenhum homem vivo, em todo caso. Suportei tudo. Agora é minha vez de ditar as condições.

Campbell afundou o rosto nas mãos, e um calafrio percorreu seu corpo.

— Sim, é minha vez de ditar as condições, Alan. Você sabe quais são elas. A coisa é muito simples. Venha, não se deixe tomar por essa febre. A coisa tem de ser feita. Assuma isso e a faça.

Um gemido escapou dos lábios de Campbell, e ele estremeceu de cima a baixo. O tique-taque do relógio sobre a lareira parecia-lhe dividir o Tempo em átomos de agonia separados, cada um deles terrível demais para suportar. Sentia-se como se um aro de ferro estivesse se apertando lentamente em torno da sua cabeça, como se a desonra com a qual estava sendo ameaçado já o tivesse assaltado. A mão em seu ombro pesava como se fosse de chumbo. Era insuportável. Parecia esmagá-lo.

— Vamos, Alan, você deve decidir agora mesmo.

— Não posso fazer isso — disse ele, mecanicamente, como se as palavras pudessem alterar as coisas.

— Você precisa. Não tem escolha. Não adianta adiar.

Ele hesitou por um momento. — Existe algum fogo no quarto do andar superior?

— Sim, há um fogão a gás revestido de asbesto.

— Preciso ir para casa e pegar algumas coisas no laboratório.

— Não, Alan, você não deve sair daqui. Escreva numa folha de caderno o que quer, e meu criado toma um coche e vai buscar para você.

Campbell rabiscou algumas linhas, enxugou-as com mata-borrão e endereçou um envelope a seu assistente. Dorian apanhou o bilhete e o leu com atenção. Então tocou a sineta e entregou-o a seu pajem, com a ordem de retornar o mais rápido possível, trazendo as coisas consigo.

Asbesto é o mesmo que amianto, material muito usado no século XIX em lareiras e fogões. Mais tarde, descobriram que inalar partículas de amianto causa câncer e problemas sérios nos pulmões. Esse mineral foi banido de dezenas de países, inclusive do Brasil em 2017. Antes disso o amianto era usado na fabricação de telhas, canos e caixas-d'água.

Mata-borrão é um papel grosso e poroso, especial para absorver o excesso de tinta.

Assim que a porta se fechou, Campbell teve um sobressalto nervoso e, tendo se levantado da cadeira, foi até a lareira. Estava tremendo, com uma espécie de acesso de calafrio. Por uns vinte minutos nenhum dos dois homens abriu a boca. Uma mosca esvoaçava zumbindo pela sala, e o tique-taque do relógio era como o bater de um martelo.

Quando o carrilhão soou uma vez, Campbell se virou e, fitando Dorian Gray, viu que seus olhos estavam cheios de lágrimas. Havia algo na pureza e no refinamento daquele rosto triste que parecia enfurecê-lo. — Você é infame, absolutamente infame! — murmurou.

— Quieto, Alan: você salvou minha vida — disse Dorian.

— Sua vida? Santo Deus! Que vida, essa! Você tem saltado de uma corrupção a outra, e agora culminou no crime. Ao fazer o que vou fazer, o que você me força a fazer, não é na sua vida que estou pensando.

— Ah, Alan — murmurou Dorian, com um suspiro —, eu gostaria que tivesse por mim um milésimo da compaixão que sinto por você. Virou-se de costas enquanto falava e ficou olhando para o jardim. Campbell nada respondeu.

Depois de uns dez minutos ouviu-se uma batida na porta e o criado entrou, carregando um grande baú de mogno de produtos químicos, com um rolo comprido de fio de aço e platina e duas garras de ferro de formato bastante estranho.

— Devo deixar as coisas aqui, Sir? — perguntou a Campbell.

— Sim — disse Dorian. — E sinto muito, mas tenho outra tarefa para você, Francis. Como é mesmo o nome do homem de Richmond que abastece Selby de orquídeas?

Richmond era uma cidade no subúrbio de Londres. Hoje faz parte da capital inglesa. A banda The Rolling Stones começou lá.

— Harden, Sir.

— Isso mesmo... Harden. Você deve ir agora mesmo a Richmond, ver Harden pessoalmente e dizer-lhe que mande o dobro de orquídeas que encomendei, entre elas a menor quantidade possível de brancas. Ou melhor, não quero nenhuma branca. Está um lindo dia, Francis, e Richmond é um lugar muito bonito, caso contrário eu não o incomodaria com isso.

— Sem problemas, Sir. A que hora tenho de estar de volta?

Dorian olhou para Campbell. — Quanto tempo vai demorar seu experimento, Alan? — perguntou, com voz calma e indiferente. A presença de uma terceira pessoa na sala parecia lhe dar uma coragem extraordinária.

Campbell franziu o cenho e mordeu o lábio. — Vai levar umas cinco horas — respondeu.

— Haverá tempo suficiente, então, se você estiver de volta às sete e meia, Francis. Ou melhor, fique: só deixe separadas as roupas que vou vestir. Aproveite a noite livre como quiser. Não vou jantar em casa, de modo que não precisarei de você.

— Obrigado, Sir — disse o homem, saindo da sala.

— Agora, Alan, não temos nem um momento a perder. Como pesa este baú! Eu o levo para você. Você traz as outras coisas. — Falava rápido e num tom imperioso. Campbell sentia-se dominado por ele. Saíram juntos da sala.

Quando chegaram ao andar de cima, Dorian sacou a chave e abriu a tranca. Então parou de chofre, e uma expressão perturbada dominou seus olhos. Estremeceu. — Acho que não tenho condições de entrar, Alan — murmurou.

De chofre > de repente.

— Para mim tanto faz. Não vou precisar de você — disse Campbell com frieza.

Dorian abriu a porta pela metade. Ao fazer isso, viu o rosto de seu retrato olhando de soslaio à luz do sol. No chão diante dele repousava a cortina rasgada. Lembrou que na noite anterior havia se esquecido, pela primeira vez na vida, de ocultar a tela fatídica, e estava prestes a correr até ela quando um sobressalto o fez recuar.

O que era aquele repugnante orvalho vermelho que cintilava, úmido e reluzente, sobre uma das mãos, como se a tela tivesse transpirado sangue? Que horrível aquilo! — mais horrível, conforme lhe pareceu no momento, do que a coisa silenciosa que ele sabia estar debruçada sobre a mesa, aquela coisa cuja sombra grotesca e disforme sobre o tapete manchado mostrava que não havia se mexido, que permanecia ali, tal como a havia deixado.

Respirou fundo, abriu um pouco mais a porta e, com os olhos semicerrados e a cabeça virada para o outro lado, entrou depressa, determinado a não olhar nem sequer uma vez para o morto. Então, dobrando o corpo para a frente, recolheu a tapeçaria púrpura e dourada e jogou-a sobre o quadro.

Ali estacou, com medo de se virar, e seus olhos se fixaram nos detalhes do desenho à sua frente. Ouviu Campbell trazendo para dentro o pesado baú, os ferros e as outras coisas que solicitara para seu tenebroso trabalho. Começou a se perguntar se ele e Basil Hallward haviam chegado a se conhecer e, nesse caso, o que costumavam pensar um do outro.

— Agora me deixe sozinho — disse uma voz áspera atrás dele.

Ele se virou e saiu mais que depressa, apenas consciente de que o morto tinha sido puxado de volta para o encosto da cadeira, e de que Campbell contemplava um rosto amarelo reluzente. Quando estava descendo a escada, ouviu a chave sendo girada na tranca.

Foi só muito depois das sete que Campbell voltou à biblioteca. Estava pálido, mas absolutamente calmo. — Fiz o que você me pediu para fazer — balbuciou. — E agora, adeus. Não devemos nos ver nunca mais.

— Você me salvou da ruína, Alan. Não me esquecerei disso — disse Dorian, com simplicidade.

Tão logo Campbell partiu, ele subiu ao andar de cima. Um cheiro forte de ácido nítrico impregnava o quarto. Mas a coisa que estivera sentada à mesa havia sumido.

XV

NAQUELA NOITE, às oito e meia, vestido com apuro e trazendo na lapela um volumoso buquê de violetas-de-parma, Dorian Gray foi conduzido à sala de visitas de Lady Narborough por criados cheios de mesuras. Sua cabeça latejava de nervos ensandecidos, e ele se sentia barbaramente excitado, mas seus modos, ao inclinar-se sobre a mão da anfitriã, eram desenvoltos e graciosos como sempre. Talvez jamais nos sintamos tão à vontade como quando temos de desempenhar um papel. Com certeza ninguém que visse Dorian Gray naquela noite teria acreditado que ele atravessara uma tragédia tão horrível quanto qualquer tragédia de nossa época. Aqueles dedos de formato elegante jamais poderiam ter empunhado uma faca para praticar o mal, nem aqueles lábios sorridentes poderiam ter ultrajado a Deus e sua misericórdia. Ele próprio não pôde deixar de se espantar com a calma de sua conduta, e por um momento sentiu intensamente o terrível prazer de uma vida dupla.

Estas flores, as **violetas-de-parma**, foram uma mania total nos 1800 e 1900 na Europa e fizeram muita figuração na literatura da época, mas são bem diferentes das violetas africanas, vendidas em potinhos até em supermercados do Brasil.

Era uma reunião pequena, promovida às pressas por Lady Narborough, uma mulher muito sagaz que ostentava o que Lord Henry costumava descrever como os vestígios de uma feiura verdadeiramente notável. Mostrara-se uma excelente esposa de um dos nossos embaixadores mais tediosos, e, depois de sepultar apropriadamente o marido num mausoléu de mármore projetado por ela própria, e de casar as filhas com homens ricos e bem mais velhos, dedicou-se aos prazeres da ficção francesa, da cozinha francesa e do *esprit* francês, quando era capaz de alcançá-lo.

Dorian era um de seus protegidos especiais, e ela sempre lhe dissera que se sentia contente ao extremo por não o ter conhecido quando era mais jovem. — Eu sei, meu querido, que teria me apaixonado perdidamente por você — costumava dizer —, e arremetido com minha lança contra os moinhos de vento por sua causa.[6] É uma grande sorte você não ter sido uma possibilidade naquela época. Simplesmente, nossas lanças eram bastante inapropriadas, e os moinhos estavam tão ocupados em tentar obter o vento para produzir dinheiro a todo custo, que nunca cheguei nem sequer a flertar com quem quer que fosse. No entanto, a culpa era toda de Narborough. Ele era terrivelmente míope, e não há prazer algum em ter um marido que nunca enxerga nada.

Os convidados daquela noite eram bastante tediosos. O fato era que, conforme ela explicou a Dorian por trás de um leque muito gasto, uma de suas filhas casadas chegara repentinamente para se hospedar em sua casa e, para piorar as coisas, trouxera consigo o marido. — Acho muito indelicado da parte dela, meu querido — sussurrou. — É verdade que eu me hospedo com eles todo verão depois de voltar de Homburg, mas é que uma mulher idosa como eu precisa de ar fresco de vez em quando, e além disso eu os animo. Você não imagina o tipo de existência que eles levam lá. É pura vida rural intocada. Eles se levantam cedo, porque têm muito a fazer, e vão para a cama cedo porque têm muito pouco em que pensar. Não acontece um escândalo na vizinhança desde a época da rainha Elizabeth, e consequentemente eles caem no sono logo após o jantar. Você não deve se sentar perto de nenhum dos dois, e sim a meu lado, para me divertir.

O nome completinho desta cidade alemã é Bad **Homburg** vor der Höhe, mas as pessoas a chamam mesmo é de Bad Homburg. Por lá, na década de 1830, rolou uma redescoberta de várias termas datadas do Império Romano, e aí surgiu um cassino e todo um auê em torno dele e das águas, de maneira que o local virou um disputado *spa* dos endinheirados de toda a Europa de então.

Aqui é a **rainha Elizabeth** I, que governou a Inglaterra e a Irlanda de 1558 a 1603.

6 No original, a expressão "*throw my bonnet right over the mills*" (literalmente, "jogar meu gorro por cima dos moinhos"), proveniente de uma passagem de *Dom Quixote de la Mancha*, de Miguel de Cervantes, tem o sentido figurado de cometer sandices e temeridades, sem se preocupar com as consequências. (N. do T.)

Dorian murmurou um elogio cortês e lançou um olhar à sua volta. Sim: era com certeza uma reunião entediante. Duas das pessoas ele nunca vira antes, e as outras consistiam em Ernest Harrowden, uma daquelas mediocridades de meia-idade tão comuns nos clubes de Londres que não têm inimigos mas das quais os amigos não gostam nem um pouco; Lady Ruxton, uma mulher de quarenta e sete anos vestida com mau gosto, de nariz curvo, que estava sempre tentando se mostrar desonrada mas que era tão sem graça que, para sua grande frustração, ninguém acreditava que pudesse haver alguma coisa contra ela; a senhora Erlynne, uma insolente nulidade, com um delicioso ceceio e cabelo vermelho-veneziano; Lady Alice Chapman, a filha da anfitriã, uma moça desalinhada e insípida, com um daqueles típicos rostos britânicos que, uma vez vistos, jamais são lembrados; e seu marido, uma criatura de bochechas vermelhas e suíças brancas que, como tantos de sua classe, parecia convencido de que uma jovialidade exagerada compensava a falta absoluta de ideias.

Ceceio > problema na pronúncia de certas palavras, em especial que contenham as letras "s" e "z".

Estava lamentando muito ter comparecido quando Lady Narborough, consultando o grande relógio de ouropel que se esparramava em curvas espalhafatosas sobre a cornija da lareira, coberta com uma toalha cor de malva, exclamou: — Que horrível da parte de Henry Wotton estar tão atrasado! Mandei-lhe recado esta manhã, e ele prometeu categoricamente que não me decepcionaria.

Ouropel > peça de bronze que recebe banho de ouro, para parecer ouro maciço.

Era um certo consolo saber que Harry devia aparecer por lá, e, quando a porta se abriu e Dorian ouviu sua voz lenta e musical conferindo encanto a um pedido insincero de desculpas, deixou de se sentir entediado.

Mas no jantar não conseguiu comer coisa alguma. Prato após prato eram devolvidos intocados. Lady Narborough não parava de ralhar com ele pelo que chamava de "um insulto ao pobre Adolphe, que inventou o *menu* especialmente para você", e de quando em quando Lord Henry olhava para ele por cima da mesa, espantado com seu silêncio e seus modos distraídos. A todo momento o mordomo enchia sua taça de champanhe. Ele bebia com avidez, e sua sede parecia aumentar.

Chaud-froid > em tradução literal do francês, quente-frio. Trata-se de uma ave assada, servida fria com um molho feito de sua própria gordura.

Décolletée > do francês, decotada.

— Dorian — disse Lord Henry, por fim, enquanto o *chaud-froid* era servido —, o que se passa com você esta noite? Está perturbado com alguma coisa.

— Acho que está apaixonado — gritou Lady Narborough —, e tem medo de me contar e me deixar com ciúme. Ele tem razão. Eu ficaria mesmo.

— Cara Lady Narborough — murmurou Dorian, sorrindo —, não me apaixono há uma semana... na verdade, desde que Madame de Ferrol deixou a cidade.

— Como vocês, homens, são capazes de se apaixonar por aquela mulher! — exclamou a velha senhora. — Eu realmente não entendo.

— É simplesmente porque ela lembra a senhora quando era mocinha, Lady Narborough — disse Lord Henry. — Ela é o elo entre nós e suas saias curtas.

— Ela não lembra minhas saias curtas de jeito nenhum, Lord Henry. Mas eu me lembro muito bem dela em Viena trinta anos atrás, e como era *décolletée* na época.

— Ela ainda é *décolletée* — respondeu ele, apanhando uma azeitona com seus dedos compridos —, e quando está vestida com uma saia muito elegante parece uma *édition de luxe* de um romance francês ruim. É de fato maravilhosa, e cheia de surpresas. Sua capacidade de afeto pela família é extraordinária. Quando o terceiro marido morreu, seu cabelo passou de grisalho a dourado de pura tristeza.

— Como você pode, Harry! — protestou Dorian.

— É uma explicação extremamente romântica — riu a anfitriã. — Mas o terceiro marido dela, Lord Henry! Está querendo dizer que Ferrol é o quarto?

— Certamente, Lady Narborough.

— Não acredito em uma palavra do que disse.

— Bem, então pergunte ao senhor Gray. É um dos amigos mais íntimos dela.

— É verdade, senhor Gray?

— Ela me garante que sim, Lady Narborough — respondeu Dorian. — Eu lhe perguntei se, a exemplo de Margarida de Navarra, ela fizera embalsamar o coração de cada um deles para pendurar em seu espartilho. Ela disse que não, porque nenhum deles tinha coração.

— Quatro maridos! Palavra de honra, é *trop de zèle*.

— *Trop d'audace*, é o que digo a ela — afirmou Dorian.

Trop de zèle e **trop d'audace** > do francês, "muito ardor" e "muita audácia".

— Oh!, ela é audaciosa o bastante para qualquer coisa, meu caro. E como é esse Ferrol? Não o conheço.

— Os maridos das mulheres muito lindas pertencem às classes criminosas — disse Lord Henry, bebericando seu vinho.

Lady Narborough bateu nele com o leque. — Lord Henry, não me surpreende nem um pouco que o mundo diga que o senhor é extremamente malvado.

— Mas que mundo diz isso? — perguntou Lord Henry, erguendo as sobrancelhas. — Só se for o mundo do além. Pois este mundo e eu nos damos muito bem.

— Todo mundo que eu conheço diz que o senhor é muito malvado — exclamou a velha senhora, balançando a cabeça.

Lord Henry ficou sério por alguns instantes. — É perfeitamente monstruoso — disse por fim — o modo como hoje em dia as pessoas saem falando pelas costas de alguém coisas que são absoluta e inteiramente verdadeiras.

— Ele não é incorrigível? — exclamou Dorian, curvando-se para a frente em seu assento.

— Espero que seja — disse a anfitriã, rindo. — Mas se vocês todos de fato veneram Madame de Ferrol desse jeito ridículo, vou ter de me casar de novo para ficar na moda.

— A senhora nunca se casará de novo, Lady Narborough — interrompeu Lord Henry. — Foi feliz demais. Quando uma mulher se casa de novo é porque detestava seu primeiro marido. Quando um homem se casa de novo é porque adorava sua primeira esposa. As mulheres tentam a sorte; os homens a arriscam.

— Narborough não era perfeito — protestou a velha senhora.

— Se fosse perfeito a senhora não o teria amado, minha cara lady — foi a réplica. — As mulheres nos amam pelos nossos defeitos. Se os tivermos em quantidade suficiente, elas nos perdoarão tudo, até nosso intelecto. Depois de ter dito isso, receio que a senhora nunca mais me convide para jantar, mas é a pura verdade.

— Claro que é verdade, Lord Henry. Se nós, mulheres, não os amássemos por seus defeitos, onde vocês estariam? Nenhum de vocês jamais se casaria. Seriam todos um bando de solteirões infelizes. Não que isso os alterasse muito, contudo. Hoje em dia todos os homens casados vivem como solteiros, e todos os solteiros como homens casados.

Fin de siècle e **fin du globe** > do francês, "fim do século" e "fim do mundo".

— *Fin de siècle* — murmurou Lord Henry.

— *Fin du globe* — respondeu a anfitriã.

— Quisera eu que fosse *fin du globe* — disse Dorian, com um suspiro. — A vida é uma grande decepção.

— Ah, meu querido — suspirou Lady Narborough, calçando as luvas —, não me diga que você exauriu a Vida. Quando um homem diz isso, a gente sabe que foi a Vida que o exauriu. Lord Henry é muito maroto, e às vezes eu gostaria de ter sido também; mas o senhor foi feito para ser bom; o senhor parece tão bom! Preciso lhe encontrar uma boa esposa. Lord Henry, não acha que o senhor Gray deveria se casar?

— Eu vivo dizendo isso a ele, Lady Narborough — respondeu Lord Henry, com uma mesura.

— Bem, então precisamos buscar-lhe um bom partido. Vou examinar com cuidado o *Debrett* esta noite e fazer uma lista de todas as jovens damas qualificadas.

O **Debrett** *Guide to British Style* é a bíblia da nobreza e da aristocracia britânicas. Traz o nome, o sobrenome e a genealogia das pessoas que "importam". A edição de 2019 saiu em e-book.

— Com as respectivas idades, Lady Narborough? — perguntou Dorian.

— Claro, com as idades, ligeiramente editadas. Mas nada deve ser feito às pressas. Quero que seja o que o *Morning Post* chama de uma aliança conveniente, e quero que vocês dois sejam felizes.

Morning Post foi um importante jornal de Londres. Nasceu como publicação ligada aos liberais, mas, na altura da trama do livro, fechava com os conservadores.

— Que bobagem essa conversa de casamentos felizes! — exclamou Lord Henry. — Um homem pode ser feliz com qualquer mulher, desde que não a ame.

— Ah!, como o senhor é cínico! — protestou a velha senhora, afastando a cadeira e acenando com a cabeça para Lady Ruxton. — O senhor precisa vir jantar de novo comigo em breve. É um tônico admirável, muito melhor que aquele que Sir Andrew me prescreve. Mas deve me dizer que pessoas quer encontrar. Quero que seja uma reunião muito aprazível.

— Gosto de homens que têm futuro e de mulheres que têm passado — respondeu ele. — Ou a senhora acredita que isso resultaria numa reunião dominada pelas mulheres?

— Temo que sim — disse ela, rindo e se levantando. — Mil perdões, minha querida Lady Ruxton — acrescentou —, não vi que não havia terminado seu cigarro.

— Sem problemas, Lady Narborough. Eu fumo demais. Vou começar a me controlar daqui para a frente.

— Por favor, não faça isso, Lady Ruxton — disse Lord Henry. — A moderação é uma coisa fatal. O bastante é ruim como uma refeição trivial. Mais que o bastante é bom como um banquete.

Lady Ruxton lançou-lhe um olhar curioso. — O senhor deve vir me explicar isso uma tarde destas, Lord Henry. Soa como uma teoria fantástica — murmurou ela, saindo da sala.

— Agora, faça o favor de não ficar falando demais sobre a sua política e sobre escândalos — apelou Lady Narborough, da porta. — Se o fizer, certamente vamos brigar lá em cima.

Os homens riram, e o senhor Chapman ergueu-se solenemente da outra ponta da mesa e veio até a cabeceira. Dorian Gray mudou de assento e foi se sentar ao lado de Lord Henry. O senhor Chapman começou a falar em voz alta sobre a situação na Câmara dos Comuns. Ele escarnecia de seus adversários. A palavra "doutrinário" — que enchia de terror a mente britânica — reaparecia de quando em quando entre um e outro de seus rompantes. Um prefixo aliterativo servia de ornamento a sua oratória. Ele hasteava a bandeira britânica nos cumes do Pensamento. A estupidez hereditária da raça — que ele alegremente qualificava de saudável bom senso — era exibida como o bastião adequado da Sociedade.

A **aliteração** é uma figura de linguagem que usa a repetição de sons, em especial no início das palavras, para criar um efeito diferente. Por exemplo: "Pedro pedreiro penseiro esperando o trem", da música *Pedro pedreiro*, de Chico Buarque.

Um sorriso curvou os lábios de Lord Henry, e ele se virou para encarar Dorian.

— Está melhor, meu caro amigo? — perguntou. — Parecia um tanto indisposto durante o jantar.

— Estou bem, Harry. Cansado. Só isso.

— Você estava encantador a noite passada. A pequena duquesa se afeiçoou bastante a você. Ela me disse que vai a Selby.

— Ela prometeu que vai no dia vinte.

— Monmouth também estará lá?

— Ah, sim, Harry.

— Ele me aborrece terrivelmente, quase tanto quanto aborrece a ela. Ela é muito inteligente, inteligente demais para uma mulher. Carece do encanto indefinível da fragilidade. São os pés de barro que tornam precioso o ouro da imagem. Os pés dela são muito bonitos, mas não são pés de barro. São de porcelana branca, se você quiser. Atravessaram o fogo, e o que o fogo não destrói ele endurece. Ela teve experiências.

— Há quanto tempo está casada? — perguntou Dorian.

— Uma eternidade, segundo me diz. Creio, de acordo com o almanaque da nobreza, que são dez anos, mas dez anos com Monmouth devem valer pela eternidade e mais um pouco. Quem mais vai?

— Oh, os Willoughbys, Lord Rugby e sua esposa, mais a nossa anfitriã de hoje, e Geoffrey, a turma de sempre. Convidei também Lord Grotrian.

— Gosto dele — disse Lord Henry. — Muita gente não gosta, mas eu o acho encantador. Se está sempre vestido com exagero, compensa isso sendo sempre exageradamente culto. É um tipo muito moderno.

— Não sei se ele poderá ir, Harry. Talvez tenha que viajar a Monte Carlo com o pai.

O Principado de Mônaco é uma cidade e também um micropaís na costa da França. **Monte Carlo** é um bairro luxuoso dessa cidade e tem um cassino famoso e antigo.

— Ah! Que chatice os parentes das pessoas! Tente convencê-lo a ir. A propósito, Dorian, você foi embora muito cedo ontem à noite. Saiu antes das onze. O que fez depois? Foi direto para casa?

Dorian lançou-lhe um olhar rápido e franziu o cenho.

— Não, Harry — disse por fim. — Só voltei para casa pouco antes das três.

— Foi ao clube?

— Sim — respondeu Dorian e mordeu o lábio. — Não, eu não quis dizer isso. Não fui ao clube, fiquei andando a esmo. Esqueci o que fiz... Como você é inquisitivo, Harry! Sempre quer saber o que a gente fez ou deixou de fazer. Sempre quero esquecer o que estive fazendo. Entrei em casa às duas e meia, se você quer saber a hora exata. Tinha deixado minha chave de aldraba em casa, e meu criado teve de abrir a porta para mim. Se quer uma evidência suplementar, pode perguntar para ele.

Lord Henry deu de ombros. — Como se eu me importasse, meu caro amigo! Vamos subir para a sala de visitas. Não quero xerez, obrigado, senhor Chapman. Alguma coisa aconteceu com você, Dorian. Conte-me o que foi. Está diferente esta noite.

Xerez é um vinho branco típico da região de Jerez, na Espanha, de sabor meio amargo. Muito consumido na Inglaterra, é conhecido lá como *sherry*.

— Não se preocupe comigo, Harry. Estou irritadiço, de mau humor. Vou visitá-lo amanhã, ou depois. Transmita minhas desculpas a Lady Narborough. Não vou subir. Vou para casa. Preciso ir para casa.

— Tudo bem, Dorian. Espero que nos vejamos amanhã na hora do chá. A duquesa estará presente.

— Tentarei ir, Harry — disse ele, saindo do salão. No coche, voltando para casa, deu-se conta de que a sensação de terror que julgava ter sufocado estava de volta. O interrogatório casual de Lord Henry o fizera perder momentaneamente o controle dos nervos, e ele queria recuperá-lo. As coisas perigosas tinham de ser destruídas. Estremeceu. Odiava até mesmo a ideia de tocá-las.

No entanto, precisava ser feito. Percebeu isso, e depois de trancar a porta de sua biblioteca abriu o armário secreto no qual enfiara o casaco e a valise de Basil Hallward. Um fogo enorme estava queimando na lareira. Colocou nela mais um toco de lenha. O cheiro do tecido chamuscado e do couro queimado era horrível. Precisou de três quartos de hora para queimar tudo. Ao final, sentia-se enfraquecido e enjoado, e, tendo acendido alguns incensos argelinos num braseiro de cobre, lavou as mãos e a testa com um vinagre fresco com aroma de almíscar.

Lápis e lazúli são duas palavras que vêm do grego. A primeira significa pedra e a segunda é o mesmo que azul. Então, **lápis-lazúli** é, literalmente, pedra azul e virou nome de uma pedra. Mistura de silicato de sódio com alumínio, é também conhecida como *lazurita*, que é "a azulzinha" em italiano.

De repente, teve um sobressalto. Seus olhos brilharam de um modo estranho, e ele passou a morder nervosamente o lábio inferior. Entre duas das janelas erguia-se um enorme armário florentino, feito de ébano e marchetado de marfim e lápis-lazúli. Contemplou-o como se fosse uma coisa capaz de fascinar e causar temor, como se guardasse algo que ele desejasse e, entretanto, quase detestasse. Sua respiração se acelerou. Um anseio ardente o dominou. Acendeu um cigarro e em seguida jogou-o fora. Suas pálpebras baixaram até que os longos cílios quase tocassem as faces. Mas ainda fitava o armário. Por fim, levantou-se do sofá em que estava estendido, foi até ele e, depois de destrancá-lo, tocou em uma mola escondida em seu interior. Uma gaveta triangular se projetou devagar para fora. Seus dedos se moveram instintivamente para ela, tatearam dentro e se fecharam em torno de algo. Era uma caixinha chinesa de laca preta folheada a ouro, lavrada com esmero, com as laterais cobertas de desenhos de ondas curvas e fitas de seda cravejadas de cristais redondos com uma franja de fios de metal. Abriu-a. Dentro havia uma pasta verde com brilho de cera e cheiro curiosamente intenso e persistente.

Hesitou por alguns instantes, com um sorriso estranhamente imóvel no rosto. Em seguida, tremendo, apesar da atmosfera muito quente do recinto, endireitou-se e consultou o relógio. Faltavam vinte para a meia-noite. Devolveu a caixa a seu lugar, trancou as portas do armário e foi para o seu quarto.

Quando as batidas brônzeas da meia-noite agitaram o ar sombrio, Dorian Gray, vestido em trajes comuns, com um cachecol em volta do pescoço, saiu sorrateiramente de casa. Na Bond Street encontrou um fiacre com um bom cavalo. Chamou-o e, em voz baixa, deu um endereço ao cocheiro.

No final do século XIX, a **Bond Street** era uma rua de Londres bem chique, com várias lojas de joias e de obras de arte.

O homem balançou a cabeça negativamente. — Longe demais para mim — murmurou.

— Aqui está uma moeda de um soberano para você — disse Dorian. — Vai ganhar mais uma se andar depressa.

— Tudo bem, Sir — respondeu o homem —, o senhor estará lá em uma hora. — Depois que seu passageiro se acomodou, fez o cavalo dar meia-volta e tomou sem demora a direção do rio.

A libra esterlina é a moeda do Reino Unido, representada simbolicamente por uma moedinha de ouro que pesa 7,32 gramas conhecida como *sovereign*, ou seja, **soberano**. Esse soberano foi lançado em 1489 e, pela história afora, teve várias encarnações e períodos de esquecimento. Mas é até hoje produzido pela casa da moeda britânica e comprado por gente que guarda aquilo como um investimento, na esperança de que o ouro suba na cotação.

XVI

COMEÇOU A CAIR UMA CHUVA FRIA, e as luzes embaçadas das ruas pareciam fantasmagóricas na névoa úmida. As tavernas estavam fechando, e homens e mulheres turvos se juntavam em pequenos grupos junto às portas. De alguns bares vinha o som de risadas horríveis. Em outros, bêbados vociferavam e brigavam.

Recostando-se no fiacre, com o chapéu enterrado até a testa, Dorian Gray assistia com olhos desatentos à degradação sórdida da grande metrópole, e vez por outra repetia a si mesmo as palavras que Lord Henry lhe dissera no dia em que se conheceram: "Curar a alma por meio dos sentidos, e os sentidos por meio da alma". Sim, era esse o segredo. Ele o experimentara muitas vezes, e voltaria a experimentar agora. Havia antros de ópio, onde se podia comprar o oblívio, antros de horror onde a lembrança de velhos pecados podia ser destruída pela loucura de pecados novos.

Oblívio > esquecimento.

A lua estava baixa no céu, como um crânio amarelo. De quando em quando uma enorme nuvem disforme estendia um braço comprido e a escondia. A iluminação a gás foi ficando mais esparsa; as ruas, estreitas e lúgubres. A certa altura o homem se perdeu e teve de percorrer meia milha de volta. Um vapor subia do dorso do cavalo enquanto ele avançava pelo lamaçal. As janelas laterais do fiacre estavam embaçadas por uma névoa cinzenta.

A **iluminação a gás** das ruas de Londres começou em 1805, e na altura deste enredo já havia tomado grande parte da área nobre e central da cidade. Mas na zona leste as coisas eram diferentes, e os postes iam aos poucos se mostrando cada vez mais escassos e esparsos.

Meia milha > corresponde a uns 800 metros.

"Curar a alma por meio dos sentidos, e os sentidos por meio da alma!" Como essas palavras ecoavam em seus ouvidos! Sua alma, sem dúvida, estava mortalmente doente. Seria verdade que os sentidos podiam curá-la? Sangue inocente fora derramado. O que poderia redimir isso? Ah!, para isso não havia remissão; mas, embora o perdão não fosse possível, o esquecimento ainda era, e ele estava decidido a esquecer, a erradicar, a esmagar aquilo como se esmaga uma serpente que nos picou. Aliás, que direito tinha Basil de falar-lhe como falou? Quem o nomeara juiz dos outros? Ele havia dito coisas medonhas, horríveis, impossíveis de suportar.

O fiacre avançava penosamente, mais devagar a cada passo, conforme lhe parecia. Ergueu a portinha e pediu ao cocheiro que andasse mais rápido. A pavorosa fome de ópio começava a corroê-lo. Sua garganta ardia, suas mãos delicadas se contraíam nervosamente, uma contra a outra. Ele golpeava loucamente o cavalo com sua bengala. O cocheiro ria, e açoitava mais o animal. Ele ria de volta, e o homem não dizia nada.

O caminho parecia interminável, e as ruas eram como a teia negra de uma grande aranha. A monotonia ficou insuportável, e com o adensamento da névoa ele passou a sentir medo.

Passaram então por olarias desertas. O nevoeiro estava mais ralo ali, e ele podia ver os estranhos fornos em forma de garrafa com suas línguas de fogo cor de laranja, semelhantes a leques. Um cachorro latiu à passagem deles, e à distância na escuridão crocitou uma gaivota desgarrada. O cavalo tropeçou num sulco do terreno, deu uma guinada para o lado e passou a galopar.

Depois de algum tempo, deixaram a estrada de terra e voltaram a fazer alarido ao entrar em ruas grosseiramente pavimentadas. A maioria das janelas estava às escuras, mas aqui e ali sombras fantásticas eram vistas em silhueta contra alguma persiana iluminada. Ele as observava com curiosidade. Moviam-se como marionetes monstruosas, gesticulavam como coisas vivas. Detestou-as. Uma fúria surda tomou seu coração. Quando dobraram uma esquina,

A fabricação manual de tijolos usando a argila amarelada facilmente encontrada em Londres e arredores foi uma verdadeira febre durante o século XIX e moldou com barro a paisagem londrina para sempre. Seu legado continua firme em toda parte da cidade e ainda em nomes de ruas como a Brick Lane (*brick* é tijolo) e a Kiln Place (*kiln* é o nome do forno para queimar peças de argila), ou Pottery Lane (*pottery* é cerâmica). Os fornos eram imensos, produziam bastante fumaça e povoavam os arredores da capital empregando muita gente. A situação mudou na virada do século e as **olarias** acabaram, com a chegada da industrialização do setor.

uma mulher gritou alguma coisa para eles de uma porta aberta, e dois homens correram atrás do fiacre por uns cem metros. O cocheiro os golpeou com seu chicote.

Costuma-se dizer que a paixão faz a pessoa pensar em círculos. Certamente, com horrenda repetição, os lábios mordidos de Dorian Gray formavam de novo e de novo aquelas palavras sutis a respeito da alma e dos sentidos, até encontrar nelas a plena expressão, por assim dizer, de seu estado de espírito, e justificar, por aprovação intelectual, paixões que sem tal justificação teriam ainda assim dominado seu temperamento. De uma célula a outra de seu cérebro movia-se o pensamento único; e o desejo louco de viver, o mais terrível de todos os apetites humanos, fazia vibrar cada nervo e cada fibra de seu corpo. A feiura, que em outros tempos lhe parecera odiosa por tornar as coisas reais, agora lhe era cara justamente pelo mesmo motivo. A feiura era a única realidade. Os xingamentos grosseiros, o antro repugnante, a violência crua da vida desregrada, a própria abjeção dos ladrões e dos párias, eram mais vívidos, em sua intensa impressão de realidade, do que todas as formas elegantes da Arte, do que as sombras sonhadoras da Canção. Eram do que ele precisava para atingir o esquecimento. Em três dias estaria livre.

Abjeção > degradação.

De repente, com um solavanco, o cocheiro parou o fiacre no alto de uma viela escura. Por cima dos telhados baixos e das silhuetas recortadas das chaminés das casas viam-se os mastros negros de embarcações. Grinaldas de névoa branca pairavam como velas fantasmagóricas sobre os quintais.

— É algum lugar por aqui, não é, Sir? — perguntou o homem com voz rouca pela portinhola.

Dorian teve um sobressalto, e observou em volta. — Aqui está bom — respondeu, e depois de saltar às pressas do carro e dar ao cocheiro o dinheiro extra prometido, andou depressa na direção do cais. Aqui e ali cintilava uma lanterna na popa de um enorme navio de carga. A luz dançava e se estilhaçava nas poças. Um clarão vermelho vinha de um barco a vapor que estava sendo abastecido de carvão. O calçamento lodoso parecia um tecido impermeável molhado.

Ele tomou às pressas o rumo da esquerda, olhando de vez em quando para trás para verificar se estava sendo seguido. Em sete ou oito minutos chegou a uma casinha precária, entalada entre duas fábricas desoladas. Numa das janelas do andar superior havia uma lâmpada. Ele parou e bateu na porta de um modo peculiar.

Depois de um momento ouviu passos no corredor e a corrente sendo desprendida. A porta se abriu sem alarde, e ele entrou sem dizer palavra à figura atarracada e disforme que se espremeu na sombra para ele passar. No fim do corredor uma cortina verde esfarrapada balançou ao vento tempestuoso que viera da rua com ele. Afastou-a para um lado e entrou numa sala baixa e comprida que dava a impressão de ter sido em outros tempos um salão de dança de terceira categoria. Enfileirados nas paredes, bicos de gás tremulavam, sibilantes, embaçados e distorcidos nos espelhos cobertos de moscas que ficavam diante deles. Os engordurados refletores de estanho enrugado que os sustentavam produziam trêmulos discos de luz. O chão estava coberto de serragem de tonalidade ocre, que se misturava aqui e ali com a lama, e manchado com círculos escuros de bebida derramada. Alguns malaios estavam agachados junto a uma pequena estufa de carvão vegetal, jogando com fichas feitas de ossos e exibindo os dentes brancos ao conversar. Num canto, com a cabeça afundada nos braços, um marinheiro se esparramava sobre uma mesa, e, diante do balcão pintado com espalhafato que ocupava um lado inteiro, duas mulheres de aspecto selvagem zombavam de um velho que escovava as mangas do casaco com uma expressão de asco. — Ele acha que está sendo atacado por formigas vermelhas — riu uma delas, quando Dorian passou. O homem olhou aterrorizado para ela e começou a resmungar.

No final do salão havia uma pequena escada que levava a um recinto escuro. Quando Dorian subia às pressas seus três degraus periclitantes, chegou a ele o cheiro forte do ópio. Inspirou profundamente, e suas narinas tremeram de prazer. Quando entrou, um rapaz de cabelo amarelo e lustroso, debruçado sobre uma lâmpada para acender um

Periclitante > perigoso, inseguro.

cachimbo fino e comprido, ergueu os olhos para ele e acenou com a cabeça de maneira hesitante.

— Você aqui, Adrian? — murmurou Dorian.

— Onde mais deveria estar? — respondeu o outro, languidamente. — Nenhum dos camaradas fala mais comigo.

— Pensei que tivesse deixado a Inglaterra.

— Darlington não vai fazer coisa alguma. Meu irmão pagou a conta, por fim. George também não fala comigo... Não me importo — acrescentou, com um suspiro. — Enquanto a gente dispõe desta coisa aqui, não precisa de amigos. Acho que já tive amigos demais.

Dorian estremeceu e observou em volta os seres grotescos estendidos nas posturas mais fantásticas nos colchões andrajosos. Os membros retorcidos, as bocas abertas, os olhos arregalados e sem brilho, aquilo tudo o fascinava. Sabia em que estranhos paraísos estavam sofrendo, e que sombrios infernos lhes ensinavam o segredo de alguma nova alegria. Estavam bem melhor que ele. Ele estava aprisionado no pensamento. A memória, como uma doença horrível, devorava sua alma. De quando em quando ele tinha a impressão de estar vendo os olhos de Basil Hallward a encará-lo. No entanto, sentiu que não podia ficar. A presença de Adrian Singleton o perturbava. Queria estar onde ninguém soubesse quem ele era. Queria escapar de si mesmo.

— Vou para o outro lugar — disse, depois de uma pausa.

— No cais?

— Sim.

— Aquela maluca estará lá com certeza. Não a deixam mais entrar aqui.

Dorian deu de ombros. — Estou farto das mulheres que amam a gente. As que nos odeiam são muito mais interessantes. Além do mais, o produto é melhor.

— É a mesma coisa.

— Eu gosto mais. Venha comigo tomar alguma coisa. Estou precisando.

— Não quero nada — murmurou o rapaz.

— Tudo bem.

Adrian Singleton se levantou preguiçosamente e seguiu Dorian até o balcão. Um mestiço de indiano, com um turbante encardido e um sobretudo surrado, deu um sorriso medonho à maneira de cumprimento e empurrou uma garrafa de conhaque e dois copos para a frente deles. As mulheres moveram-se para o lado e começaram a conversar. Dorian virou as costas a elas e disse algo em voz baixa a Adrian Singleton.

Também chamada de *cris*, a **adaga malaia** é uma faca de dois gumes usada para apunhalar. Ela é típica da região da Indonésia, Malásia, Filipinas e Tailândia e costuma ter três ondulações na lâmina, o que aumenta seu poder de criar ferimentos graves.

Um sorriso curvo, como uma adaga malaia, riscou o rosto de uma das mulheres. — Estamos muito orgulhosas esta noite — escarneceu ela.

— Pelo amor de Deus, não fale comigo — protestou Dorian, batendo o pé com força no chão. — O que você quer? Dinheiro? Tome aqui. Nunca mais me dirija a palavra.

Duas chispas vermelhas faiscaram por um momento nos olhos entorpecidos da mulher, depois se apagaram, deixando-os vítreos e embotados. Ela ergueu a cabeça num solavanco e juntou com dedos ávidos as moedas que estavam sobre o balcão. Sua companheira a observava com inveja.

São olhos sem vida (**vítreos**, de vidro) e sem energia (**embotados**).

— Não adianta — suspirou Adrian. — Não faço questão de voltar. O que importa? Estou feliz aqui.

— Você vai me escrever se precisar de alguma coisa, está bem? — disse Dorian, depois de uma pausa.

— Quem sabe.

— Boa noite, então.

— Boa noite — respondeu o rapaz, subindo a escada e limpando com um lenço a boca ressecada.

Dorian caminhou para a porta com uma expressão de dor no rosto. Quando estava afastando a cortina para um lado, uma risada horrenda irrompeu dos lábios pintados da mulher que tinha ficado com seu dinheiro. — Lá vai o pacto com o diabo! — disse ela, com voz rouca entrecortada por um soluço.

— Maldita! — retrucou ele —, não fale assim de mim.

Ela estalou os dedos. — É de Príncipe Encantado que você gosta de ser chamado, não é? — ela gritou.

Com o grito, o marinheiro sonolento ergueu-se de um salto e olhou aturdido em volta. O som da porta do corredor se fechando chegou a seus ouvidos. Ele correu para fora como se perseguisse alguém.

Dorian apressou o passo ao longo do cais, em meio à chuva fina. Seu encontro com Adrian Singleton o comovera de maneira curiosa, e ele se perguntava se a ruína daquela jovem existência podia mesmo ser debitada em sua conta, como Basil Hallward lhe havia dito em tom de infâmia e insulto. Mordeu o lábio, e por alguns instantes seus olhos se entristeceram. Entretanto, o que aquilo lhe importava, afinal de contas? A vida era curta demais para suportar nos ombros o fardo dos erros dos outros. Cada um vivia sua vida, e pagava seu próprio preço para vivê-la. A única lástima era que uma pessoa tivesse que pagar tantas vezes por uma única culpa. Era preciso pagar de novo e de novo, na verdade. Em suas negociações com o homem o Destino nunca fechava as contas.

Há momentos, segundo nos dizem os psicólogos, em que a paixão pelo pecado, ou pelo que o mundo chama de pecado, domina de tal maneira uma índole, que cada fibra do corpo, cada célula do cérebro, parece animada por impulsos aterradores. Homens e mulheres, em tais momentos, perdem a liberdade de seu próprio arbítrio. Movem-se rumo a seu terrível fim como se movem os autômatos. A escolha lhes foi tolhida, e a consciência ou está morta ou, se ainda vive, é só para conferir fascínio à rebelião e encanto à desobediência. Quando aquele espírito elevado, aquela estrela matutina do mal, caiu do céu, foi na condição de rebelde.

Mover-se como **autômato** é agir sem pensar, de maneira mecânica.

Endurecido, concentrado no mal, com a mente maculada e a alma faminta de rebelião, Dorian Gray acelerava cada vez mais o passo à medida que avançava, mas, ao entrar sob uma arcada sombria que lhe servira muitas vezes de atalho para o local mal-afamado aonde estava indo, sentiu-se subitamente agarrado por trás, e antes de ter tempo de se defender foi empurrado contra a parede, com uma mão brutal em volta do pescoço.

Debateu-se selvagemente para defender sua vida, e com um esforço tremendo conseguiu se livrar dos dedos que o apertavam. Num segundo ouviu o clique de um revólver e viu o brilho de um cano de aço polido apontado diretamente para o seu coração, e o vulto escuro de um homem baixo e atarracado que o encarava.

— O que você quer? — perguntou, ofegante.

— Quieto — disse o homem. — Se você se mexer, eu atiro.

— Você está louco. O que foi que lhe fiz?

— Você destruiu a vida de Sibyl Vane — foi a resposta —, e Sibyl Vane era minha irmã. Ela se matou. Eu sei. A morte de Sibyl é culpa sua. Jurei que iria matá-lo como vingança. Durante anos o procurei. Não tinha pista alguma, nenhum rastro. As duas pessoas que poderiam descrevê-lo estavam mortas. Eu não sabia coisa alguma de você, exceto o apelido carinhoso com que ela costumava chamá-lo. Escutei-o por acaso esta noite. Acerte suas contas com Deus, pois esta noite você vai morrer.

Dorian Gray ficou nauseado de medo. — Eu nem a conhecia — balbuciou. — Nunca ouvi falar dela. Você está louco.

— É melhor confessar seu pecado, pois, tão certo como eu sou James Vane, você vai morrer. — Houve um momento terrível. Dorian não sabia o que dizer ou fazer. — Ajoelhe-se! — rosnou o homem. — Dou-lhe um minuto para acertar-se com Deus... nada mais. Vou embarcar esta noite para a Índia, e antes disso preciso cumprir minha tarefa. Um minuto. Isso é tudo.

Os braços de Dorian caíram ao lado do corpo. Paralisado de terror, não sabia o que fazer. De repente uma esperança louca brilhou fugazmente em seu cérebro. — Pare! — gritou. — Quanto tempo faz que sua irmã morreu? Vamos, diga logo!

— Dezoito anos — disse o homem. — Por que pergunta? Que importa isso?

— Dezoito anos — riu Dorian Gray, com um timbre de triunfo na voz. — Dezoito anos! Ponha-me debaixo da lâmpada e olhe bem para o meu rosto!

James Vane hesitou por um momento, sem entender

o significado daquilo. Em seguida agarrou Dorian Gray e o arrastou para fora da arcada.

Por mais baça e oscilante que fosse a luz agitada pelo vento, ela serviu para mostrar-lhe o erro medonho em que, aparentemente, havia incorrido, pois o rosto do homem que ele perseguira para matar tinha todo o viço da mocidade, toda a pureza imaculada da juventude. Parecia um rapaz de pouco mais de vinte verões, pouco ou nada mais velho do que sua irmã era quando se separaram, tantos anos atrás. Era óbvio que não era aquele o homem que destruíra a vida dela.

Relaxou o aperto e recuou, cambaleando. — Meu Deus! Meu Deus! — exclamou —, e eu quase matei você!

Dorian Gray inspirou profundamente. — Esteve prestes a cometer um crime terrível, meu caro — disse ele, encarando-o com dureza. — Que sirva de alerta para que você não queira se vingar com as próprias mãos.

— Perdão, Sir — murmurou James Vane. — Eu me enganei. Uma palavra ao acaso naquele antro maldito me colocou no caminho errado.

— O melhor que tem a fazer é ir para casa e ficar longe dessa pistola, caso contrário pode se meter em encrenca — disse Dorian, dando meia-volta e caminhando lentamente pela rua.

James Vane ficou plantado no calçamento, tomado de horror. Tremia da cabeça aos pés. Depois de um momento, uma sombra negra que vinha deslizando sorrateiramente ao longo da parede úmida saiu para a luz e aproximou-se dele a passos firmes. Ele sentiu uma mão pousar em seu braço e virou-se sobressaltado para trás. Era uma das mulheres que estavam bebendo junto ao balcão.

— Por que você não matou o sujeito? — sibilou ela, aproximando seu rosto magro do dele. — Eu sabia que você iria segui-lo quando saiu correndo do Daly's. Seu idiota! Devia tê-lo matado. Ele tem rios de dinheiro, e é ruim como a peste.

Sibilar > produzir som agudo, como um assobio.

— Não é o homem que estou procurando — respondeu ele —, e não quero dinheiro nenhum. Quero a vida de um homem. O homem cuja vida eu quero deve ter uns quarenta anos agora. Aquele é pouco mais que um garoto. Graças a Deus, não tenho o sangue dele nas minhas mãos.

A mulher deu uma risada mordaz. — Pouco mais que um garoto! — escarneceu. — Ora, meu caro, faz quase dezoito anos que esse Príncipe Encantado fez de mim o que eu sou.

— Está mentindo! — gritou James Vane.

Ela ergueu a mão para o céu. — Deus é testemunha de que estou falando a verdade — exclamou.

— Deus é testemunha?

— Que eu fique muda agora mesmo se não for verdade. Ele é o pior sujeito que vem aqui. Dizem que vendeu a alma ao diabo por um rosto bonito. Faz quase dezoito anos que o conheci. Ele praticamente não mudou desde então. Mas eu sim — acrescentou, com um olhar maldoso e doentio.

— Você jura?

— Juro — foi o eco rouco que veio da sua boca rasa. — Mas não lhe diga que eu contei — choramingou; — tenho medo dele. Me arranje um dinheiro para a minha hospedagem desta noite.

Ele se livrou dela com um palavrão e correu até a esquina, mas Dorian Gray tinha sumido de vista. Quando olhou para trás, a mulher também havia desaparecido.

XVII

UMA SEMANA MAIS TARDE, sentado no jardim de inverno em Selby Royal, Dorian Gray estava conversando com a bela duquesa de Monmouth, que, com o marido, um homem de sessenta anos e aparência cansada, estava entre seus convidados. Era a hora do chá, e a luz suave da lâmpada coberta de rendas pousada sobre a mesa iluminava a delicada porcelana chinesa e a prata batida do serviço que a duquesa estava presidindo. Suas mãos brancas moviam-se delicadamente entre as xícaras, e seus carnudos lábios vermelhos estavam sorrindo em reação a algo que Dorian lhe sussurrara. Lord Henry, recostado numa cadeira de vime coberta de seda, observava os dois. Num divã cor de pêssego estava sentada Lady Narborough, fingindo escutar a descrição que o duque fazia do último besouro brasileiro que acrescentara a sua coleção. Três rapazes em esmerados *smokings* estavam servindo bolinhos a algumas das mulheres. A reunião consistia em doze pessoas, e aguardava-se para o dia seguinte a chegada de outras.

Em 1833, foi fundada a Sociedade de Entomologia de Londres e havia muita gente mais interessada do que nunca em insetos. Faziam sucesso especial, então, **besouros** típicos do **Brasil**, pelo seu tamanho e/ou pelas cores.

— Sobre o que vocês dois estão conversando? — perguntou Lord Henry, aproximando-se da mesa e pousando sua xícara. — Espero que Dorian tenha lhe falado sobre meu plano de rebatizar tudo, Gladys. É uma ideia deliciosa.

— Mas eu não quero ser rebatizada, Harry — retrucou a duquesa, erguendo para ele os lindos olhos. — Estou bem satisfeita com meu nome, e tenho certeza de que o senhor Gray está satisfeito com o dele.

— Minha querida Gladys, eu não mudaria por nada neste mundo o nome de vocês. Ambos são perfeitos. Estava pensando principalmente nas flores. Ontem colhi uma orquídea para pôr na minha lapela. Era uma coisa maravilhosa, toda pintalgada, tão contundente quanto os sete pecados capitais. Num momento irrefletido, perguntei a um dos jardineiros qual era o nome dela. Ele me disse que era uma espécie refinada de *Robinsoniana*, ou alguma coisa igualmente horrenda. É uma triste verdade, mas perdemos a capacidade de dar nomes graciosos às coisas. Os nomes são tudo. Eu nunca brigo com as ações. Minha única briga é com as palavras. É por essa razão que eu odeio o realismo vulgar na literatura. O homem que se presta a chamar uma espada de espada deveria ser obrigado a usá-la. É a única coisa para a qual está habilitado.

Pintalgado > com pintas de vários tons.

— Nesse caso, como devíamos chamar você, Harry? — perguntou ela.

— O nome dele é Príncipe Paradoxo — disse Dorian.

— Eu o reconheço num instante — exclamou a duquesa.

— Não vou ficar ouvindo isso — riu Lord Henry, afundando numa poltrona. — De um rótulo não há como escapar! Recuso o título.

— A realeza não pode abdicar. — A resposta saiu, como um aviso, dos belos lábios da duquesa.

— Quer que eu defenda meu trono, então?

— Sim.

— Forneço as verdades de amanhã.

— Prefiro os erros de hoje — respondeu ela.

— Você me desarma, Gladys! — exclamou ele, percebendo a obstinação de seu estado de espírito.

— Do seu escudo, Harry; não da sua lança.

— Eu nunca duelo com a Beleza — disse ele, com um gesto de mão.

— Esse é o seu erro, Harry, acredite. Você valoriza em demasia a beleza.

— Como pode dizer isso? Admito que considero melhor ser belo do que ser bom. Mas por outro lado ninguém está mais disposto do que eu a reconhecer que é melhor ser bom do que ser feio.

— A feiura é um dos sete pecados capitais, então? — perguntou a duquesa. — O que acontece com sua comparação com a orquídea?

— A feiura é uma das sete virtudes capitais, Gladys. Você, como uma boa *tory*, não deve subestimá-la. A cerveja, a Bíblia e as sete virtudes capitais fizeram da Inglaterra o que ela é.

— Então você não gosta do seu país? — perguntou ela.

— Eu vivo nele.

— Para poder criticá-lo melhor.

— Quer que eu lhe diga qual é o veredicto da Europa sobre o país?

— O que eles dizem de nós?

— Que Tartufo emigrou para a Inglaterra e abriu uma loja.

Tartufo é o protagonista de uma das peças mais famosas do francês Molière (1622-1673), escrita em 1667. Na comédia, esse personagem título é um mala sem alça que finge ser generoso e preocupado com os outros, quando na verdade ele é só um hipócrita dos grandes.

— A piada é sua, Harry?

— Eu lhe dou de presente.

— Não posso usá-la. É verdadeira demais.

— Não precisa ter medo. Nossos compatriotas nunca reconhecem uma descrição.

— Eles são práticos.

— São mais astutos do que práticos. Quando fazem seu balanço contábil, compensam a estupidez com a riqueza, e o vício com a hipocrisia.

— Ainda assim, fizemos coisas grandiosas.

— Grandes coisas nos foram inculcadas, Gladys.

— Carregamos o peso delas.

— Só até a bolsa de valores.

Ela balançou a cabeça negativamente. — Eu acredito na raça — protestou.

— Ela representa a sobrevivência dos empreendedores.

— Ela tem desenvolvimento.

— A decadência me fascina mais.

— E o que me diz da Arte? — perguntou ela.

— É uma doença.

— E o Amor?

— Uma ilusão.

— A Religião?

— O substituto chique da Crença.

— Você é um cético.

— Jamais! O ceticismo é o começo da Fé.

— O que você é então?

— Definir é limitar.

— Dê-me uma pista.

— Os fios se rompem. Você se perderia no labirinto.

— Você me desconcerta. Vamos falar de outra coisa.

— Nosso anfitrião é um tópico fascinante. Anos atrás ele foi batizado de Príncipe Encantado.

— Ah, não me lembre disso — protestou Dorian Gray.

— Nosso anfitrião está mesmo terrível esta tarde —respondeu a duquesa, enrubescendo. — Creio que ele acha que Monmouth se casou comigo com base em princípios puramente científicos, como o melhor espécime que ele conseguiu encontrar de uma borboleta moderna.

— Bem, espero que ele não lhe espete alfinetes, duquesa — riu Dorian.

— Oh! Minha criada já faz isso, senhor Gray, quando está aborrecida comigo.

— E por que ela se aborrece com a senhora, duquesa?

— Pelas coisas mais banais, senhor Gray, eu lhe garanto. Geralmente porque eu chego às dez para as nove e lhe digo que preciso estar vestida às oito e meia.

— Como ela é injusta! A senhora deveria lhe dar uma advertência.

— Eu não ousaria, senhor Gray. Ora, ela inventa chapéus para mim. Lembra-se daquele que usei na festa ao ar livre de Lady Hilstone? Não se lembra, mas é gentil de sua parte fingir que sim. Bem, ela o fez para mim assim do nada. Todos os bons chapéus são feitos do nada.

— Como todas as boas reputações, Gladys — interrompeu Lord Henry. — Cada efeito que a pessoa produz lhe dá um inimigo. Para ser popular é preciso ser uma mediocridade.

— Não com as mulheres — disse a duquesa, negando com a cabeça; — e as mulheres governam o mundo. Eu lhe garanto que não suportamos mediocridades. Nós, mulheres, como diz alguém, amamos com nossos ouvidos, assim como vocês, homens, amam com os olhos, se é que chegam a amar.

— Tenho a impressão de que nunca fazemos outra coisa — murmurou Dorian.

— Ah!, então vocês nunca amam de verdade, senhor Gray — respondeu a duquesa, fingindo tristeza.

— Minha querida Gladys! — protestou Lord Henry. — Como pode dizer isso? Os romances vivem da repetição, e a repetição converte um apetite numa arte. Além disso, cada vez que a gente ama é como se fosse a única vez que chegou a amar. A mudança de objeto não altera o caráter único da paixão. Ela apenas o intensifica. Só podemos ter na vida uma única experiência grandiosa, se tanto, e o segredo da vida é reproduzir essa experiência tão frequentemente quanto possível.

— Mesmo quando ela nos machuca, Harry? — perguntou a duquesa, depois de uma pausa.

— Principalmente quando a pessoa se machuca — respondeu Lord Henry.

A duquesa se virou e encarou Dorian Gray com uma expressão curiosa nos olhos. — O que diz sobre isso, senhor Gray? — indagou.

Dorian hesitou por um momento. Em seguida jogou a cabeça para trás e riu. — Eu sempre concordo com Harry, duquesa.

— Mesmo quando ele está errado?

— Harry nunca está errado, duquesa.

— E a filosofia dele o faz feliz?

— Nunca busquei a felicidade. Quem quer a felicidade? O que tenho buscado é o prazer.

— E o encontra, senhor Gray?

— Frequentemente. Muito frequentemente.

A duquesa suspirou. — Estou em busca de paz — ela disse —, e se eu não for me vestir não terei paz alguma esta noite.

— Deixe-me pegar algumas orquídeas para a senhora, duquesa — exclamou Dorian, pondo-se de pé e dirigindo-se à estufa.

— Você está flertando vergonhosamente com ele — disse Lord Henry a sua prima. — É melhor tomar cuidado. Ele é muito sedutor.

— Se não fosse, não haveria batalha.

— De grego contra grego, no caso.

— Estou do lado dos troianos. Eles lutaram por uma mulher.

— Foram derrotados.

— Há coisas piores que a captura — retrucou ela.

— Você está galopando com a rédea solta.

— O ritmo gera vida — foi a *riposte*.

Riposte **>** do francês, réplica.

— Vou escrever isso em meu diário esta noite.

— O quê?

— Que uma criança queimada adora o fogo.

Há um velho ditado em inglês que diz: "**Criança queimada teme o fogo**" (*Burnt child dreads the fire*). Mas a frase de Wilde inverte a lógica da coisa.

— Nem me chamusquei. Minhas asas estão intocadas.

— Você as usa para tudo, menos para voar.

— A coragem passou dos homens para as mulheres. É uma nova experiência para nós.

— Você tem uma rival.

— Quem?

Ele riu. — Lady Narborough — sussurrou. — Ela o adora de modo absoluto.

— Você me enche de apreensão. O encanto da Antiguidade é fatal para nós, que somos românticas.

— Românticas! Vocês seguem todos os métodos da ciência.

— Os homens nos instruíram.

— Mas não as esclareceram.

— Descreva-nos enquanto sexo — ela o desafiou.

— Esfinges sem segredos.

Ela o encarou, sorrindo. — Como o senhor Gray está demorando! — disse. — Vamos lá ajudá-lo. Eu ainda não disse a ele qual é a cor do meu vestido.

— Ah!, você deve usar um vestido que combine com as flores dele, Gladys.

— Isso seria uma rendição prematura.

— A arte romântica começa com seu clímax.

— Tenho de manter aberta uma possibilidade de retirada.

— À maneira dos partos?

— Eles encontravam segurança no deserto. Não posso fazer o mesmo.

— As mulheres nem sempre têm escolha — respondeu ele, mas nem havia concluído a frase quando da outra extremidade da estufa veio um gemido abafado, seguido pelo baque surdo da queda de algo pesado. Sobressaltaram-se. A duquesa ficou paralisada de horror. Com medo nos olhos, Lord Henry correu por entre a folhagem e encontrou Dorian Gray estendido de bruços no piso de ladrilhos, desfalecido como um morto.

Os soldados do antigo Império Parta (247 a.C.-224 d.C.), que ia do Oriente Médio à Ásia Central, tinham uma habilidade bastante fatal para quem achasse que estava ganhando a guerra contra eles: enquanto fugiam a cavalo, mesmo de costas para os inimigos, os **partos** disparavam suas flechas virando-se para eles.

Foi carregado imediatamente para a sala de visitas azul e estendido sobre um dos sofás. Depois de um momento voltou a si e olhou em volta com uma expressão estupefata.

— Que aconteceu? — perguntou. — Oh! Agora me lembro. Estou seguro aqui, Harry? — E começou a tremer.

— Meu caro Dorian — respondeu Lord Henry —, você simplesmente desmaiou. Foi só isso. Deve ter se extenuado. Melhor nem participar do jantar. Eu assumo o seu lugar.

— Não, eu vou, sim — disse ele, pondo-se de pé com esforço. — Preciso ir. Não posso ficar sozinho.

Foi para o quarto e trocou de roupa. Havia uma alegre e selvagem despreocupação em seus modos quando se sentou à mesa, mas um calafrio de terror o percorria de tempos em tempos, quando se lembrava de que, pressionado contra a janela da estufa como um lenço branco, havia visto o rosto de James Vane a encará-lo.

XVIII

NO DIA SEGUINTE ele não saiu de casa; na verdade, passou quase todo o tempo no quarto, nauseado por um terror selvagem de morrer, e no entanto indiferente à vida em si. A consciência de estar sendo caçado, acossado, rastreado, passara a dominá-lo. Bastava a tapeçaria tremular ao vento para que ele estremecesse. As folhas mortas sopradas contra os vidros da janela pareciam-lhe suas próprias resoluções perdidas e seus dolorosos remorsos. Quando fechava os olhos, via de novo o rosto do marinheiro espiando através do vidro embaçado, e o horror parecia mais uma vez pousar a mão pesada sobre seu coração.

Mas talvez tivesse sido apenas sua fantasia a cobrar vingança no meio da noite, e a configurar diante dele as formas monstruosas do castigo. A vida real era caótica, mas havia algo terrivelmente lógico na imaginação. Era a imaginação que punha o remorso em seu encalço. Era a imaginação que fazia cada crime gerar sua prole disforme. No mundo comum dos fatos os maus não eram punidos, nem os bons recompensados. O sucesso cabia aos fortes, o fracasso era imposto aos fracos. Isso era tudo. Além do mais, se algum estranho tivesse rondado a casa, teria sido visto pelos criados ou pelos vigias. Se pegadas tivessem sido descobertas nos canteiros, os jardineiros teriam relatado o fato. Sim: tudo não passara de imaginação. O irmão de Sibyl Vane não retornara para matá-lo. Ele havia embarcado em seu navio para naufragar em algum mar invernal. Dele, de todo modo, estava resguardado. Ora, o homem não sabia quem era ele, não tinha como saber. A máscara de juventude o salvara.

Entretanto, se havia sido mera ilusão, como era terrível pensar que a consciência podia engendrar fantasmas tão medonhos, dar-lhes forma visível e ainda fazê-los mover-se diante de nós! Que tipo de vida seria a sua se, dia e noite, sombras de seu crime o vigiassem a partir de cantos escuros, zombassem dele desde lugares secretos, sussurrassem em seu ouvido durante o banquete, despertassem-no de seu sono com dedos gelados! À medida que esse pensamento se desenvolvia em seu cérebro, ele empalidecia de terror, e teve a impressão de que o ar ficava subitamente mais frio. Da caverna negra do Tempo, terrível e envolta em escarlate, emergia a imagem do seu pecado. Quando Lord Henry apareceu, às seis horas, encontrou-o chorando como alguém cujo coração fosse estourar.

Foi só no terceiro dia que se aventurou a sair. Havia algo no ar claro daquela manhã de inverno, com seu aroma de pinho, que lhe trazia de volta a jovialidade e o ardor pela vida. Mas não foram meramente as condições do ambiente que causaram a mudança. Sua própria natureza se rebelara contra o excesso de aflição que havia ameaçado desfigurar e arruinar a perfeição de sua calma. Com temperamentos sutis e refinados é sempre assim. Suas paixões mais fortes precisam machucar ou se curvar. Ou matam o homem, ou morrem elas mesmas. Tristezas superficiais e amores superficiais sobrevivem. Os grandes amores e tristezas são destruídos por sua própria plenitude. Além disso, ele se convencera de que fora vítima de uma imaginação aterrorizada, e agora olhava retrospectivamente para seus temores com certa pena e não pouco desprezo.

Depois do café da manhã ele caminhou com a duquesa por uma hora no jardim, e depois atravessou de carroça o parque para se juntar ao grupo de caçada. Uma geada fina cobria a relva como uma camada de sal. O céu era uma xícara invertida de metal azul. Uma fina película de gelo cobria o plácido lago cercado de juncos.

Na beira do bosque de pinheiros avistou Sir Geoffrey Clouston, o irmão da duquesa, descartando dois cartuchos usados de sua arma. Ele saltou da carroça e, tendo dito ao cavalariço que levasse a égua para casa, foi até seu hóspede por entre as samambaias ressecadas e a vegetação rasteira.

— Como foi a caçada, Geoffrey? — perguntou.

— Não muito boa, Dorian. Acho que a maioria das aves saiu para o campo aberto. Arrisco dizer que vai ser melhor depois do almoço, quando formos para outra área.

Dorian caminhou a seu lado. O ar penetrantemente aromático, as luzes marrons e vermelhas que cintilavam no bosque, os gritos ásperos dos batedores soando de quando em quando, os estalos agudos dos tiros que se seguiam, tudo isso o fascinava e o enchia de uma sensação de deliciosa liberdade. Sentia-se dominado pela despreocupação da felicidade, pela suprema indiferença da alegria.

Batedor > na caçada inglesa, é aquele que tenta levar os animais na direção do caçador.

De repente, de uma moita irregular de capim velho, a uns vinte passos deles, com as orelhas de ponta negra eretas, saltando para a frente com o impulso das compridas patas traseiras, surgiu uma lebre. Saiu em disparada rumo a um grupo cerrado de amieiros. Sir Geoffrey ergueu a espingarda até o ombro, mas alguma coisa na elegância dos movimentos do animal fascinou estranhamente Dorian Gray, que gritou no mesmo instante: — Não atire, Geoffrey. Deixe que ela viva.

Amieiro > árvore comum em várias partes da Europa. Nome científico: *Alnus glutinosa*.

— Que bobagem, Dorian! — riu seu companheiro, e antes de a lebre desaparecer atrás das árvores ele disparou. Ouviram-se dois gritos, o grito de uma lebre sentindo dor, que é horrível, e o grito de um homem em agonia, que é pior ainda.

— Deus do céu! Acertei um batedor! — exclamou Sir Geoffrey. — O que é que um asno desses foi fazer diante das espingardas? Parem de atirar! — berrou a plenos pulmões. — Um homem foi ferido.

O chefe dos batedores veio correndo, com um bastão na mão.

— Onde, Sir? Onde está ele? — gritou. Ao mesmo tempo todos os disparos cessaram.

— Aqui — respondeu Sir Geoffrey, irritado, correndo em direção ao matagal. — Por que diabos você não mantém seus homens atrás da linha de tiro? Estragou minha caçada pelo dia inteiro.

Dorian ficou observando-os enquanto se metiam no arvoredo, afastando para o lado os ramos flexíveis e balouçantes. Emergiram depois de poucos minutos, arrastando um corpo atrás de si para a luz do sol. Ele desviou o rosto, horrorizado. Parecia-lhe que o infortúnio o perseguia aonde quer que fosse. Ouviu Sir Geoffrey perguntar se o homem estava mesmo morto, e a resposta afirmativa do batedor. O bosque lhe pareceu subitamente repleto de rostos vivos. Havia o tropel de miríades de pés e o zumbido surdo de vozes. Um faisão com peito cor de cobre se agitou nos galhos mais altos.

Depois de alguns momentos, que para ele, em seu estado de perturbação, pareceram horas intermináveis de sofrimento, sentiu uma mão pousar em seu ombro. Virou-se num sobressalto.

— Dorian — disse Lord Henry —, achei por bem dizer a eles que a caçada está encerrada por hoje. Não seria bom continuar.

— Por mim, deveria ser encerrada para sempre, Harry — respondeu com amargura. — A coisa toda é pavorosa e cruel. O homem...?

Não conseguiu terminar a frase.

— Temo que sim — respondeu Lord Henry. — Recebeu toda a carga no peito. Deve ter morrido quase instantaneamente. Venha; vamos para casa.

Caminharam lado a lado na direção da alameda por uns cinquenta metros sem abrir a boca. Então Dorian olhou para Lord Henry e disse, com um suspiro profundo:
— É um mau presságio, Harry, um péssimo presságio.

— O quê? — perguntou Lord Henry. — Oh!, este acidente, suponho. Meu caro amigo, não se pode fazer nada. Foi culpa do próprio sujeito. Por que ele foi se meter na frente dos tiros? Além disso, não temos nada com isso. É bem embaraçoso para o Geoffrey, claro. Não é de bom-tom alvejar batedores. Faz pensar que a pessoa é ruim de mira. E Geoffrey não é; ele atira muito bem. Mas não adianta ficar falando sobre o assunto.

Dorian balançou a cabeça negativamente. — É um mau presságio, Harry. Tenho a sensação de que algo horrível pode acontecer com algum de nós. Comigo, talvez — acrescentou, passando a mão pelos olhos, num gesto de dor.

O homem mais velho riu. — A única coisa horrível no mundo é o *ennui*, Dorian. É o único pecado para o qual não existe perdão. Mas não estamos propensos a padecer desse mal, a menos que estes camaradas continuem falando desse acontecimento no jantar. Devo dizer a eles que o assunto deve ser considerado tabu. Quanto a presságios, isso é algo que não existe. O destino não nos manda mensageiros. É sábio demais ou cruel demais para isso. Ademais, o que é que poderia lhe acontecer, Dorian? Você tem tudo o que um homem pode querer no mundo. Não há quem não ache uma delícia a ideia de trocar de lugar com você.

Não existe alguém com quem eu não trocaria de lugar, Harry. Não ria. Estou falando a verdade. O camponês desgraçado que acaba de morrer está melhor que eu. Não tenho pavor da Morte em si. É a aproximação da Morte que me aterroriza. Suas asas monstruosas parecem se agitar no ar de chumbo à minha volta. Santo Deus!, não está vendo um homem se movendo ali atrás das árvores, me espiando, me esperando?

Lord Henry olhou na direção para onde apontava a trêmula mão enluvada. — Sim — disse ele, sorrindo —, vejo o jardineiro esperando por você. Suponho que ele queira lhe perguntar quais as flores que você deseja ter na mesa hoje à noite. Que absurdo esse seu nervosismo, meu caro amigo! Você precisa consultar meu médico quando voltarmos à cidade.

Dorian deixou escapar um suspiro de alívio ao ver o jardineiro se aproximar. O homem levou a mão ao chapéu, olhou de relance para Lord Henry de modo hesitante e em seguida mostrou uma carta, que estendeu ao patrão. — Sua Graça me disse para esperar uma resposta — murmurou.

Dorian enfiou a carta no bolso. — Diga a Sua Graça que estou indo — disse ele, friamente. O homem deu meia-volta e caminhou depressa em direção à casa.

— Como as mulheres gostam de fazer coisas perigosas! — riu Lord Henry. — É uma das qualidades delas que mais admiro. Uma mulher flertará com qualquer pessoa no mundo desde que outras pessoas estejam vendo.

— E como você gosta de dizer coisas perigosas, Harry! No caso atual você errou feio o alvo. Eu gosto muito da duquesa. Mas não a amo.

— E a duquesa o ama muito, mas não gosta tanto, portanto vocês combinam muito bem.

— Você está falando de escândalo, Harry, e não há jamais base para escândalo.

— A base de todo escândalo é uma convicção imoral — disse Lord Henry, acendendo um cigarro.

— Você sacrificaria qualquer um por um epigrama, Harry.

— O mundo vai para o altar de sacrifício por iniciativa própria — foi a resposta.

— Quisera eu poder amar — exclamou Dorian Gray, com um tom dramático na voz. — Mas parece que perdi a paixão e esqueci o desejo. Estou concentrado demais em mim mesmo. Minha própria personalidade se tornou um fardo para mim. Quero escapar, ir embora, esquecer. Foi uma tolice de minha parte vir para cá. Acho que vou telegrafar a Harvey para que apronte o veleiro. Num barco a vela a gente está a salvo.

— A salvo de quê, Dorian? Você está em alguma encrenca. Por que não me conta o que é? Você sabe que eu o ajudaria.

— Não posso lhe contar, Harry — respondeu ele, com tristeza. — Talvez seja só uma fantasia minha. Esse acidente infeliz me perturbou. Tenho um pressentimento horrível de que alguma coisa do tipo pode acontecer comigo.

— Que bobagem!

— Espero que seja, mas não consigo deixar de sentir assim. Ah! Aí está a duquesa, parecendo Ártemis num vestido feito sob medida. Como pode ver, estamos de volta, duquesa.

Na mitologia grega, **Ártemis** é a deusa da caça, dos animais selvagens e também da castidade.

— Eu soube de tudo, senhor Gray — respondeu ela. — O pobre Geoffrey está terrivelmente abalado. E ao que parece o senhor lhe pediu que não atirasse na lebre. Que estranho!

— Sim, foi muito estranho. Não sei o que me fez dizer aquilo. Um capricho, suponho. A lebre me pareceu a mais adorável das coisas vivas. Mas lamento que tenham lhe contado sobre o homem. É um assunto tenebroso.

— É um assunto aborrecido — atalhou Lord Henry. — Não tem valor psicológico algum. Agora, se Geoffrey tivesse feito de propósito, como seria interessante! Eu gostaria de conhecer alguém que tivesse cometido um assassinato de verdade.

— Que horrendo de sua parte, Harry! — protestou a duquesa. — Não é mesmo, senhor Gray? Harry, o senhor Gray está se sentindo mal de novo. Vai desmaiar.

Dorian se recompôs com esforço, e sorriu. — Não é nada, duquesa — murmurou; — meus nervos estão terrivelmente perturbados. É só isso. Acho que caminhei demais esta manhã. Não ouvi o que Harry disse. Foi muito ruim? A senhora me conta em outro momento. Acho que devo ir me deitar agora. A senhora me dá licença?

Haviam chegado ao grande lanço de escada entre o jardim de inverno e o terraço. Quando a porta de vidro se fechou atrás de Dorian, Lord Henry se virou e encarou a duquesa com seus olhos sonolentos. — Está muito apaixonada por ele? — perguntou.

Ela não respondeu por um momento, mas ficou parada, contemplando a paisagem. — É o que eu gostaria de saber — disse, por fim.

Ele abanou a cabeça. — Saber seria fatal. É a incerteza que nos fascina. Uma névoa torna maravilhosas as coisas.

— Mas a gente pode se perder.

— Todos os caminhos terminam no mesmo ponto, minha cara Gladys.

— E que ponto é esse?

— Desilusão.

— Foi o meu *début* na vida — ela suspirou.

— Chegou coroada a você.

— Estou farta das folhas de morango da minha coroa.

Na tradição britânica, a **coroa** de uma duquesa vem ornada com quatro folhas de flor de lis e quatro **folhas de morango**.

— Elas lhe caem bem.

— Apenas em público.

— Sentiria falta delas — disse Lord Henry.

— Não vou me separar de uma pétala.

— Monmouth tem ouvidos.

— Os velhos ouvem mal.

— Ele nunca sentiu ciúme?

— Quem dera tivesse sentido.

Ele olhou em volta como se procurasse alguma coisa. — O que está procurando? — ela quis saber.

— A ponteira do seu florete — respondeu ele. — Você a deixou cair.

Ela riu. — Ainda estou de máscara.

— Assim seus olhos ficam ainda mais encantadores — foi a réplica dele.

Ela voltou a rir. Seus dentes se mostravam como sementes brancas numa fruta escarlate.

No andar de cima, em seu quarto, Dorian estava estendido num sofá, com o terror vibrando em cada fibra do corpo. A vida se tornara subitamente um peso monstruoso demais para suportar. A morte horrível do batedor infeliz, baleado no mato como um animal selvagem, parecera-lhe a prefiguração de sua própria morte. Quase desmaiara com o que Lord Henry havia dito ao acaso como gracejo cínico.

Às cinco horas tocou a sineta chamando o criado e ordenou-lhe que fizesse suas malas a tempo de embarcar no expresso noturno para a cidade, e que a berlinda estivesse à sua porta às oito e meia. Estava decidido a não dormir nem sequer mais uma noite em Selby Royal. Era um lugar aziago. A morte entrava ali à luz do dia. A relva da floresta estava manchada de sangue.

Aziago > que dá azar.

Escreveu então um bilhete a Lord Henry dizendo que ia à cidade consultar seu médico e pedindo-lhe que entretivesse seus convidados durante sua ausência. Quando estava enfiando o bilhete num envelope, ouviu uma batida na porta, e seu pajem o informou de que o chefe dos batedores queria falar com ele. Franziu o cenho e mordeu o lábio. — Mande entrar — murmurou, depois de alguns instantes de hesitação.

Tão logo o homem entrou, Dorian tirou seu talão de cheques de uma gaveta e o abriu à sua frente.

— Suponho que tenha vindo por causa do acidente infeliz desta manhã. Thornton? — disse, empunhando uma caneta.

— Sim, Sir — respondeu o guarda-caça.

— O pobre sujeito era casado? Tinha alguém que dependia dele? — perguntou Dorian, com expressão entediada. — Se tinha, não quero deixá-los em situação de penúria, e mandarei para eles qualquer soma em dinheiro que você julgue necessário.

— Não sabemos quem ele é, Sir. É sobre isso que tomei a liberdade de vir falar com o senhor.

— Não sabem quem é? — perguntou Dorian, distraidamente. — Como assim? Não era um dos seus homens?

— Não, Sir. Nunca o vi antes. Parece um marinheiro, Sir.

A caneta caiu da mão de Dorian, e ele sentiu que seu coração parava de bater. — Um marinheiro? — exclamou. — Você disse marinheiro?

— Sim, Sir. Parece que era uma espécie de marinheiro; tatuado nos dois braços, esse tipo de coisa.

— Foi encontrada alguma coisa com ele? — perguntou Dorian, inclinando-se para a frente e fitando o homem de olhos arregalados. — Alguma coisa que pudesse informar seu nome?

— Tinha algum dinheiro, Sir... não muito, e um revólver de seis balas. Nenhum nome, de tipo algum. Um homem de aspecto decente, Sir, mas rude. Uma espécie de marinheiro, é o que achamos.

Dorian se pôs de pé. Uma esperança terrível passou adejando por ele. Agarrou-se desesperadamente a ela. — Onde está o corpo? — exclamou. — Depressa! Preciso vê-lo agora mesmo.

Adejar > agitar as asas.

— Ficou num estábulo vazio na sede da fazenda, Sir. O pessoal não gosta de ter esse tipo de coisa em casa. Dizem que um cadáver traz má sorte.

— Na sede da fazenda! Vá imediatamente e me encontre lá. Diga a um dos cavalariços que traga meu cavalo. Não. Esqueça. Eu mesmo vou aos estábulos. Assim poupo tempo.

Em menos de um quarto de hora Dorian Gray estava galopando o mais rápido que podia pela longa alameda. As árvores pareciam deslizar para trás em procissão espectral, e sombras enlouquecidas cruzavam seu caminho. A certa

Mourão > estaca de madeira.

Relho > chicote.

altura a égua deu uma guinada diante de um mourão branco e quase o derrubou. Ele a açoitou no pescoço com seu relho. Ela fendia o ar sombrio como uma flecha. As pedras voavam sob os golpes dos seus cascos.

Chegou enfim à sede da fazenda. Dois homens vadiavam no pátio. Ele saltou da sela e jogou as rédeas para um deles. No estábulo mais distante tremeluzia uma luz. Alguma coisa lhe dizia que o cadáver estava lá, e ele correu para a porta e colocou a mão no ferrolho.

Estacou então por um momento, sentindo que estava à beira de uma descoberta que salvaria ou arruinaria sua vida. Então abriu bruscamente a porta e entrou.

Aniagem > tecido grosseiro muito usado para ensacar sementes.

Numa pilha de aniagem no canto oposto jazia o cadáver de um homem vestido de camisa grosseira e calças azuis. Um lenço manchado tinha sido colocado sobre o rosto. Uma vela crua, presa numa garrafa, crepitava a seu lado.

Dorian Gray estremeceu. Sentiu que a mão para afastar o lenço não poderia ser a sua, e gritou para que um dos empregados da fazenda viesse acudi-lo.

— Tire essa coisa de cima do rosto. Quero vê-lo — disse, agarrando o batente da porta para se apoiar.

Quando o empregado cumpriu a ordem, ele deu um passo à frente. Um grito de alegria escapou de seus lábios. O homem baleado no mato era James Vane.

Ficou ali por alguns minutos olhando para o cadáver. Ao cavalgar de volta para casa, seus olhos estavam cheios de lágrimas, pois sabia que estava salvo.

XIX

— **NÃO ADIANTA VOCÊ DIZER** que vai ser bom daqui para a frente — protestou Lord Henry, mergulhando os dedos brancos numa tigela de cobre cheia de água de rosas. — Você é perfeito. Eu lhe peço, não mude.

Dorian Gray sacudiu a cabeça. — Não, Harry. Fiz muitas coisas pavorosas na vida. Não vou mais fazer. Dei início ontem a minhas boas ações.

— Onde você estava ontem?

— No interior, Harry. Hospedado sozinho numa pequena estalagem.

— Meu caro rapaz — disse Lord Henry, sorrindo —, qualquer um pode ser bom no interior. Lá não há tentações. É por essa razão que as pessoas que vivem fora da cidade são incivilizadas de modo tão absoluto. A civilização não é, de modo algum, uma coisa fácil de alcançar. Só existem dois meios de atingi-la. Uma delas é sendo culto; a outra é sendo corrupto. As pessoas do interior não têm oportunidade de ser nenhuma das duas coisas, por isso ficam estagnadas.

— Cultura e corrupção — ecoou Dorian. — Conheci um tanto de ambas. Agora me parece terrível que tenham de estar sempre juntas. Pois tenho um novo ideal, Harry. Vou me transformar. Acho até que já me transformei.

— Você não me disse ainda qual foi sua boa ação. Ou será que foi mais de uma? — perguntou seu interlocutor, vertendo em seu prato uma pirâmide de morangos e despejando sobre eles açúcar branco como neve, com uma colher perfurada em formato de concha.

— Para você eu conto, Harry. Não é uma história que eu possa contar a qualquer outra pessoa. Eu poupei alguém. Sei que soa fútil, mas você entende o que quero dizer. Ela era linda e maravilhosa como Sibyl Vane. Acho que foi isso que inicialmente me atraiu a ela. Você se lembra de Sibyl, não? Quanto tempo parece ter passado! Bem, Hetty não era alguém da nossa classe, claro. Era simplesmente uma garota de um vilarejo. Mas eu a amava de verdade. Estou convicto de que a amava. Durante todo aquele maravilhoso mês de maio que estávamos tendo, eu costumava ir vê-la duas ou três vezes por semana. Ontem ela se encontrou comigo num pequeno pomar. As flores de macieira caíam sobre seus cabelos, e ela ria. Iríamos partir juntos hoje ao amanhecer. De repente decidi deixá-la pura como uma flor, tal qual a conheci.

— Eu diria que a novidade da emoção deve ter-lhe dado um *frisson* de verdadeiro prazer, Dorian — interrompeu Lord Henry. — Mas posso dizer o desfecho de seu idílio. Você deu a ela um bom conselho, e partiu seu coração. Esse foi o início da sua regeneração.

— Harry, você é horrível! Não deve dizer essas coisas monstruosas. O coração de Hetty não foi partido. Claro que ela chorou, e tudo mais. Mas nenhuma desonra a atingiu. Ela pode viver, como Perdita, em seu jardim de hortelã e cravo-de-defunto.

— E chorar por um desleal Florizel — disse Lord Henry, rindo, ao se recostar em sua poltrona. — Meu caro Dorian, você tem estados de ânimo estranhamente infantis. Você acha que agora essa garota vai se contentar com uma pessoa qualquer de sua própria classe? Suponho que ela venha a se casar algum dia com um carroceiro rude ou com um camponês sorridente. Bem, o fato de ter conhecido... e amado... você a ensinará a desprezar seu

Idílio > devaneio, sonho.

Personagens de *O conto de inverno*, peça de Shakespeare em que um rei, Leontes, acha que sua esposa, Hermione, que está grávida, tem um caso com Polixenes, um amigo de infância dele. Aí o bafafá se instaura e a filhota, que se chama **Perdita**, nasce e é abandonada. A menina, então, só sobrevive porque um camponês pega a pequenina para criar. Ela cresce e se apaixona por **Florizel**, sem saber que ele é filho do tal do Polixenes. Mas a história da moça é revelada pelo padrasto. Ela faz as pazes com o verdadeiro pai e se casa com seu amoreco.

Este trecho nos leva a outra peça de Shakespeare: *Hamlet*. Nela, Ofélia está apaixonada pelo príncipe da Dinamarca, o Hamlet, mas ele resolve dizer que não está nem aí para a moça. Além disso, o pai dela, Polônio, é assassinado (sem querer) pelo próprio Hamlet. Ofélia enlouquece com aquilo tudo, cai num rio e morre. O pintor inglês John Everett Millais (1829-1896) fez um quadro com a Ofélia boiando num riachinho, cercada de plantas, como **hortelã e cravo-de-defunto**.

marido, e ela será infeliz. De um ponto de vista moral, não posso dizer que valorizo muito sua grande renúncia. Mesmo como um começo, é pobre. Além disso, como você pode saber se Hetty não está, neste momento, num lago de moinho iluminado pelas estrelas, com ninfeias boiando à sua volta, como Ofélia?

Ninfeia > um tipo de flor aquática.

— Não posso suportar isso, Harry! Você zomba de tudo e em seguida sugere as tragédias mais sérias. Agora lamento ter-lhe contado. Não ligo para o que você me diz. Sei que eu estava certo ao agir como agi. Pobre Hetty! Ao passar a cavalo pela fazenda esta manhã, vi o rosto branco dela na janela, como um ramo de jasmim. Não vamos mais falar sobre isso, e não tente me convencer de que a primeira boa ação que realizei em anos, o primeiro pequeno gesto de sacrifício pessoal que conheci na vida, é na verdade uma espécie de pecado. Quero ser melhor. Serei melhor. Conte-me alguma coisa sobre você. O que está acontecendo na cidade? Não vou ao clube há dias.

— As pessoas ainda estão discutindo o desaparecimento do pobre Basil.

— Pensei que já estivessem cansadas do assunto a esta altura — disse Dorian, servindo-se de um pouco de vinho e franzindo levemente o cenho.

— Meu caro rapaz, eles só estão falando disso há seis semanas, e o público britânico não é capaz do esforço mental de ter mais de um tópico a cada três meses. Eles têm tido muita sorte ultimamente, porém. Tiveram meu próprio divórcio e o suicídio de Alan Campbell. Agora têm o desaparecimento misterioso de um artista. A Scotland Yard ainda insiste em que o homem de sobretudo cinza que partiu para Paris no trem da meia-noite em nove de novembro era o pobre Basil, e a polícia francesa declara que Basil nunca chegou a Paris. Suponho que em quinze dias nos dirão que ele foi visto em

Uma lei de 1857 permitiu o **divórcio** no Reino Unido. Mas não era uma coisa simples: quem resolvia tudo era a corte suprema, com o processo correndo às claras, com os detalhes todos sendo revelados ao mundo e provocando altos escândalos.

A criação da polícia de Londres data de 1829, e seu primeiro endereço na cidade foi um prédio batizado de Great **Scotland Yard** porque ocupava uma área onde antes ficava um castelo em que a realeza escocesa (Scotland = Escócia) costumava se hospedar quando precisava ficar na capital inglesa lá pelo período medieval. Mas o tempo foi passando e Scotland Yard virou uma espécie de sinônimo da Polícia Metropolitana de Londres.

San Francisco. É bizarro, mas todo mundo que desaparece é visto em San Francisco, segundo relatos. Deve ser uma cidade encantadora, e possui todos os atrativos do outro mundo.

— O que você acha que aconteceu com Basil? — perguntou Dorian, erguendo seu borgonha contra a luz e espantando-se com sua própria capacidade de discutir o assunto com tanta calma.

A Borgonha é uma região da França que produz vinhos que levam o mesmo nome: o vinho **borgonha**.

— Não tenho a mínima ideia. Se Basil optou por se esconder, não tenho nada com isso. Se estiver morto, não quero pensar nele. A morte é a única coisa que me aterroriza. Eu a odeio.

— Por quê? — perguntou o homem mais jovem.

— Porque — disse Lord Henry, passando sob as narinas a treliça dourada de uma caixinha de sais aromáticos — pode-se sobreviver a tudo hoje em dia, exceto a ela. A morte e a vulgaridade são os únicos fatos no século dezenove que não se podem descartar com uma explicação. Vamos tomar nosso café na sala de música, Dorian. Toque Chopin para mim. O homem com quem minha mulher fugiu tocava Chopin divinamente. Pobre Victoria! Eu gostava muito dela. A casa ficou muito desolada sem ela. Claro que a vida conjugal é meramente um hábito, um mau hábito. Mas o fato é que a gente lamenta a perda até mesmo dos piores hábitos. Talvez sejam os que mais lamentamos perder. Eles são parte essencial da nossa personalidade.

Essas **caixinhas** de prata decorada, chamadas de *vinaigrettes*, eram usadas para carregar perfume. Lá dentro havia uma esponja toda molhada na fragrância e, por cima dessa almofadinha cheirosa, uma gradezinha (a tal da **treliça**). Às vezes, no lugar de perfume, eles empapavam o troço com vinagre de **sais aromáticos** (daí o nome "vinagrete"). Essas caixinhas davam a dica de que você era chique e rico, enquanto também ajudavam a lidar com a catinga, porque a limpeza das pessoas, das ruas, dos lugares não era lá muito 100%, não.

O nome real dele é Fryderyk Franciszek Szopen, porque **Chopin** era na verdade polonês, nascido em Varsóvia em 1810. (O pai dele, sim, é que era francês e tinha o sobrenome Chopin, mas havia imigrado para a Polônia.) Mas o Fred Szopen aí foi morar na França e ficou mesmo conhecido mundialmente como Frédéric Chopin, um pianista e compositor que até hoje é respeitado no mundo da música clássica.

Dorian nada disse, mas se ergueu da mesa e, passando para a sala seguinte, sentou-se ao piano e deixou os dedos correrem pelo marfim branco e preto das teclas. Depois que o café foi trazido ele parou e, erguendo os olhos para Lord Henry, disse: — Harry, alguma vez lhe ocorreu que Basil tenha sido assassinado?

Lord Henry bocejou. — Basil era muito popular, e sempre levava consigo um relógio

Waterbury barato. Por que o haveriam de matar? Não era inteligente o bastante para ter inimigos. Tinha, claro, talento maravilhoso para a pintura. Mas um homem pode pintar como Velázquez e ser obtuso ao máximo. Basil era na verdade bem obtuso. Ele só me interessou uma vez, e foi quando me contou, anos atrás, que tinha uma adoração louca por você, e que você era a motivação dominante da sua arte.

Reconhecido como um dos grandes artistas do mundo de todos os tempos, Diego **Velázquez** foi o mais importante pintor espanhol do século XVII.

Obtuso > estúpido, tolo.

— Eu gostava muito de Basil — disse Dorian, com um timbre de tristeza na voz. — Mas não há gente dizendo que ele foi assassinado?

— Oh, alguns jornais dizem. Não me parece nem um pouco provável. Sei que há lugares pavorosos em Paris, mas Basil não era o tipo de homem que iria a eles. Ele não tinha curiosidade alguma. Era seu principal defeito.

— O que você diria, Harry, se eu lhe contasse que matei Basil? — disse o homem mais jovem. Fitou o outro intensamente depois de falar.

— Eu lhe diria, meu caro amigo, que está tentando aparentar uma personalidade que não combina com você. Todo crime é vulgar, assim como toda vulgaridade é crime. Não está em você, Dorian, cometer um assassinato. Lamento se firo a sua vaidade ao dizer isso, mas lhe garanto que é verdade. O crime pertence com exclusividade às classes baixas. Não as recrimino nem um pouco. Imagino que para elas o crime seja o que a arte é para nós: simplesmente um método de buscar sensações extraordinárias.

— Um método de buscar sensações? Você acredita, então, que um homem que cometeu assassinato uma vez possa perpetrar o mesmo crime de novo? Não me diga uma coisa dessa.

— Oh!, qualquer coisa se torna um prazer se a pessoa a faz com muita frequência — exclamou Lord Henry, dando risada. — Esse é um dos segredos mais importantes da vida. Eu diria, entretanto, que o assassinato é sempre um erro. A gente nunca deve fazer uma coisa sobre a qual não possa conversar depois do jantar. Mas vamos deixar de lado o pobre Basil. Eu gostaria de acreditar que ele tivesse chegado a um final realmente romântico como o que você aventa; mas não consigo. Eu diria que ele caiu de um ônibus no Sena e que o condutor abafou o escândalo. Sim: esse é um final que eu imaginaria para ele. Vejo-o estendido de costas agora embaixo daquelas águas de um verde fosco, com as barcaças pesadas passando por cima dele, e longas algas grudando em seus cabelos. Sabe, eu não acho que ele ainda voltaria a fazer uma boa obra. Durante os últimos dez anos sua pintura piorou muito.

Dorian soltou um suspiro, e Lord Henry atravessou a sala e passou a afagar a cabeça de um curioso papagaio de Java, um grande pássaro de plumagem cinza, com crista e cauda cor-de-rosa, que se equilibrava num poleiro de bambu. Quando os dedos pontudos o tocavam, ele deixava as escamas brancas de pálpebras enrugadas caírem sobre os olhos que pareciam contas pretas de vidro, e começava a balançar para a frente e para trás.

— Sim — prosseguiu, virando-se e tirando o lenço do bolso; — sua pintura estava acabada. Eu tinha a impressão de que ela havia perdido alguma coisa. Havia perdido um ideal. Quando você e ele deixaram de ser grandes amigos, ele parou de ser um grande artista. O que foi que separou vocês? Suponho que ele o tenha entediado. Nesse caso, ele nunca o perdoou. É um hábito que os chatos têm. A propósito: o que foi feito daquele retrato maravilhoso que ele fez de você? Acho que nem cheguei a revê-lo desde que ficou pronto. Ah!, agora me lembro de você me dizer, anos atrás, que o despachou para Selby, e que ele foi extraviado ou roubado no caminho. Você não o recuperou? Que pena! Era realmente uma obra-prima. Lembro que eu quis comprá-lo. Agora bem que eu gostaria de ter feito isso. Pertencia à melhor fase de Basil. Desde então, seu trabalho foi aquela curiosa mistura de má pintura e boas intenções que credencia um homem a ser chamado de artista britânico representativo. Você fez algum anúncio procurando o quadro? Pois deveria.

— Se fiz, esqueci — disse Dorian. — Suponho que tenha feito. Mas jamais gostei de verdade dele. Lamento ter posado para ele. A lembrança da coisa me é detestável. Por que está falando sobre isso? Ele costumava me fazer lembrar daquelas frases curiosas de alguma peça... *Hamlet*, se não me engano... Como era mesmo?...

> Como a pintura de uma tristeza,
> Um rosto sem coração.

Sim: era isso mesmo.

Lord Henry deu risada. — Se um homem trata a vida artisticamente, seu cérebro é seu coração — respondeu, afundando numa poltrona.

Dorian Gray balançou a cabeça negativamente e tocou alguns acordes suaves no piano. — Como a pintura de uma tristeza — repetiu —, um rosto sem coração.

O homem mais velho recostou-se e olhou para ele com olhos semicerrados. — A propósito, Dorian — disse, depois de uma pausa —, que proveito tem um homem que ganha o mundo inteiro e perde... como é mesmo a citação?... sua própria alma?

Citação da Bíblia, Marcos 8:36: "E que **proveito um homem** tira se ele ganhar o mundo inteiro e perder a sua alma?".

A música saiu do tom e Dorian Gray teve um sobressalto, encarando seu amigo. — Por que me pergunta isso, Harry?

— Meu caro amigo — disse Lord Henry, erguendo as sobrancelhas, surpreso —, perguntei porque pensei que talvez você pudesse me dar uma resposta. Só isso. Eu estava atravessando o Parque domingo passado, e perto do Marble Arch havia uma pequena multidão de pessoas de aspecto miserável ouvindo um desses pregadores vulgares de rua. Ao passar, ouvi o homem gritar essa pergunta para sua plateia. Ela me pareceu bastante dramática. Londres é muito rica em efeitos curiosos desse tipo. Um domingo chuvoso, um cristão tosco com uma capa impermeável, um círculo de rostos brancos sob um teto irregular de guarda-chuvas gotejantes, e uma frase maravilhosa lançada no ar por lábios estridentes e histéricos; era de fato muito boa em seu gênero, uma sugestão e tanto. Pensei em dizer ao profeta que a Arte possuía uma alma, mas o homem não. Receio, porém, que ele não me entendesse.

— Não, Harry. A alma é uma realidade terrível. Pode ser comprada, vendida, permutada. Pode ser envenenada, ou aperfeiçoada. Há uma alma em cada um de nós. Sei disso.

— Tem absoluta certeza, Dorian?

— Absoluta.

— Ah, então deve ser uma ilusão. As coisas de que temos certeza absoluta nunca são verdadeiras. Essa é a fatalidade da Fé, e a lição do Romance. Como você está carrancudo! Não seja tão sério. O que é que você ou eu temos a ver com as superstições de nossa época? Não: nós abandonamos nossa crença na alma. Toque alguma coisa para mim. Toque um noturno, Dorian, e enquanto toca me conte em voz baixa como tem feito para conservar a juventude. Você deve ter algum segredo. Sou apenas dez anos mais velho e estou todo enrugado, gasto, amarelado. Você é uma verdadeira maravilha, Dorian. Nunca teve um aspecto mais encantador do que esta noite. Lembro-me do dia em que o vi pela primeira vez. Você estava um tanto audaz, muito tímido, e absolutamente extraordinário. De lá para cá você mudou, claro, mas não na aparência. Gostaria que me contasse seu segredo. Para ter minha juventude de volta eu faria qualquer coisa neste mundo, exceto me exercitar, acordar cedo ou ser respeitável. Ah, a juventude! Não existe nada melhor. É absurdo falar da ignorância dos jovens. As únicas pessoas cujas opiniões eu escuto hoje em dia a respeito de qualquer assunto são pessoas mais jovens que eu. Elas parecem adiantadas em relação a mim. A vida revelou a elas suas últimas maravilhas. Quanto aos idosos, eu sempre os contradigo. Faço isso por princípio. Se você pergunta a opinião deles sobre alguma coisa que aconteceu ontem, eles lhe dão solenemente as opiniões correntes em 1820, quando os homens usavam gravatas largas com laços elaborados, acreditavam em tudo e não sabiam nada. Que coisa linda você está tocando! Eu me pergunto se Chopin a compôs em Maiorca, com o mar rugindo em torno da *villa* e a maresia batendo contra as janelas. É maravilhosamente romântica. Que bênção saber que ainda resta para nós uma arte que não é imitativa! Não pare. Quero música esta

Noturno é um tipo de música lenta para piano que tem uma levada triste, um clima de melancolia.

Ilha que fica no mar Mediterrâneo e que faz parte da Espanha. Chopin morou em **Maiorca** entre 1838 e 1839.

noite. Imagino que você é o jovem Apolo e eu sou Mársias a escutá-lo. Tenho minhas tristezas pessoais, Dorian, das quais você nada sabe. A tragédia da velhice não é o fato de sermos velhos, mas de sermos jovens. Eu me espanto às vezes com minha própria sinceridade. Ah, Dorian, como você é feliz! Que vida extraordinária você tem levado! Você bebeu de tudo, profundamente. Esmagou as uvas contra o palato. Nada lhe foi escondido. E tudo para você não tem sido mais do que o som da música. Nada o desfigurou. Você ainda é o mesmo.

Na mitologia grega, a deusa Atena tinha inventado um tipo de flauta, mas resolveu jogá-la fora. Um cara chamado **Mársias** encontrou o instrumento e ficou craque em tocá-lo. Daí ele desafiou **Apolo** e sua lira (parecida com uma harpa) para uma disputa com a tal flauta. Quem ganhasse podia fazer o que quisesse com seu rival. Apolo foi o vencedor da batalha musical e castigou Mársias pela audácia de desafiar um deus, amarrando-o numa árvore e arrancando sua pele enquanto ainda estava vivo.

— Não sou o mesmo, Harry.

— É sim: você é o mesmo. Eu me pergunto como será o resto da sua vida. Não o estrague com gestos de renúncia. No momento, você é um ideal de perfeição. Não se torne incompleto. Você agora é impecável. Não precisa balançar a cabeça: você sabe que é. Além disso, Dorian, não engane a si mesmo. A vida não é governada pela vontade ou pela intenção. A vida é uma questão de nervos, de fibras, de células formadas lentamente, nas quais o pensamento se esconde e a paixão tem seus sonhos. Você pode imaginar que está a salvo, e julgar-se forte. Mas um matiz casual de cor numa sala ou num céu matinal, um aroma particular que você um dia amou e que traz consigo lembranças sutis, um verso de um poema esquecido com o qual você depara de novo, uma cadência de um trecho musical que você havia parado de tocar... eu lhe digo, Dorian, que é de coisas assim que depende a nossa vida. Browning escreve sobre isso em algum lugar, mas nossos sentidos as imaginarão para nós. Há momentos em que o perfume do *lilas blanc* me atravessa de repente e me obriga a viver de novo o mês mais estranho da minha vida. Quisera eu trocar de lugar com você, Dorian. O mundo tem criticado a nós dois, mas sempre o venerou. Sempre o venerará. Você é o tipo que a nossa época procura, e que receia

Robert Browning (1812-1889) foi um poeta inglês que escreveu "Uma tocata de Galuppi", poema que gira em torno de alguém tocando ou ouvindo uma música composta pelo veneziano Baldassare Galuppi. Nesse poema, Browning fala do impacto que a arte tem e de como ela de repente o fisga, entra no seu sistema nervoso. Ah, e tocata é uma música feita para piano e que serve como uma prova da destreza do músico, porque é difícil de ser tocada.

ter encontrado. Fico muito feliz por nunca ter feito coisa alguma, nunca ter esculpido uma estátua, ou pintado um quadro, ou produzido o que quer que fosse fora de si mesmo! A vida tem sido sua arte. Você se converteu em música. Seus dias são seus sonetos.

Dorian levantou-se do piano e passou a mão pelos cabelos. — Sim, a vida tem sido extraordinária — murmurou —, mas não vou seguir levando a mesma vida, Harry. E você não deve me dizer essas coisas extravagantes. Você não sabe tudo sobre mim. Acho que, se soubesse, até você me viraria as costas. Está rindo. Não ria.

— Por que parou de tocar, Dorian? Volte para o piano e me dê aquele noturno de novo. Veja a grande lua cor de mel que paira no ar escuro. Ela está esperando que você a enfeitice, e se você tocar ela chegará mais perto da Terra. Não vai mais tocar? Vamos ao clube, então. A noite está encantadora, e temos de encerrá-la com o mesmo encanto. Há alguém no White's que quer muito conhecer você: o jovem Lord Poole, filho mais velho de Bournemouth. Ele até já copiou suas gravatas, e me implorou para ser apresentado a você. É um encanto, e até me lembra bastante você.

— Espero que não — disse Dorian, com uma expressão triste nos olhos. — Mas estou cansado esta noite, Harry. Não vou ao clube. Já são quase onze horas e quero me deitar cedo.

— Fique então. Você nunca tocou tão bem como hoje. Havia algo maravilhoso no seu modo de tocar. Uma expressividade que eu nunca ouvira antes.

— É porque agora eu vou ser bom — respondeu ele, sorrindo. — Já estou um pouco mudado.

— Você não pode mudar para mim, Dorian — disse Lord Henry. — Você e eu seremos sempre amigos.

— No entanto, você uma vez me envenenou com um livro. Nunca vou perdoar isso. Harry, prometa que nunca emprestará aquele livro para mais ninguém. Ele é nocivo.

— Meu caro rapaz, você está realmente começando a dar sermão moral. Daqui a pouco vai sair por aí como os convertidos, os moralistas, alertando as pessoas contra os pecados dos quais se cansou. Você é adorável demais para isso. Além do mais, não adianta nada. Você e eu somos o que somos, e seremos o que seremos. Quanto a ser envenenado por um livro, isso não existe. A arte não tem influência alguma sobre as ações. Ela aniquila o desejo de agir. É soberbamente estéril. Os livros que o mundo chama de imorais são livros que mostram ao mundo sua própria vergonha. Isso é tudo. Mas não vamos discutir literatura. Apareça aqui amanhã. Vou cavalgar às onze. Poderíamos ir juntos, e eu o levaria depois para almoçar com Lady Branksome. É uma mulher charmosa, e quer consultá-lo acerca de algumas tapeçarias que está pensando em comprar. Trate de vir. Ou devemos almoçar com nossa pequena duquesa? Ela diz que nunca o vê atualmente. Será que você está cansado da Gladys? Achei mesmo que se cansaria. A língua sagaz dela dá nos nervos da gente. Bem, em todo caso, esteja aqui às onze.

— Devo vir mesmo, Harry?

— Claro. O Parque agora está adorável. Acho que não apareciam tantos lilases desde o ano em que nos conhecemos.

— Muito bem. Estarei aqui às onze — disse Dorian. — Boa noite, Harry. — Ao chegar à porta, hesitou por um momento, como se tivesse mais alguma coisa a dizer. Então deu um suspiro e saiu.

XX

ERA UMA NOITE MUITO APRAZÍVEL, tão tépida que ele carregava o casaco no braço e nem chegou a colocar o lenço em volta do pescoço. Quando caminhava para casa, fumando seu cigarro, dois rapazes em trajes sociais passaram por ele. Ouviu um dos dois cochichar ao outro: "É o Dorian Gray". Lembrou-se de como costumava ficar satisfeito quando era apontado, ou encarado, ou abordado. Agora estava farto de ouvir seu nome. Metade do encanto do vilarejo onde ficava com tanta frequência nos últimos tempos era que ninguém sabia quem ele era. Havia dito muitas vezes que era pobre à garota que seduzira, e ela havia acreditado. Ele lhe disse uma vez que era malvado, e ela respondeu que as pessoas malvadas eram sempre velhas e muito feias. Que risada a dela! — parecia um tordo cantando. E como era linda em seus vestidos de algodão e seus grandes chapéus! Não sabia nada, mas tinha tudo aquilo que ele havia perdido.

Ao entrar em casa, encontrou o criado acordado à sua espera. Mandou que ele fosse dormir, jogou-se no sofá da biblioteca e ficou pensando sobre algumas das coisas que Lord Henry lhe dissera.

Seria mesmo verdade que uma pessoa nunca era capaz de mudar? Sentiu uma nostalgia desesperada da pureza imaculada de sua mocidade — de sua mocidade rosa e branca, como Lord Henry uma vez a chamou. Sabia que se poluíra, enchera sua mente de depravação e impregnara de horror sua fantasia; que exercera uma influência maléfica sobre outros, e experimentara uma alegria terrível ao fazer isso; e que, das vidas que haviam se cruzado com a sua, eram as mais límpidas e cheias de promessas que arrastara para a desonra. Mas isso tudo era irreparável? Não havia esperança para ele?

Ah!, em que momento monstruoso de orgulho e paixão suplicara para que um retrato suportasse o fardo de seus dias e ele conservasse o esplendor intacto da eterna juventude! Toda a sua ruína se devia àquilo. Melhor teria sido para ele que cada pecado da sua vida tivesse trazido consigo uma punição rápida e certa. Havia purificação no castigo. Em vez de "Perdoai os nossos pecados", "Castigai-nos por nossas iniquidades" deveria ser a oração do homem a um Deus supremamente justo.

O espelho entalhado de modo singular que Lord Henry lhe dera tantos anos antes estava diante da mesa, e os cupidos de pernas e braços brancos sorriam na moldura como antigamente. Apanhou-o, como havia feito naquela noite de horror em que notou pela primeira vez a mudança no quadro fatal, e com olhos embaçados pelas lágrimas encarou sua superfície polida. Uma vez, alguém que o amara intensamente escrevera-lhe uma carta alucinada que terminava com estas palavras idólatras: "O mundo mudou porque você é feito de marfim e ouro. As curvas de seus lábios reescrevem a história". As frases voltaram à sua lembrança, e ele as repetiu várias vezes para si mesmo. Detestou então a própria beleza, e atirando o espelho no chão despedaçou-o em fragmentos prateados com o salto do sapato. Havia sido a sua beleza que o arruinara, sua beleza e a juventude pela qual suplicara. Não fosse por essas duas coisas, sua vida talvez tivesse sido isenta de mácula. Sua beleza havia sido para ele nada mais que uma máscara; sua juventude, uma paródia. O que era a juventude, no melhor dos casos? Uma época verde, imatura, uma época de emoções superficiais e pensamentos doentios. Por que ele usara esse traje?

Era melhor não pensar no passado. Nada podia alterá-lo. Era em si mesmo, em seu próprio futuro, que tinha de pensar. James Vane estava enterrado numa cova anônima no cemitério de Selby. Alan Campbell se matara com um tiro uma noite em seu laboratório, mas não revelara o segredo que havia sido obrigado a conhecer. A excitação em torno do sumiço de Basil Hallward logo passaria. Já estava minguando. Estava perfeitamente a salvo quanto a isso. Nem era, na verdade, a morte de Basil Hallward o que mais pesava sobre seu espírito. Era a morte em vida de sua própria alma que o atormentava. Basil pintara o retrato que desfigurara sua vida. Não podia perdoá-lo por isso. Era o retrato que havia feito tudo. Basil lhe dissera coisas que eram insuportáveis, e mesmo assim ele as havia suportado com paciência. O assassinato havia sido simplesmente uma loucura momentânea. Quanto a Alan Campbell, seu suicídio fora um ato de vontade própria. Ele escolhera fazê-lo. Nada tinha com aquilo.

Uma nova vida! Era isso o que queria. Era o que estava esperando. Na verdade, já a iniciara. Poupara um ser inocente, pelo menos. Nunca mais poria à prova a inocência. Iria ser bom.

Ao pensar em Hetty Morton, começou a se perguntar se o retrato no quarto trancado teria se alterado. Será que ainda estava tão horrível quanto antes? Talvez, se sua vida se tornasse pura, ele fosse capaz de remover cada sinal de paixão malévola do rosto do retrato. Talvez os sinais do mal já tivessem desaparecido. Decidiu verificar.

Apanhou a lâmpada em cima da mesa e subiu sorrateiramente as escadas. Ao destrancar a porta, um sorriso de alegria atravessou seu rosto de aspecto estranhamente jovem e permaneceu por um momento em seus lábios. Sim, ele seria bom, e a coisa monstruosa que escondera do mundo não seria mais um terror para ele. Sentiu-se como se um grande peso já tivesse saído de cima de seus ombros.

Entrou pé ante pé, trancando a porta atrás de si, como era seu costume, e afastou a cortina púrpura que cobria o retrato. Soltou um grito de dor e indignação. Não via mudança alguma, exceto que nos olhos havia agora uma expressão de astúcia, e na boca a ruga curva dos hipócritas. A coisa continuava repugnante — ainda mais repugnante do que antes, se era possível —, e o orvalho escarlate que manchava a mão parecia mais brilhante, como sangue recém-derramado. Ele estremeceu. Teria sido meramente a vaidade que o levara a fazer sua única boa ação? Ou o desejo de uma sensação nova, como Lord Henry sugerira, com seu riso zombeteiro? Ou aquela paixão por desempenhar um papel que às vezes nos leva a fazer coisas mais elevadas do que nós próprios? Ou talvez tudo isso junto? E por que a mancha vermelha estava maior do que antes? Parecia ter avançado como uma doença horrível pelos dedos encarquilhados. Havia sangue nos pés pintados, como se aquilo tivesse gotejado — sangue até mesmo na mão que não empunhara a faca. Confessar? Aquilo significava que ele devia confessar? Entregar-se e ser condenado à morte? Deu risada. Sentia que a ideia era monstruosa. Além do mais, mesmo que confessasse, quem acreditaria? Não havia sinal do assassinado em lugar algum. Tudo o que lhe pertencera havia sido destruído. Ele queimara pessoalmente o que restara no andar de baixo. O mundo diria simplesmente que estava louco. Iriam interná-lo se insistisse nessa história... No entanto, era seu dever confessar, sofrer a desonra pública e fazer uma expiação pública. Havia um Deus que exortava os homens a contar seus pecados para a terra tanto quanto para o céu. Nada que ele fizesse poderia purificá-lo até que tivesse contado seu pecado. Seu pecado? Deu de ombros. A morte de Basil Hallward parecia-lhe muito pequena. Estava pensando em Hetty Merton. Pois era um espelho injusto, aquele espelho da alma que ele contemplava. Vaidade? Curiosidade? Hipocrisia? Não tinha havido nada mais do que isso em sua renúncia? Tinha, sim, havido algo mais. Pelo menos ele pensava assim. Mas quem poderia dizer?... Não. Não houvera nada além daquilo. Tinha sido por vaidade que a poupara. Por hipocrisia ele vestira a máscara da bondade. Por curiosidade tentara negar sua índole. Reconhecia isso agora.

Mas aquele assassinato — iria persegui-lo pelo resto da vida? Seria oprimido para sempre pelo peso de seu passado? Devia mesmo confessar? Nunca. Havia apenas um indício contra ele. O quadro em si — esse era o indício.

Iria destruí-lo. Por que o conservara por tanto tempo? Em outras épocas tivera prazer ao vê-lo se modificar e envelhecer. Ultimamente já não sentia esse prazer. O quadro não o deixava dormir à noite. Quando estava longe dele, enchia-se de pavor ante a possibilidade de outros olhos o avistarem. O quadro impregnara de melancolia suas paixões. Sua mera lembrança havia estragado muitos momentos de alegria. Tinha sido como a consciência para ele. Sim, tinha sido a consciência. Iria destruí-lo.

Olhou em volta e viu a faca que havia apunhalado Basil Hallward. Limpara-a muitas vezes, até não deixar mancha nenhuma nela. Estava límpida, reluzente. Assim como havia matado o pintor, iria matar a obra do pintor, e tudo o que ela significava. Mataria o passado, e quando este estivesse morto ele estaria livre. Mataria aquela monstruosa vida da alma e, sem suas pavorosas repreensões, ficaria em paz. Apanhou a faca e com ela apunhalou a tela.

Ouviu-se um grito e um estrondo. O grito foi tão horrível em sua agonia que os criados despertaram aterrorizados e saíram às pressas de seus quartos. Dois cavalheiros que estavam passando pela praça em frente estacaram o passo e ergueram os olhos para o casarão. Andaram até achar um policial e o levaram de volta até lá. O homem tocou a campainha várias vezes, mas não houve resposta. Exceto por uma luz nas janelas superiores, a casa estava às escuras. Depois de um tempo, o guarda se afastou e ficou observando de um pórtico vizinho.

— De quem é essa casa, senhor policial? — perguntou o mais velho dos dois cavalheiros.

— Do senhor Dorian Gray, Sir — respondeu o guarda.

Eles se entreolharam com uma expressão de escárnio e seguiram seu caminho. Um deles era o tio de Sir Henry Ashton.

Do lado de dentro, na parte da casa reservada à criadagem, os empregados, vestidos às pressas, conversavam entre si aos sussurros. A velha senhora Leaf chorava e apertava aflitivamente as mãos. Francis estava pálido como a morte.

Depois de um quarto de hora, ele reuniu o cocheiro e um dos lacaios e juntos subiram ao andar de cima. Bateram à porta, mas não houve resposta. Chamaram em voz alta. Silêncio absoluto. Por fim, depois de tentar em vão forçar a porta, subiram ao telhado e pularam para o balcão. A janela cedeu com facilidade: seus fechos estavam gastos.

Ao entrar, encontraram pendurado na parede um esplêndido retrato de seu patrão tal como o haviam visto pela última vez, em todo o prodígio de sua sublime juventude e beleza. Estendido no chão estava um homem morto, de traje social, com uma faca no coração. Ele era murcho, enrugado, de semblante asqueroso. Foi só quando examinaram os anéis que reconheceram quem era.

FIM

DORIAN GRAY

Jovem aristocrata, ao se ver retratado na pintura, deseja que sua juventude e beleza permaneçam eternas.

AMIGOS E CÚMPLICES

Allan Campbell

Formado em química, gosta de tocar piano e violino nas festas entre amigos.

AMIGOS

BASIL HALLWARD

Artista que pinta o retrato, fica fascinado por Dorian e desenvolve uma idolatria artística pelo rapaz.

MELHORES AMIGOS

LORD HENRY WOTTON

Verdadeiro dândi, inteligente, irônico e sagaz, influencia a formação do caráter de Dorian.

SIBYL VANE

Atriz de teatro na área degradada de Londres, é o grande amor de Dorian Gray.

IRMÃOS

JAMES VANE

Marinheiro, é o irmão ciumento de Sibyl.

PARENTES

Lady Agatha

Tia de Lord Henry, promove as grandes festas da aristocracia inglesa.

CASADOS

Lady Victoria Henry

Esposa de Lord Henry, com quem vive um casamento de aparências.

JOSÉ GERALDO COUTO, nascido em Jaú (SP), em 1957, formou-se em história e em jornalismo pela Universidade de São Paulo. Trabalhou por mais de vinte anos na *Folha de S.Paulo* e por três na revista *Set*. Publicou, entre outros livros, *André Breton* (Brasiliense), *Brasil: Anos 60* (Ática) e *Futebol brasileiro hoje* (Publifolha). Tem artigos e ensaios publicados nos livros *Folha conta 100 anos de cinema* (Imago), *O cinema dos anos 80* (Brasiliense), *Os filmes que sonhamos* (Lume) e *Curta brasileiro: 100 filmes essenciais* (Abraccine/Letramento), entre outros. Traduziu mais de quarenta livros, do inglês e do espanhol, para editoras como Companhia das Letras, Cosac Naify, Globo, Todavia, Intrínseca e Edições Sesc. Ministra cursos livres ligados à história do cinema e escreve semanalmente sobre cinema para o site do Instituto Moreira Salles.

FÁTIMA MESQUITA é uma colecionadora profissional de letras e sentenças. Apaixonada por línguas em geral e mais ainda pelo português, essa mineira de Belo Horizonte tem vasta experiência como redatora, escritora, jornalista, tradutora, pesquisadora, roteirista de rádio e TV, e ainda no ensino de português, redação e história. No seu currículo há trabalhos feitos para BBC World Service Trust, Unicef, Discovery Channel Canada, Rádio e TV Bandeirantes, Grupo Abril, TV Cultura de SP, Fiocruz, entre outras empresas. Curiosa e *workaholic*, é das suas muitas leituras que extrai informação para as notas e comentários das coleções de clássicos da Panda Books. É autora de onze livros publicados para crianças e jovens, com traduções na Alemanha e na China. Já morou em várias partes do Brasil, além de ter tido endereço fixo na Inglaterra e em Angola. Desde 2003, vive feliz no friozinho do Canadá.

ZANSKY, nascido em São Paulo, formado em artes visuais pelo Instituto de Artes da Universidade Estadual Paulista (Unesp), é ilustrador, artista gráfico e professor de processos gráficos artesanais. Conhecido pelo estilo rico em elementos e pelo uso das cores, tem seu trabalho publicado no Brasil, Estados Unidos, Holanda, Alemanha, China, entre outros países. Produz publicações e gravuras em serigrafia e outros processos artesanais pela Edições de Zaster, além de integrar projetos paralelos, como o Projeto Zaire e o Rart Rixers.